U0927174

精装典藏本

毕淑敏文集

第8卷·——08

送你一条红地毯

毕淑敏｜著

CNS
湖南文艺出版社
HUNAN LITERATURE AND ART PUBLISHING HOUSE
博集天卷
CS-BOOKY

图书在版编目（CIP）数据

送你一条红地毯：精装典藏本 / 毕淑敏著 .— 长沙：湖南文艺出版社，2014.11
（毕淑敏文集 . 第 8 卷）
ISBN 978-7-5404-6983-2

Ⅰ . ①送… Ⅱ . ①毕… Ⅲ . ①中篇小说—小说集—中国—当代②短篇小说—小说集—中国—当代 Ⅳ . ① I247.7

中国版本图书馆 CIP 数据核字（2014）第 243051 号

上架建议：名家经典 · 小说

毕淑敏文集 . 第 8 卷
送你一条红地毯：精装典藏本

作　　者：毕淑敏
出 版 人：刘清华
责任编辑：薛　健　刘诗哲
监　　制：蔡明菲　潘　良
特约策划：董晓磊
特约编辑：刘　筝
封面设计：姜利锐
版式设计：李　洁
内文排版：百朗文化
出版发行：湖南文艺出版社
（长沙市雨花区东二环一段 508 号　邮编：410014）
网　　址：www.hnwy.net
印　　刷：北京鹏润伟业印刷有限公司
经　　销：新华书店
开　　本：787mm × 1092mm　1/16
字　　数：182 千字
印　　张：19
版　　次：2014 年 11 月第 1 版
印　　次：2014 年 11 月第 1 次印刷
书　　号：ISBN 978-7-5404-6983-2
定　　价：46.80 元
（若有质量问题，请致电质量监督电话：010-84409925）

毕淑敏文集

送你一条红地毯

目录

Contents

转

一

湖蓝色的光束，切开尚未弥散开的晚饭气味，把一块单人床板大的长方形，掷到食堂凹凸不平的灰墙上。

人声哗地熄灭了。今晚要连演三部新片子。放映机四周呈半包围状端坐的，是边防站全体官兵（当然要除哨位上的士兵），四周挤满了闻讯赶来的边民。

演电影，是国境线军民盛大的节日。

片子里打得不可开交，映得众人脸上姹紫嫣红。一位苍老的军人从正中位置缓缓站起，猫着腰退出场。

屋外的空气冰冷如汁。寒星在宝黛色的天空稳定地发出燧石般的光芒，可惜的是它们数量不多。四周耸立的山峰像铅灰色的框架，约束住了广袤的星空，使这个小小边防站像头顶着一盘不屈的残棋。

老军人伸了一个懒腰，好舒畅。背后有极轻微的脚步声，老人头也不回地说："你看电影吧，我到山上转转。"

警卫员像他的出现一样，烟一般地消失了。

电影是司令员带来的。巡视边防线，这是最好的礼物。他已经看了很多遍开头，可是到底没搞清片子里拳打脚踢的双方，谁是好人谁是坏人。他喜欢单独出来转一转，夜色能隐盖也能暴露太阳底下看不见的东西。警卫员在很远的地方，悄无声息地注视着他的首长。这里是国境线，什么事情都可能发生。

路陡峭，却并不难走。哨兵双脚无数次的攀登，使每一步的落脚点都扎实稳妥。只要你别回头，你就像走在自家楼梯上一样轻松。

到山顶了。蛇形工事、碉堡式哨楼、弹药箱、报话机……一切都井井有条，但是没有哨兵。

这很正常。风清月朗，在这种能见度极好的夜晚，聪明的哨兵都不会僵立在固定的哨位上。

对面是一个大国。无论国与国的首脑如何握手言欢，国境线上的军人都不敢有一分钟的懈怠。什么叫作国境？就是两个巨人皮肤相接的切面，任何碰撞都会击出火星。

司令员耐心地等待着。时间足够长了，他应该听到一声口令。他的回令已储存在齿间，并且准备夸奖他几句。年纪轻轻的，别人都在看电影，这不容易。可惜，什么也没有。极远处隐约传来格斗声，不知是电影里的哪一方打赢了。

突然，完全是无声无息的，一个硬邦邦的玩意儿，准确地抵到了他的腰际。一股冰冷的感觉，迅速地在腹部蔓延。

然而，这感觉片刻变得温暖起来。来者动作轻捷、定位准确，像一片落叶了无声息地贴紧目标，完全符合突袭要求。

“小伙子，你干得不错。作为嘉奖，你看电影去。我来站这班岗。”他轻松地说。

那个抵在他肾脏附近的物件，好像准备撤回。实际上司令员错了。持枪的手只是调整方向，旋即将更强的力度，顺着枪管送入他的肌肤。

这个玩笑开得未免太大了一点。司令员不无愠怒，但基本上还不失大将风度地说：“你知道我是谁……”

这句话尚未说完，他就发现自己犯了一个致命的错误——我方值勤哨兵佩带的武器是自动步枪，而绝非近距离作战的手枪！而且，凭着职业军人的敏感，他清楚地分辨出这是一种规格特殊、小巧玲珑的手枪。此刻，纤细的手枪枪管像一枚精致的图章，叩在他上下肢体相交的部位。内径那个空虚的洞穴，透过厚重的军服，将他的皮肉吮吸进去。他明白，在这个空洞里面寸把远的地方，有一粒亮晶晶的铁豆子……

果然，他背后比他头颅稍高的地方，发出一个平稳而冷漠的声音：“我知道你是司令员。”

数十年的戎马生涯像一条鞭子，在司令员眼前倏忽闪过，他还从未遭遇过如此险恶的处境。第一个反应，不是恐惧，不是愤怒，而是深深的遗憾。真他妈窝囊！玩了一辈子的行当，竟在自己的营区内，被人捉了舌头。

腰间的武器略有些弹性了。是的，对方如果不想使他当场毙命，应该有下一步的动作，不能老这么傻站着。司令员以鹰隼般的矫捷，倏地回转身，闪电似的目光唰地罩住了身后的一切。对方绝非等闲之辈，他是老兵了。一种沉寂了多少岁月的肉搏愿望，像烈焰般燃烧起来。

对手是一个人。对，确是一个人。这很好。也许附近埋伏着同伙。这没什么，时间够用，在同伙赶到之前，我就能把他打倒。个子很高大，这挺好，我不愿同个子比我矮小的家伙打架，赢了也不漂亮。穿着同我军一样的军装，这很正常，完全在意料之中，伪装嘛！现在可以开始打了……等一等，还有一件重要的事情：让我看看他的眼睛……

司令员曾经面对面地杀死过许多敌人，都曾仔仔细细地察看过他们的眼睛。凶恶的、胆怯的、骄横的……有的还很神气、很英俊。它们都在他面前熄灭下去，永远不再睁开。于是司令员坚信自己的眼睛里有一种神秘的光线，在他还未曾杀死对手时，他的眼睛就抢先把他们杀死了。

星光下，司令员看到一双忧郁的眼睛，它甚至可以说是很漂亮的。大而深邃，眼珠像警觉的猫眼，凝然不动，仿佛是正方形的。眉毛浓重修长，直挺挺地斜插入鬓角。只是此刻很不舒展，配合着眼睛，做出一个忧郁的神色。

“是你？！”司令员一个踉跄，显然，认出对方的打击，绝不亚于手枪顶到后腰的瞬间。

“是我。”对方若无其事地收起手枪，淡淡说道，“司令员，您也出来走走，呼吸呼吸新鲜空气？”

司令员望着他的下属——这座边防站党的最高干部——教导员桑平原，禁不住七窍生烟。

“哨兵呢？”司令员勉强压抑住喷薄欲出的怒火。他先得把情况搞清楚。

“我让他看电影去了。一年难得几次的机会，新兵蛋子还是小孩呢！”桑平原轻轻地说，“现在我就是哨兵，首长有何指示？”

匆匆赶到的警卫员无声地侍立在一旁，不知这里发生过什么。司令员示意他离开。下面的谈话，他不希望有第三者听见。

“你准备武装劫持你的军事长官了？”司令员气喘吁吁，这才感到冷汗顺着脊柱蔓延。

“不敢。”桑平原低下头，恭恭敬敬地回答。

“那是什么意思？开玩笑？恶作剧？记住，这里是国境线！”司令员痛心疾首，“我要是没记错的话，你今年也有三十八岁了，怎么还像没长大！”

“司令员您一点也没记错，我今年整整三十八岁。”桑平原说着，心里一阵感动。偌大的边防部队，千军万马，司令员竟还记得他的年龄，不禁喉头湿热。

司令员可没有这么温情脉脉，他胸前背后冷汗还未干呢！“桑平原，为了你今天的举动，你应该受到处分！”

“受处分正是我求之不得的事情，谢谢司令员！”桑平原把手枪放进衣兜，端端正正地给司令员行了个军礼。躯干笔直如杨，军姿潇洒风流，好一个英俊精悍的青年军官。

今天晚上真真撞见鬼了！司令员原本不过是想吓唬吓唬这个胆大妄为的兵，现在却引起了真正的疑惑和焦虑。如今的军人，怎么变成这个样子？！

“桑平原，在边防一线，持枪威胁军事指挥员，军中无戏言。我不但可以处分你，还可以把你送上军事法庭。”司令员冷漠地说，话语中有着不可抗拒的威严。

“这……”年轻漂亮的青年军官傻眼了。原只想和司令员谈谈心里话，不料事情闹得这样不可收拾，乱子大了。“司令员，我并没有威胁您，不过是……”桑平原嗫嚅着。

“不过是给我腰眼搔搔痒痒，是吗？”司令员的声调依旧冷冰冰。

桑平原不敢点头，也不敢摇头。

小伙子，你到底还是草鸡了。司令员动了恻隐之心，忽又想起一个极重要的问题：“能把你口袋里的那根痒痒挠子给我看看吗？”

他对武器有一种近乎病态的嗜好。

桑平原如遇大赦，双手把枪捧过来。

在两人交接的那一刹那，司令员哑然失笑。当然，他没让桑平原看出来。事情尚未分明，他还需要保持足够的威慑力。

手枪很精彩。即使在稀薄的星光下，乌黑的枪身仍旧反射出耀眼的银斑。司令员特意摸了摸曾给他带来极大震惊的枪口，它油光水滑。唯一与想象中不同的是，它不是冰冷如水，而是散发着些许暖气。

司令员用指甲弹弹枪身，蓬松喑哑。

这是一支木头手枪。硬木，很沉。

“你做的？”司令员平和地问。

“是。”桑平原回答。他还没从军事法庭上走下来。

“手艺不错。”司令员不无羡慕地说。他对每个行当的好手都很尊重。

“我父亲是木匠。”桑平原多少恢复了常态。

“他老人家可好？”司令员这一句问话，既有上级对下级的关切，也有例行公事的成分。

“五年前去世了。电报转到边防站，都已经是火化后的第三天了。”桑平原平静地说。

司令员原想安慰部下几句，看看他的脸色，知道不用了。这在部队的确是很平常的事。

“家里还有什么人？”

“母亲重病卧床，唯一的妹妹就要出嫁……”桑平原动容。对于死去的亲人，他还能达观，想起辗转反侧的妈妈，他实在控制不住自己。

司令员仰天叹了一口气。

山很高，风很硬。夜色苍茫，冰山反射出琉璃瓦样的光泽，像巨大的屏风，隔断了思乡的目光。目光却如锥如铁，刺穿无数关山，鸟一样地向东飞行，直至栖落在一处破旧而又无比亲切的屋檐下。天亮了，目光便敛起受伤的翅膀，箭一样地飞回遥远的边陲，重新审视国境线上的每一块石头、每一粒沙尘。

“这手枪是给孩子的吧？”司令员问。换个题目吧！他不愿纠缠这种压抑。

“是。”桑平原吝啬地不肯多说一字。

“你儿子一定像你一样淘气。”司令员的脸上浮现出老人的微笑。

“报告司令员，不是儿子，是女儿。”

“噢？女孩子也这么喜欢枪？”司令员有些惊异，心里便喜欢这个小姑娘。

“军人的孩子，除了枪，还能见到什么？老师说，她是个很有天赋的孩子，在这儿山沟里再待下去，孩子就耽误了。”桑平原的音调流露出软弱。

这里是游荡不定的牧区小学，桑平原说的是实情。一人当兵，就要上不孝父母，下对不住子孙吗？司令员也惆怅了。他下意识地抚摸着枪身，枪身有一根小小的木刺。他用力将木刺拽去，又用粗粝的指肚将毛茬儿打磨平滑。

“你家属随军了？”

“我找的是本地人。”桑平原低声道。

司令员悚然不语。多精干的小伙子，怎么找了本地人？当然，本地姑娘也没什么不好，婚姻自主嘛！但这其中多半有烦恼史，边防军人的恋爱史，顺顺当当的少。他不想深问了。

接岗的哨兵来了。两小时一班哨。

“你接着看电影吧。你的哨我来上。”顷刻，桑平原一扫委顿之情，双目炯炯，英姿凛然，口气有着毋庸置疑的权威。

一俟士兵一溜小跑出了视野，桑平原又像被抽了大筋，疲软下来。

“你半夜三更兵谏我这老头子，总有比聊家常更重要的话要说吧。”司令员有几分玩笑，但更多的是关怀地说。

桑平原摘下皮军帽，从帽顶衬里处拿出一张纸。

“眼睛老花了，回去戴上镜子才能看。有什么，你就说吧。”司令员接过这张带着桑平原大脑温度的纸片，“噢，还是复写的。”

“这是我的转业报告。请首长根据我的具体情况，予以考虑。在这之前，我一定会站好最后一班岗。这些天，我一直想找个时间，同首长好好谈一谈，总没有合适的机会。刚才看到您上山来查哨，就搞了个突然袭击，请首长原谅。”桑平原的方脸在星光下也显出红色，但话很坚决。

“你是我最好的边防站教导员之一。”司令员很像一位老农在称赞他的一块好地。

“我也是您最老的边防站教导员之一。”桑平原半是提醒半是辩驳。

是啊！作为教导员，桑平原已不再年轻。他应该早些上军校，早些被提拔，但世间有些事总是阴错阳差，总留下难以弥补的缺憾。

“在我面前，你没有资格说老。”

“是。司令员。但没有几个人能升到您现在的职位，一万个人当中也没有一个。军队是年轻人的事业，我感到我该走了。”桑平原并不退缩。

“如果我不批你呢？”司令员不喜欢对军队这么绝情的人，纵使你有一千条一万条理由。

“那您就得把我提拔到团的位置上。人贵有自知之明，我的学历、身体都不符合要求了。作为一个公民对国防应尽的义务，我已经尽力而为了。希望组织上能批准我在年纪尚轻的情况下，再学着干点别的工作，给我的亲人们留下一点时间。”

如此赤裸裸，就像雪山一样，毫不遮掩。司令员最优秀的部下，阐述离开他的理由，竟如同邀功一般振振有词。多年来，部队要求转业者当中，鲜有如此露骨的。

司令员感到自己无力说服他。“研究一下吧。”他把桑平原的转业报告塞进衣袋。

“我已经准备了多份复写件，可以随时面交各位首长。”桑平原计划得挺周全。

“我记得你是扒火车来当的兵，对吧？”

“是的。我是您接来的兵。”桑平原拘谨起来，仿佛成为一个新兵。

司令员眯缝着眼，打量着桑平原，想找出当年 S 市那个瘦弱少年的影子。

接兵，是种植一茬军人的季节。你接过的兵，你就永远是他精神上的教父。

真是参军时难别亦难！

二

墙上贴着大红标语：是好儿男当兵去！

那时候，国防绿是世界上最醒目的色彩。当兵卫国，又威武又风光，走南闯北，到处见识，开枪扔手榴弹，没准儿还能到前线打死美国鬼子苏修特务……年轻人的血被这些念头搅得冒气鼓泡，像一锅沸腾的粥。

报名参军的名单上，桑平原写的是血书。名单贴出来一看，才发现许多人写的都是血书，而且字比桑平原的大，颜色也更鲜艳。

“我的血稀。”桑平原沮丧。

“不是你的血稀，是有的人掺了广告色。”王五一说。

王五一是桑平原的同班同学，贫农后代，真正的根正苗红。他是五一节生的，可惜他的学习成绩和这个光辉的节日一点也配不上。不过天下大乱之后，学习不好也成了光荣的事情，桑平原的品学兼优反成了不足挂齿的经历，两个人成了好朋友。

政审合格之后是检查身体。听说地方医院正闹派性，不堪信任，都由军医军护们检查，十分严格。

桑平原和王五一捏着体检表，像捏着自己的前途，在迷宫般的体检部，进这个门，出那个门，绕八卦阵一般。哪儿都要查，连肛门都查。王五一说：“要是当不上兵，真亏！查那儿的时候，我直想拉屎。”

桑平原可不理会这些小小的难受，他拿着体检表横竖端详：“怎么这表上有的画减号，有的还要在减号上再串一个零，跟吃得只剩一个的糖葫芦似的？”

“那叫双重减号，省得你瞎改。”王五一学习不怎么样，这倒挺明白。

因为体检的人太多，护士指示他们甭按表格上的顺序，哪儿人少先上哪。查视力那儿总挤成一团，他俩最后才去。

墙上的视力表，经过无数双激动的视力扫描，已变得破旧不堪。横躺竖卧的“山”字，山头已模糊得看不清走向。桑平原平素视力极好，不知怎么，第一只眼 1.5，第二只眼只有 0.9，整个一个斜眼。

轮到王五一了。他的眼睛锐利得像夜间出没的豹子，响当当硬邦邦两个 1.5。王五一兴奋得唾沫星子乱溅：“真可惜没有 2.0 这一项，不然我也能一瞧一个准！哎，你听人说过没有？空军招飞行员，视力表上都是些 C。就那么头发丝细的一点缺口，跟铁环似的，稍一走神就看成圆圈了。真的，不骗你！”

桑平原毫无兴趣。骗不骗他现在都无所谓了。关键是他是个斜眼，是个斜眼！

看着好朋友垂头丧气，王五一说：“你哪只眼不好来着？”

“左眼。其实瞄准用右眼。再说十大元帅十大将里也有戴眼镜的。元帅都能戴眼镜，小兵就不行了？”桑平原不服，“我得跟接兵的讲理去！”

“你能跟元帅比啊？人家元帅当兵时并不戴眼镜，那是以后配的。要是当兵时就是近视眼，当到团长时没准儿眼就瞎了！”

“你的眼才瞎呢！”桑平原一腔怒火无处发泄，正好亮出拳头。

“别呀！我正帮你想主意呢！他们是不是让你用一个黄纸板子糊的圆形眼罩挡住一只眼，先测右眼，后测左眼？”王五一边挡拳一边说。

桑平原不好意思了：“是啊。”

“是不是查完一只眼，他们嚷一声，换一只眼？”

“对啊。”桑平原不知道这其中有何奥妙，无精打采地说。

“换眼罩子的时候，有人盯着你没有？”王五一兴奋起来。

“好像……没有。”桑平原回忆着。查视力的护士一天用竹棍点戳小“山”字千百次，早麻木得如同机器人了。

“这就对了！”王五一完全不计前嫌，高兴地一拍大腿，“你再进去测一回。这次换眼的时候，你把纸罩子倒一下手，然后还照刚才那样挡上，用你的那只好眼看。这样，你两只眼不都是1.5了！咱俩一块儿当兵去，彼此也好有个照应。”

“那行吗？”一想到要弄虚作假，桑平原便觉得没底。

“怕啥？了不起跟现在一样呗！走！那两个护士早就晕头转向，自己连左右都分不清了。”桑平原被王五一拽着往回走。

他们策划得天衣无缝。只可惜两位头昏脑涨的女护士坚决拒绝重测：“我们不复查！都来重测，还不得把人给累死！”

王五一最后也被刷下来了。他的肺上有一个钙化点，复查了，还有。钙化点是什么东西？是像粉笔头或白石灰那样的斑点吗？不知道，也没人给解释。反正，他是当不成兵了。

王五一倒挺想得开："不当就不当呗，听说咱们这届留城里的名额挺多。"

桑平原皱着眉头，鼻梁上方纵起极细的纹线。少年光滑的皮肤，要想拢出几道皱纹，挺费力的。

"我要当兵去！"桑平原说。他为当兵这件事已经朝思暮想了这么多天，当兵的念头已经融化在他的血液里，成为他身体的一个组成部分。他不能容忍那些在血里掺了广告色的少年当兵走了，而把他孤零零地留在原地。

"怎么去？"平时鬼点子挺多的王五一也被桑平原的果决惊住了。

"挺简单。跟着他们走，直到收下我。就像红色娘子军里的吴琼花。"桑平原成竹在胸。

"那是打仗时候，现在行吗？"王五一不相信地摇摇他的小脑袋，"平原，别恨我，我可不敢干这冒险的事。听说咱们这届分城里的名额挺多，咱当个小工人也就知足了。你好好干，到时候当个师长旅长的，咱也好跟别人吹吹牛。"

新兵们集合发衣服了。桑平原对那套衣服的羡慕倒还在一般，他主要是眼红那根绿色蟒蛇一样的背包带。一宽一窄，成龙配套，绿得那么纯粹、那么地道，在任何一家商店都买不到。就是飞扬跋扈的革军子弟也没有，这是真正的士兵的标志。

新兵们上了闷罐车。

追！

桑平原给家里留了个条，揣着平日卖大字报纸攒下的钱，也上了西去的火车。刚开始的时候，他比新兵还舒服。客车走得快，他不时下车等闷罐子军车，看着新兵吃兵站的大白馒头。

接兵的连排长对他挺友好，有时还给他一两个馒头。每年都有这种死心眼的小伙子，不用劝，随着车轮滚滚向西，沙漠和戈壁滩就把他们打发回去了。

桑平原还在路上结识了两个伴，大伙儿拜了把兄弟，对天盟誓，一定要当上兵。过了兰州，一个小伙子突然不见了。他们刚开始还四处找他，后来才悟到他是自己折回去了。过了哈密，剩下的那个对桑平原说："明天我也往东走了。本来不好意思跟你说的，怕你一个人找我怪着急。你要骂我就骂吧！咱们都聚在一块儿要当兵也不容易，剩你一个也许还好办些。这是我的地址，当上兵，别忘了告诉我一声。"

桑平原没要他的地址。

路，愈来愈荒凉了。火车，像一只顽强的铁蛋，吞噬着无边沙漠的边缘，蜿蜒向前。运载新兵的闷罐子夜里常发出哭声，带兵的大声喝问，哭声便镇住了，说是做噩梦了。

终于，到达本次军车的终点——干沟车站。这是一个可怕的名字，令人想起敌敌畏瓶子上那个没有肉的人头形象。这是一条货运支线，没有客车。清点队伍的时候，新兵师师长看到一个满面尘灰烟火色的少年。

他的衣服破烂如缕，头发像雀巢似的高扬着，这是被狂烈的漠风塑造出的发型。唯有他的牙齿，白而尖利，在戈壁滩无遮掩的阳光下像枯骨一样干净。

“你一直跟着我们，到底要干啥？”师长问。

“还能干啥！当兵呗！”一口纯正的S市口音，标明了漫长的路程。

“你多大了？”师长问。长途跋涉使目测人的年龄成了一门高深的学问。这话的意思已很明显，若要赶你回去，谁还在乎你的年龄。

“十八。”

“正好。”

“身体合格吗？”师长问完又觉得多余。他不相信体检表上的那些圈圈点点。打仗的年头，哪有那么多讲究！冲这小子没吃没喝能相跟万里跑到这山沟里来，错不了。

“合格。”桑平原回答得斩钉截铁。多少个夜晚，他在想0.9。他眯了左眼眯右眼，两眼都能看清铁路边倏忽而过的鬼火，他绝不是斜视，一定是眼睛被纸罩子压花了。“不信，您可以检查。”

“荒郊野地的，你让我到哪儿去给你查！”师长抢先不耐烦起来，

“你怎么这么黑？”话题一转，这说明当兵与否已经不成为问题了。

“我昨晚上趴在兵车顶上。火车钻山洞，车头冒的黑烟散不出去，顺着车厢盖子往后溜，像拖了一根黑辫子。我很黑吗？”桑平原龇着白利的牙，想找处水洼照照自己的尊容。可惜，这是干沟。

师长不由得内疚。昨晚上自己做好梦的时候，想不到车顶上还趴着一个黑孩子！早知道应该把他请下来。

“钻山洞时，没叫洞顶把你的脑袋刮了去！”师长已经开始心疼这个未来的兵了。

“报告首长，山洞顶子挺高。就是烟呛，灰还迷眼，别的没啥，脑袋碰不着。”桑平原挺实事求是。

师长挥挥手，有参谋凑上来：“领他去吃饭。发他一套军装。”

桑平原知道自己梦寐以求的愿望就要实现了：“我要一套三号军装！”他跳着脚喊。一路上他注意观察，早为自己设计出了衣服的最佳型号。

“三号？”师长原本已经走了，这样的决定在他是小事一桩。他又转回身，细细地打量了桑平原一眼：“要二号的。你还要长。”

“是！要二号的！我还要长！”桑平原大声地重复。

师长难得地笑了：“你叫什么名字？”

师长就是后来的司令员。他知道自己收下的这个兵不错，但也并不曾给桑平原以特殊的照顾。桑平原至今没有上成军校没有提升政委，就是明证。

确定转业干部名单的会议争论得很激烈，哪个该走，哪个该留，并没有统一的标准，这是一个模糊数学问题。比如城里的兵愿意走，乡下入伍的就不愿意走，这只是概率，具体到每个人，还有许多细微的分别。司令员一位老战友的女婿就在他的部队。农村兵，小伙子一表人才，要不也不会成为乘龙佳婿。老战友那边把他的工作给找好了，写了信来让这边放人。司令员不动声色，心中却着实恼火。这很像第三者插足，先找好对象，这边才打离婚。不批，坚决不批。司令员在这一点上像一个执拗的乡下女人，拖着他，让他吃点苦头！谁对军队寡情，司令员便对他寡情。

轮到讨论桑平原了。有人主张让桑平原再干一两年，把副教导员再带一程。司令员疲倦地摆了摆手："古时候杀人剪径的土匪，听谁说家中有八十岁的老母，还留一个活口让他回去。桑平原家中确有困难，让他走吧。"

三

桑平原直到转业之事已成板上钉钉时，才告诉妻子苏羊。军队的事讲究的是风云突变，决定可以在最后一分钟毫无理由地更改。

“咱们得准备搬家了。”桑平原一边听半导体一边说。地处山岭，杂音很大，不过桑平原还是努力收听来自太空的信息。世界今天很平安，没有风暴地震火灾和飞机失事。

苏羊正在拉面，纤巧的手把面条拉得如一把琴弦。丈夫好不容易才从哨卡上回一趟留守处家属院，她要用全副身心慰劳他。忙碌中未听清桑平原的话，她看他伏在半导体上吃力的样子，说：“什么时候能看上电视就好了。”

“快了。”

“这儿要修电视转播站了？我怎么没听说？”苏羊在镇上主管计划生育，应算消息灵通人士。

“咱们要搬到有电视的地方去了。”

“你要调动？”苏羊停下了手中的拉面。

“咱们要回老家了。”

苏羊手中的拉面断了，瀑布一般低垂着。

苏羊是本地人。这是民族杂居的地方。她有属于江南水乡的清秀的面庞和窈窕的身材，与西部的粗犷很不协调，是个奇怪的现象。她有一个笔直俏丽的鼻子，给清澈的面容增添了一股冷漠的神秘。当初正是这种神秘，使桑教导员一见钟情。

“你的老家是哪儿？”内地人都很注意自己的根，桑平原第一次见面时问。

“就是这儿。”

“这儿怎么会是汉族人的老家？”

“我们家祖祖辈辈都在这儿。很多代以前被充军而来。”

“这么说，你是罪犯的后代了？”

“也可能是忠臣良将的后代。”看起来娇小的苏羊却是伶牙俐齿。

他们就这样相识相爱终于结婚了。苏羊带着女儿桑丹住在边防站的家属院。这很像是一个巨大的寡妇村，男人们在一线哨卡值勤，几个边防站的家属便会聚在一处，形成一个小小的部落。一排排土坯盖就的小屋，边防军人的妻子们领着边防军人的孩子们，寂寞地打发着日子。孩子要走出很远，才能到牧区的小学读书。国境线上的偏僻小县，多少年没考上过一个大学生。去年有个孩子保送上了师专，全县为之欢欣鼓舞。听说是少数民族优先，定向培养，将来还要哪儿来回哪儿。

“丹丹，你这次考试得了多少分？”桑平原看见女儿背着书包进屋，劈头就问。

桑丹几乎没有认出爸爸来。穿着军装、面孔黝黑的叔叔们都很像爸爸，每次都须仔细辨认。

她畏怯地倚着墙角，咬着嘴唇，求救地看着妈妈。

“平原，好不容易回来一趟，别吓着孩子。你平常没有时间管，一次考不好就吹胡子瞪眼，就是将军也有打败仗的时候啊！丹丹，别愣着，摆桌子，给爸爸盛饭！”

若在平时，这种障眼法可瞒不过桑平原。这一次，他温柔地拉过女儿，女儿的小手凉而微微颤抖。

“丹丹，爸爸要转业了。”

“什么叫转业啊？”

“就是回奶奶家。”

“爸爸，那你已经转过好几次业了。”

“不……不……那不叫转业，那叫探家。这一次，咱们全家要一起走了。”

吃饭的时候，大家都很沉默。那个题目太严肃沉重，零散片段的时间不宜讨论。

桑丹做完了作业，偷偷查起了字典。关于转业的事情，爸爸说得不明不白。大人们在不愿意回答小孩问题的时候，往往用最简单的话告诉你一个答案。你可千万别信。

有《新华字典》和《辞海》。桑丹当然要查《新华字典》。她要查的每一个字，《新华字典》里都有，《辞海》是本多余的书。

“转”是个多音字。不过幸好都在一页上，不必翻来翻去，记住了这个，那个又忘了。

转有转换方向，转圈子，围绕中心运动，不直接地，中间再经过别人或别地——如转达……没有转业这个词。桑丹很懊恼，他们全家又不是汽车轮子，转什么圈呢？

真正的讨论是在桑丹睡着、夫妻恩爱之后。这时，思绪最澄清、最平静，像一条大河的入海口，能负载最大的轮船。

“这么大的事，为什么不早些告诉我？”苏羊柔柔地问。

“我早就告诉过你。”

“什么时候？我怎么不记得了？”

“咱们刚结婚的那天，我说以后我会把你拐跑。我说过，我们这个家是建在箱子上的。”

“那是一句笑话。”

“不。不是笑话。这么多年，我总觉得我们的家还没有真正开始。以后，我们会有一个安定的家了。”桑平原拥着妻子，满腔柔情地说，“我们会有电视机、电冰箱，桑丹会有好学校上，也能学英语、学电子琴了。”

苏羊想起桑平原对桑丹的严厉，说：“你不能一到家就训孩子。”

“这是爱呀！我总在站上，没时间管教她，回来一趟，便把所有想对她说的话凝成一句，就是骂了！你知道，我们桑家老辈子从没有人上过大学。原来把指标落实到我头上，没想到史无前例使这个计划拖延了一代人。也许拖欠得越久，偿还的心愿也就越强烈。桑丹一定要上大学，要把她老子没读的书都读了。”桑平原在被子里咬牙发狠地说。

“你不是自学了好几科夜大函大了吗！政治的、法律的。毕业证书我都给你好好存着呢！就放在原先装大白兔奶糖的盒子里。我怕叫老鼠嗑了，那盒子是铁皮的，保险。证书的面子都是织锦缎的，好漂亮。”苏羊抚摸着丈夫的脊背。那是每个人自己最不易触摸到的地方，被抚摸时便格外舒适。

桑平原久久不语，然后说：“可惜证书还小了点，要不撕下缎面，还能给丹丹做个小棉袄。”

“你疯了！那是你花多大心血换来的！光寄作业的邮票都不知费了多少！”

“那玩意儿都是阎王爷娶亲——胡日鬼的事。真到了地方上，那文凭都不顶事。”桑平原悠长地叹了一口气，“一切要从头开始。”

强烈的漠风裹着尘沙，像一把铁帚从屋顶扫过，整个小屋像风浪中的船一样颠簸起来。沙漠与雪山交际之处的飓风，总是在夜半时分突然而至，像剽悍的野马奔驰而过。

“我得抽空打点草绳子，筹措搬家的事了。”苏羊说。

“急什么！真是妇道人家，心中搁不下一点事。联系工作的还没出发呢，皇上不急太监急！”

“你说得轻巧！这个家你平时操过多少心？等定了工作再筹措就来不及了。破家值万贯呢！”

“来得及！咱家有什么？几副碗筷一套铺盖，打起背包就出发，临上轿现扎耳朵眼也来得及！”桑平原大大咧咧，颇不以为然。

“你以为这是你扒火车当兵那会儿，一个人吃饱了全家不饿？如今是拖家带口一大家子人呢！锅碗瓢勺柴米酱醋盐哪一股照料不到都出乱子。下了火车，你总不能睡大马路上吧？”

“你知道S市离这儿多远？跟红军二万五千里长征差不多。你万里迢迢把这些掉了漆皮的竹筷子、豁了碴儿的粗瓷碗都用报纸裹好塞在木箱子里先汽车再火车地运回去，真还不够搬家费！”

“你有那么多书要托运，搬家费上是不是还要加点运书费？”苏羊猛然想起。

“没有没有。”桑平原不耐烦。

“你的书多，这谁不知道？听说张医生走的时候就有运书费。”

“人家有，咱们没有。”

“为什么？”

“人家是技术干部，咱们不是。”

苏羊不吭声了。过了许久，她才又问：“咱们这木床带不带？”

“不带。”

“不带睡什么？”

“到了S市，我给你买床席梦思。省得这床一到夜里干那事的时候，吱嘎乱响，破坏情绪。”桑平原亲昵地说。

“讨厌！那我偏要带上这床。”

其实床倒并不可惜。旧罐头箱子拆板钉的，不带就不带吧！

“大衣柜带不带？”

“不带。”

“那可是东北松的。”

“东北虎的也不行。万八千里路，到家早颠散了，成了一堆劈柴。”桑平原不耐烦了，这么婆婆妈妈！

苏羊何尝不知道从国境线到中原S市，须坐七天汽车、三天火车。可这些家什上有她的心血，有这个家最初的历史，就这么一股脑儿地丢给大漠和雪山了？

大衣柜在静夜中发出湖泊一样的闪光。本来它的镜子还会更明亮一些，沁过门窗渗进的尘雾已将它镀上薄薄的粉尘。这柜子是苏羊结婚时父母给的陪嫁，是这个军人之家最富丽堂皇的装备。

“这个柜子里能藏个人。”桑平原第一次看到时说。

“不许你瞎说。”苏羊用小拳头捶丈夫的后背。

“不是瞎说。我们站上几个成了家的干部在一块闲扯，常说若是哪天回自己家，家里有个男人被老婆藏在大衣柜里，怎么办？”

“到底怎么办？”苏羊感到浑身暴起鸡皮疙瘩，想不到这些外表威武的军人内心潜伏着深深的恐惧。

“有人说，若带着枪，就瞄准穿衣镜美美给一梭子；有的说，用钥匙把柜门锁了，拿个板凳点支烟，慢慢吐烟圈玩。还有的说……”

“如果是你呢？”苏羊又羞又怕，却忍不住要问。

“我从没想过会有这种事。”桑平原说。

“我要你想。以前没想过，现在马上想也来得及。”苏羊撒娇。

“那我就一言不发离开这个家，永不回头。”桑平原一字一顿地说。

这些话还在这破旧的上屋中余音袅袅，大衣柜就要永远地离开这个家了吗？

“给你讲个故事吧。”桑平原见妻子久无声响，便说，“从前有个人得道成仙，要搬到天上去住了。他自然很高兴，可还有一件心事。他求老神仙，我一人上天不成，老婆得带上。老神仙一想，这不能造成新的两地分居，行，一块儿搬迁吧！这人挺惦记老婆，老神仙也好心眼，就批他老婆也跟着一块儿上天了。老公母俩飞到半天空，一回头，看见自己的床铺被褥鸡鸭猪狗还有破茅草棚，觉着那么亲切，又求老神仙把这些也一并搬上天。老神仙答应了，运用神力，呼地一下，鸡犬和破草房，一齐飘在了半空中……这就叫鸡犬升天。”

“好啊，你编派我！”苏羊恼了，用尖尖的指甲在桑平原背后狠挠了几把。

“哎哟……真有这么个故事，书上写着呢，我的意见是本着精兵简政的原则，必不可少的东西，咱带上走。其余的，能送人的送人，能变卖的变卖。旧的不去，新的不来。”

苏羊好一阵毫无声息，桑平原也被困倦湮没，渐渐沉入黑甜乡里。

突然，苏羊开口讲话，清朗明白，毫无倦意，吓了桑平原一跳。

“你说，暖壶需要不需要？”

“需要。”桑平原含含糊糊地应承。

“那带不带？”

“不带。”

“为什么？”

“运回去也得打碎，不如……不带。”桑平原已带出鼾音。

苏羊反倒一骨碌坐起来：“我有办法。我先用被子把瓶胆包起来，再放到箱子里，来个双保险。”

“要是瓶胆碎了，不但赔一个暖壶，还搭进去一床被子……你趁早把……暖壶送……人。”桑平原的话几近梦呓了。

苏羊坐着愣了半天，躺下说：“真要那样，我就把瓶胆取下来给人，铁皮壳子咱带回去，换个胆又能用了。”

桑平原没有回答。他真的睡着了。

风在屋角看不见的缝隙呼啸而过，发出尖厉的哨音。苏羊久久没有入睡，桑平原要回他的故乡了，苏羊却要从此远离她的父母、她的家乡。为了丈夫，为了孩子，她将走向陌生的 S 市。

她的眼泪无声地流下，为抵御这种混杂着失落的眷恋，她紧紧搂住丈夫宽阔的胸膛。

那里有一颗心脏在跳，平稳而坚强。

四

火车节奏很好。

蔡干事住软卧。不是他级别高，而是身负机密——他携带着西北军区赴包括S市在内的中原某省全体转业干部档案。挺秀气的一个小提包里，拘禁着能够装备偌大一个师团的军官。从排连营团到司务长外科医生参谋干事电台台长，一应俱全。蔡干事生怕弄丢了，对不起戍边的弟兄，吃饭都不敢去餐车，一盒快餐打发了事。上厕所也提着棕黑色的小提包。

蔡干事是做复转联系工作的行家里手，颇有经验。他长着一个像瘪嘴老太那样的反颌，就是“地包天”，这使他的脸显出很和善、很无能的样子，极容易给人一种信任感。

桑平原从硬卧车厢穿行而来，一路上是重重叠叠的脚。当你在火车通道行走的时候，看不到人们的其他部位，只有脚。

桑平原四年一次的探亲假正好到期，便同老蔡一同去S市。安排工作时，也好提前知道点信息。他以前就同老蔡很熟，一路做伴。

进了软卧，只见云遮雾罩，镇静片刻，才看清里面坐着三个人。

老蔡像搂着老婆一样搂着小提包。对面铺位是个抽着很长外烟的年轻人，他有一个不安分的前额，额上有一道蜈蚣似的疤。

第三个人个子很高大，低悬的上层卧铺压抑了他的头颅，更显得腰背佝偻。见桑平原进来，他忙站起身，头顶碰撞上卧的同时，脚下也传出铿锵的响声。

“邱井，是你？多年不见，你小子进步不慢，都有坐软卧的资格了！”桑平原抢先招呼。

邱井和桑平原是同一年入伍的，家在S市郊县农村。

“哪里的话，”邱井一脸尴尬，“咱们俩是难兄难弟，我也是今年转业回S市。”他说着蹲下身去整理被踢乱了的物品：“那边硬座车厢搁东西不保险，我就转移到老蔡这儿。”

老蔡连连点头：“没事。我睡觉都睁着一只眼。”说着，下意识地拍拍小提包。

桑平原皱眉头：“怎么能坐硬座？三天三夜哪！”

邱井苦笑：“你还赶上四年一趟，我去年老父亲死，刚回去过。这次是纯粹自费。路上苦点，能省不少钱呢！”

“那就相信组织安排吧！老蔡肯定会为咱们着想的。”

“我跟你还不一样。你是S市入伍的，再孬也安排在市里。我是底下县里的，这回想进S市，就得自己跑了。”邱井心事重重。

他是军区偏远兵站的一个站长，每天的事务就是安排过往车辆的食宿，并无任何业务专长。

三个军人沉默着，闷着头抽烟，烟便像牛奶一样把大家浸泡起来。

“老桑，你还有什么关系？再想想。如今安排转业干部的工作，提倡个人、组织两条腿走路。到处人满为患，能沟通信息，多几条渠道，也多几分把握。说不定哪块云彩会下雨。”蔡干事念念不忘他的职责。

桑平原不想让老蔡伤心，便装作想的样子，过了一两秒钟，觉得这样表演太劳神，便说：“老蔡，我是一心吊死在组织这棵树上了。我十八岁离家，中学同学四十几个，能叫出名字的不到十个，还净是些钉鞋卖货当售票员的。别说帮我联系饭碗，他们还指望我当个师长旅长的提拔提拔他们呢！”

桑平原想起王五一。第一次探家时想去找他，又怕五一因为没当上兵触景生情伤心，便没有去。以后再去找时，他们家已经拆迁搬走了。

“咱们的编制没旅。”蔡干事是个认真的人，忍不住纠正。

“是啊，没旅。可他们的国防知识是从军棋上学来的。”

“我倒是有几个关系，这回就全仰仗他们了。小孩他舅妈的姑父，还有一个叔伯哥哥的兄弟媳妇的小学同学，都是管人事，手里有实权的。平原，等我的事有点眉目了，就再联系你的。”邱井挺仗义。

桑平原忍不住哈哈笑起来："我说老邱，你从哪儿倒腾出这些亲戚的亲戚、朋友的朋友，八竿子打不着，都成了阿凡提的兔子的汤的汤了……"

邱井黑瘦而小的头颅和他高大的身躯很不相称，此时堆满了神秘的笑容："我能让这兔子汤热乎起来，你们瞧——"

他像变古彩戏法似的拉出床下的木箱子。不出桑平原所料，整整一箱名烟名酒，还有葡萄干。

"这是什么？"

桑平原指着箱旮旯里墨水瓶大的两个黑疙瘩。

"麝香。我都打听好了，有一个关系户的老婆有妇科病，咱这叫对症下药。"邱井得意地摸着自己的后脑勺。

桑平原又羡慕又懊悔，自己可是两手空空，没有见面礼。看着邱井被旅途疲顿煎熬成青黄的长脸，不忍地说："东西搁这儿，老蔡给你看着丢不了。你先到我那铺上打个盹儿吧。"

"没啥没啥。"老邱连连摇头，"这点苦算什么。能在S市落下户，对老婆孩子也有个交代。老婆在家里，替我把二位老人送的终，跟我到部队上，一天福没捞着享，这回咱一总报答了。"

蔡干事说："老邱，你这情况特殊，还真需自己多费心。得保重身体。"

坐在对面铺上的蜈蚣脸小伙子，眯着眼，仿佛刚睡醒："几位大哥想必是回 S 市找工作的喽？”

桑平原、老邱没有跟这号人打交道的经验，冷冷地注视着他。蔡干事勉强点了一下头。

“不认识人怕什么，有了钱，谁都认识。”小伙子指点迷津般地告诫几个军人。

桑平原乜斜着眼。要是在国境线附近发现这种人，他会提防他偷越国境。他不愿理这种人。

蔡干事昏昏欲睡。联系工作是件很繁累的事，还没开始，他就身心俱乏了。

只有老邱连连点头：“听口音，你也像是 S 市的？”

蜈蚣避而不答：“大哥若是信得过我，咱俩就上餐车撮一顿。我请客，您带上瓶酒就齐了。我在市里还真有几个铁哥们儿。”说完，贪婪地扫了一眼茅台。

老邱习惯于缓慢思维的脑筋被这突然的变故搅得停止了运转，一时不知说什么好，喃喃道：“茅台我就两瓶，泸州老窖多，有五瓶……”

桑平原不耐烦了：“老邱，你还不如把茅台卖给乘务员，换回钱来买个卧铺睡了。”

蔡干事也睁开眼：“你是 S 市哪个部门的？”

蜈蚣脸倒不介意，嘲讽地一笑：“就这样你们还想办成事？”说完，甩手而去。

“咱这点血汗钱置办的东西，不见兔子不撒鹰。”老邱解释。

“军区为什么不给你订个包厢？和这种人掺和着住，晦气！”桑平原悻悻然。

“老桑，不要明知故问。军费紧张，你又不是不知道。能坐软卧，我还是沾了它的光。”蔡干事拍拍怀里的小提包。

列车匀速向前。窗外干燥的平顶土房，已在不知不觉中被高脊的瓦房所置换。这说明他们已经脱离了风沙肆虐的西部，进入雨水较为充沛的中部地区了。

为了让老邱倚靠得稍微宽敞些，桑平原坐在蜈蚣的铺位上。

门开了，蜈蚣回来了，还跟着乘务员。桑平原唰地立起身，挤回蔡干事的铺位。

“坐。坐。我看几位兵大哥有点看不上我，我就调了个房间，到隔壁去了。咱们还是邻居。”蜈蚣笑嘻嘻地说。

军人们的好恶一旦被人说破，反倒有些不好意思。出门在外，各有所爱，蜈蚣并没有妨害过他们。

桑平原帮着蜈蚣收拾物品，就算是拥政爱民吧。

“不敢劳驾。请留步。小人我送三位首长一件小小的礼物，这个铺位的钱我已经交过了，就请你们随便坐坐吧。”蜈蚣的脸扬得挺高，桑平原看到他的伤疤一共缝了七针，还留有依稀的浅色针痕。

“这算怎么回事？”桑平原惊异不解。

“咱们同病相怜嘛！我是待业青年，您是待业中年，彼此彼此嘛！祝您早点找上个如意工作！实在不行，就在这条线上跑单帮，怎么也比穷当兵强。拜拜了您哪！”

蜈蚣扬长而去。桑平原真想照他的后背点一梭子，让他透明凉快凉快。

不管怎么说，老邱今晚可以睡个安稳觉了。可老邱并没有睡觉，他到隔壁找蜈蚣聊天去了，迟疑了一下，终于没带茅台酒，拎了一瓶泸州老窖。

五

大厅宽敞得生出寒意，许多长条桌子，蒙着镂花的绿色台布。台布铺的次数多了，便生出细细的浅黑折痕。此次又没有仔细对准以前的印迹，折痕铺亘在桌面上，显得桌面比实际要窄。

一条红色横幅悬在大厅中央：S 市军转干部人才交流中心。布是旧的，字却是新剪的，恭顺、工整，像熟透的杏子一样，泛着温暖。

一沓沓白色的转业干部表，像被推倒的多米诺骨牌，摊在淡绿色台布上。每一张折叠的表格里，都踡伏着一条铮铮作响的汉子。

老蔡面前“西部军区”的牌子略微仄斜。服务小姐款款走过去，纤纤素手扶正，然后冲着台后的军人莞尔一笑。瘪着嘴的老蔡无动于衷，没有丝毫感谢的表示。小姐便觉得边地来的人没有礼貌，你看人家广州军区，多么温文尔雅！等转了一圈回来，只见西部军区的小牌又仄斜过去。不经意的人只能看见“军区”二字，西部就侧到暗处去了。

小姐刚要再度伸手，老蔡低声说：“这样挺好。谢谢！”

地域观念恐怕是抹不掉的。现代生活节奏越来越快，人的大脑一天要处理无数信息，只好迅速将其分类归档。比如一听到山西人，立刻闻到醋味和想起吝啬。老蔡深谙此道。比如看到广州军区的小木牌，立刻眼前就灯红酒绿霓虹酒吧，好像从那儿回来的军转干部也个个会唱港台歌曲，会抓经济，会搞公关，天生一个商业人才。若是看到西藏军区的牌子呢，登时就想起畜牧土产羊皮大衣和藏红花了。除了奶牛场和林畜单位，别人难得驻足。积重难返的条件反射，蔡干事无力与之抗争，便使出小小的伎俩。

蔡干事把桑平原的表格放在最上面，他希望用人单位第一眼就看中他。比如你单位想要个科长，我这一摞里有好几个人都可以当科长，你就把桑平原挑去吧！

这算不算徇私舞弊？也许算吧！但总要有人排在前面，桑平原一生错过了许多机会，这一次，就给他一次机会吧。

零零落落走进来几个人。说是八点半开始，未到时间，就有人捷足先登了。真正缺人的单位，还是愿意挑选转业干部的。他们政治素质好，责任心强，能吃苦耐劳。而且社会关系单纯，如今裙带风盛行，这一点不得不防。一般说来，他们身体也都不错。虽说有些人是以健康状况不佳离队的，但瘦死的骆驼比马大。正当年的青壮汉子，怎么也比天天蹲惯办公室的地方干部强。

一位很有风度的长者在只写有“军区”二字的小木牌旁停下了。他穿一件银灰色的风衣，领子很大，几乎像个披肩，更映出一头白发灿若霜雪。他信手拿起桑平原的登记表，直着胳膊翻看着。

质地很好的纸页，发出薄钢板样清脆的声响。

蔡干事有些紧张，决定桑平原命运的时刻到了。

桑平原镇定地从履历表上看着蔡干事，看着很有风度的银灰色长者，看着每一个走近他，预备看他一眼的人。

桑平原的履历清白如水，“何时何地因何事受过何种处分”一栏里，填着一个大大的繁体字：無。

这是桑平原最有风采的一张相片。两道炭铅一样的浓眉，像两支军容整肃的突击队，笔直地斜飞入鬓。他的鼻子不很高，但正直，鼻翼伸张，好像正喷出勃勃生气。他的嘴唇很厚，而且紧抿着，这就使轮廓近乎一个方形。方形的嘴孤立出来当然不好看，但在桑平原的脸上很般配，使整个面孔完成了男子汉的最后一笔。

这是他的结婚照，眉宇间洋溢着英气加喜气。人们对于结婚照，当时没有满意的，总觉得自己还要英俊潇洒得多。随着年代的久远，才发现自己永远没有照片上那种少年得志的英雄气概了。

转业干部一般都选择了自己较为年轻时的相片，心里自然简单明了，希望显得朝气干练。桑平原似乎是个更为好面子的人，他的提前量更大了一些。

照片上的桑平原仪表堂堂，无可挑剔。

银灰色老干部没让蔡干事提心吊胆太长的时间，啪地把桑平原的脸用白色封面遮盖住了。

“我是外贸局的。”

老蔡点头，表示早就看出来他是出自一个很有规模的单位。

“我们需要懂外语、有本科学历以上的干部。”银灰风衣很和蔼地一笑，好像在谋求某种理解，眼睛闪着睿智的光。

“有。有。”暂且顾不上桑平原了，蔡干事忙不迭地从底半部抽出两份表格。银灰风衣将一份很快浏览一遍，放下了；将另一份仔细巡视了一番，也放下了。两份叠叠整齐，推了回来。

“还好。只是年纪稍微大了一些。很抱歉。而且，外语的语种也不相宜。”说完，用老年人的翩然离去。

蔡干事若不是顾及人多，几乎要恶语伤人。他们才刚刚四十岁呀！比别人不成，比你总是年轻多了！你不是要外语人才吗？他们是呱呱叫的解放军外语学院的高才生！语种不宜？是的，他们学的是印地语、乌尔都语，可你有印度和巴基斯坦这样的邻国，你就必须有懂这种语言的军人。现在，他们的满腹学识被人一句话就枪毙了。

可是，老蔡不敢，也不能。他现在是肩负重任，为自己战友的后半生构设蓝图。他必须和颜悦色，百问不厌，百拿不烦。他没有权利发个人的脾气。

他悲哀地想起了列宁的一句话：在市场上叫嚷最欢的小贩，往往是想把最坏的货色推销出去。

大意如此。真是风马牛不相及。可他驱赶不走这念头。他相信桌子上都是些好货色，正如相信自己是好货色。军人是门年轻的职业，除了极少数人得以穿着军装走完他们最后的人生旅途，大多数人是要在半路改换一次门庭的。每个国家都有许多对退役军人的优待，这很正常，假如你想保证国防的持续强大。我们也有，而且竭尽全力。无奈，我们很穷，我们人太多。蔡干事说服自己不要着急，东方不亮西方亮，黑了南方有北方嘛！

人群渐渐稠密起来。一双双手伸过来，一张张履历表被打开，几位医生、汽车维修干部被当场成交了。

“我们需要一个车间党支部书记。”一位看来像党务人员的女同志说。

剩下的没有什么业务专长的军政基层干部，基本上都能当支部书记。这是一个适应性宽泛的岗位。蔡干事不失时机地将桑平原递了过去。当然，正营职政治教导员去当党支书，是降格以求。但军队干部转业地方，一般都要向下调。况且党的干部能上能下，桑平原这点觉悟还是有的。

女党务不忙于翻检档案，先注意地审视了一下桑平原的脸。看来她是相信直觉的那类女人。很显然，桑平原那张从双人结婚照上挪下来的面孔，给了女党务一个值得信赖的印象。她迅速向后翻动。

蔡干事偷空四周巡视一眼。许多小牌子旁交谈很热烈。蔡干事好生嫉妒，恨不能把所有的用人单位都招呼到自己这儿来。他真想吆喝两声，可惜整个大厅像铺满了桑叶的蚕室，嘁嘁喳喳而又秩序井然，到处是纸页掀动的唰拉声。

女党务神色安详。是啊，一个车间党支部书记，一不需要外语（正确地讲，是英语。只有英语才能算外语，其他语种只能算方言），二不需要大学本科以上的学历，关键是人要真正忠诚可靠。看来，桑平原初试合格，进入备选。

突然，女党务的手像被马蜂蜇了一下，十指散开，把桑平原的履历表掉在桌上。桑平原的脑袋碰到了“西北军区”的木牌角上，发出响亮的声音，也许头要碰出一个大包。

蔡干事不知是什么惊吓了这位女干部。

“他是个全迁户呀？我们可没地方安排他老婆，还要有房！”女党务直瞪瞪地看着蔡干事，好像他欺骗了她。

我们随着时代常常制造出新名词，以充实从老祖宗那儿传来的语言宝库。全迁户就是可以引为自豪的创造。意思是一人转业，全家迁回。除须安排他的工作，还有妻子随调、子女上学等诸项问题。较之牛郎虽在外，织女好歹在 S 市还有个窝的单迁户，安置任务更为艰巨。非财大气粗的单位或极需要的宝贵的特殊人才，一般都退避三舍。单是一个住房，就难煞人。你总不能让戎马生涯的一家人，一下火车就露宿街头啊！

女党务已经恢复了镇静，做出一个爱莫能助的微笑，然后义无反顾地找别的小木牌去了。

蔡干事悲哀地看着桑平原。桑平原喜气洋洋地看着蔡干事，沉浸在新婚的快乐中。

“还乐呢！谁要你当初找了个白坎！”蔡干事暗自怨道。

白坎是句西部土话。比如，你的帽子猛然被山口的大风刮跑，你撒腿去追。帽子头不点地地愉快地像风车一样旋转而去，你望着越缩越小最后像沙子一样消失的黑点，两手一摊，对别人说：“我的帽子，就这样白坎白坎地没了！”白坎就是这样一个只可意会不可言传的词。约略相当于一无所有、一筹莫展，空白，什么话也别说了的境界。引申到人，就是除了边境，哪儿也没去过、没见识过。

桑平原并不是一开始就想找白坎的，实在也是形势所迫，被逼无奈。

他马上就要三十岁了。老母为了夸大他在婚姻问题上的紧迫性，总是当面把他的年岁往大里虚，背后托人介绍时，又总是往小里说。不管怎样七折八扣，他将满三十岁了还没娶上老婆，是一个铁的事实。他可不是想当晚婚模范。军人晚婚都是没找上对象。一找上了，速战速决，绝不延宕。

桑平原动手并不晚。修身齐家治国平天下，男子汉当三十而立。他不是寡情的人，很早以前就希冀着有一个美丽温柔的女人。边防站单调的生活，极易催发人们强烈的情欲。冰峰雪岭、荒漠戈壁，倒把军人们的内心打磨得柔肠万端。况且，他们时光有限。未婚军人两年探望一次父母，探亲假就是他们的恋爱假。两年是一把很长的尺子，一个人的青春，经不住两三次比量，就无影无踪地消失了。二十天的探亲假是一个很窄的缝隙，恋情还没发芽，离别的车轮就残酷地碾过去了。

军人们都爱找家乡的女人，这是他们漂泊四处时感情上的根。纵使有一天父母不在了，他也可以借此回到生养他的那块土地。女人就是家乡。

桑平原何尝不想如此。父母老眼昏花，除了忽而旁敲侧击忽而单刀直入强调抱了孙子死也瞑目之外，并无活动能力。担子便落在妹妹桑九妹身上。

桑九妹是按桑家的大排行命名，桑平原只兄妹两人。

桑平原早年出走当兵，九妹就里里外外一把手，穷人的孩子早当家，自己还是黄毛丫头，就人托人，紧锣密鼓地给哥哥找开对象了。

他在西部军区当兵，这一点大家都很清楚，介绍人都是知根知底的，如实禀告，对双方负责，不藏着掖着。刚一见面，姑娘们也都兴趣盎然。桑平原相貌英俊，虽说脸色有点黑，细心的姑娘们可以分辨出，那是风吹日晒的结果。他偶尔抖腕子推一下手表，被表带遮盖的部分还是蛮白净的。不是自来黑，城市的水是可以把他漂净的。

“你什么时候能回来？今年？明年？”姑娘们问。她们都问。没有一个不问的。

“这可说不准。我们那儿是边防，挺艰苦，派个人去不容易，一个萝卜一个坑。有时候站长不在，我是一个萝卜两个坑。等有人顶了我的位置，我才能走。”桑平原挺诚实。

姑娘们的脸顿显阴沉，谈话的兴趣锐减。分手的时候，就只剩下一般性的礼节礼貌了。

回家后，九妹一字一句让哥哥复述会面时的场景，老妈也紧张得旁听。

“哥，你怎么能这么说呢！”妹妹嗔怪他。

“不这么说，你说怎么说？”桑平原是真心求援。今天会面的姑娘人很清秀，脾气也柔和。桑平原不止一次想到，真要成了，他把姑娘的相片拿出来一亮，能镇了全站所有军官的老婆。

“你就说，只要咱们这事定了，明年我就能回来！”

“这不是骗人吗？当兵是世界上最没准头的行当。你说明年回来，明年回不来，不是既耽误别人也耽误自己吗！”桑平原觉得，一奶同胞的妹妹怎么跟自己想的差别这么大。

“哥，你可真傻！话就那么一说，爱信就信，不爱信就甭信。哪个谈恋爱时说的话能那么较真，骗到手再说呗！”

桑平原瞠目结舌，看看老妈，老妈正祈求地看着他。

不孝有三，无后为大。

于是桑平原决定说一次无伤大雅的假话，给妈妈骗一个儿媳，给妹妹骗一个嫂子来。别的姑且不论，每次探亲回去，领导上都对他的个人问题十分关怀。若是总找不上，也没脸见父老兄弟。

可惜他的决心不够坚定，轮到下一次姑娘再这样问他，他忍不住又说了真话，于是又告吹。

一次探亲假，一般来讲，最多只能见三个姑娘。刚到家，总得休整两天，把来自西部的风尘拍打干净。洗澡、更衣，刮刮胡子；涂点九妹的珍珠霜，软化一下坚硬的面部。按说这些表面处理程序，抓紧点时间，有个一天半天也就够了。可九妹一般还要让他再耽搁几天，才开始会面。

“哥，这两天你可别闲着，抽空就到街上走走，把你那眼神换换。”

“我眼神怎么了？”桑平原纳闷，抓起妹妹的企鹅形小镜子。脸大镜子小，便用镜子围着脸绕了两圈。挺好嘛，目光炯炯。

“你那眼神太愣！你在街上看看，S 市的人哪有这么不错眼珠看人的？好像每个人都是特务似的。”桑九妹不像是桑平原之妹，好像是他大姐，毫不留情地数落。

国境线上的景色很单调。呆板的雪山，乏味的黄沙，不动声色的赭色石岩。当然，还有彼此穿的绿军装。如果在这一片烂熟于心的风景中出现了某个异常的黑点，你当然要像钉子似的逼视它，直到搞清那是一只低飞的兀鹫或是一只沙狐。

过于单纯的景色会使人的眼神移运迟钝。桑平原走在马路上，看着疾速流淌的人群，不知道他们急着要到哪里去。扑朔迷离的灯光，高耸的单薄的大楼，还有流光溢彩的商店，都使桑平原觉得陌生，这不是他那个朴素、安宁的故乡 S 市了。

在进行完适应性训练后，九妹检验合格，可以进行正式会面了。介绍人约时间，主要是看对方什么时辰合适，桑平原像加足了油的战舰，随时可以起航。见过之后，成与不成，都没有当时答复的。告别的时候，双方都彬彬有礼。也许是看介绍人的面子，也许是不愿让这个看起来很有好感的小伙子太下不来台，姑娘一般都找个借口。过几天才辗转传过话来：“我妈不同意，说我将来一个人过日子怕有困难。”桑九妹并不气馁，前赴后继，第二梯队再上。有时候，头一个还没见，第二个就约好了。桑平原久经磨难，一瓢又一瓢冷水浇得他再不敢存一点幻想。有时最后一面见过，还没听到女方的回音，他就踏上了返程的火车。到了边防站许久，军邮车才把否定的坏消息带到。

并不是所有戍边的军人都这么难以解决个人问题。农村入伍的就要好得多。起码是个军官，这就是一大优越条件，当了随军家属，就吃商品粮，这是很大的诱惑。城里兵就惨了，除了真正的青梅竹马，一般人都对茫茫无期的分居感到恐惧。还有那广袤的距离。距离是一切感情的稀释剂。纵使初见时有些好感，关山重重，鸿雁传书的热量有限，周围又是吹冷风的多，火便很快成为灰烬。

眼看着仪表堂堂的桑平原找不到对象，边防军人们简直觉得耻辱。“这回到你们那个地区接兵，你去！给领个媳妇回来！”领导又给了他一次机会。接兵组的同志都知道他负有这个特殊使命，开玩笑：“桑教，你若是看上哪个姑娘，她弟弟要当兵，只要不是瞎到两眼一抹黑、跛到小儿麻痹后遗症那个程度，咱们都接了走。”

可惜，也没成。

罢！罢！罢！

在这种情况下，当有人给他介绍白坎苏羊时，他先说：“我以后也许要在这儿长期工作，你得有思想准备。”

“我们家就是这儿的。”苏羊绵绵地说。

困扰桑平原多年的难题，就这么轻而易举地解决了。

婚后，大家都夸苏羊能干又漂亮。桑平原笑着说："我是先看外表美，再看心灵美。外表美，心灵不美，咱可以慢慢改造嘛！要是外表不美，改造起来可就困难大了！"

他们过得和睦而幸福。没想到，转业使他们的家庭面临着巨大的危机。白坎是一株浮萍，S 市不欢迎她！

蔡干事发愁地归拢起剩余的表格，桑平原赫然还在卷首。他清点了一下剩下的弟兄：有模范指导员、神枪手、带的部队立过三等功……这些都记录在案，可是他们没人要。这些光荣称号到了科研单位、外事单位，轻如鸿毛。

老蔡悲哀地站着，觉得自己像暮色西沉时的一位老农，急切盼望把自己辛辛苦苦种出来的蔬菜送给需要的人们。

如果最终没有单位选中这些弟兄，军转办将强行分配。这是政治任务，不要也得要。

包办婚姻，终不如自由恋爱。以后诸多的事情，还要和单位协商解决。蔡干事希望每一位战友都像抢新郎一样被抢走，自己也就不辱使命了。

"别着急，咱们再耐心等一会儿。"蔡干事宽慰自己，也宽慰桌子上的桑平原和他身后的战友。蓦地，他看到老邱的瘦长脸在白色表格的最后缝隙朝他谦恭地微笑，心中咯噔一下，"老伙计，你的事就更难办了。按规定哪里参军回哪里，你不回县里要留S市，我爱莫能助。”

快中午了，交流会已近尾声，不知还有没有新的机会。

六

回来了！终于回来了！桑平原想对每一个迎面走来的S市人说。可惜，没人理他。人们都步履匆匆。城市像一架绞紧了的链条，纷乱而又井然地运转着。年轻的转业军人像一个遗失了的零件，孤独地站在一边。

老年人的病，重的时候奄奄一息，你以为有今天就没明天，有时突然又会好起来，挣扎着活下去。

妈妈就是这样，儿子的归来使她年轻了，逢人就说。有时还会突然狐疑地问桑平原：“不是骗妈吧？这回回来就真不走了吧？”

“还得走。妈——”桑平原说。

“啊？！”妈的脸霎时枯黄下去，像冬天树上的最后一片叶子，眼看着要飘到地上。

桑平原一看事闹大了，忙不迭地说：“妈，我回去接您的媳妇、孙女，再就永远不走了。”

“你打小就淘气。要不是那年偷跑了去，哪能遭这么大罪，二十年才回来！”妈妈喋喋不休。

二十年前他就住在这里。儿时觉得很高大空旷的房屋，变得狭小不堪。爸爸不在了，家里又多了一个陌生的男人——妹夫。两间平房，新婚不久的妹妹和妹夫住里间，外面那小间是妈妈的小板床，因为桑平原的归来，加支了一张折叠床。以前不是这个格局，妈妈和妹妹住里间，桑平原住外间。今非昔比了。

里外屋之间挂着色彩艳丽的门帘。从外屋进去，有一种从第三世界进入第一世界的感觉。家用电器，组合家具，到处是钩织流苏的装饰布，怪异的香水味，使得新房很像门脸拥挤的小百货店。

桑平原为妈妈感到不平。门帘内外，反差太大。妈妈却全然感觉不到，来了街坊四邻尽着往屋里让：“看看我家九妹的房，跟电视里一个样。”

人们啧啧：“就是窄了点。”

“以后有了孩子，就跟我住。再以后，还不都成了他们的！”妈妈对自己的大限倒很通达。

妈妈的话突然顿住了。她记起了自己还有一个儿子。

妈妈本是很重男轻女的人。但二十年的空白使她不敢奢想儿子真的会回到她的身边，儿子便成了一个象征。

桑平原好伤心。即使在自己的家里，他也成了一个多余的人。

妹夫回来了，拎着一只活鸡。

“九妹，把气锅给我。大哥回来一趟不容易，做只气锅鸡给他接风。”妹夫是个豪爽的人。

“气锅在柜橱底下。”桑九妹拖着重身子，猫下腰去，一只手扶着肚子，一只手去摸锅。

“我来吧。”桑平原起身欲帮。

“你是客，歇着吧！”妹夫一挡。两个男人的臂膀相碰，桑平原感到一股强劲的力道传递过来。这劝阻是真心实意的，既有客气，又有不容违抗的主人翁感。

桑平原的手停在了半空。

他感到一阵悲哀：这间生他养他、无数次在他梦中萦绕的小平房，什么时候不再是他的家了？

他知道妹妹无可指摘。先是父亲的重病，后是寡居的母亲，消磨了妹妹最好的年华。妹妹不能嫁出去，否则妈妈会因抑郁而随父亲一起走的。妹妹坐地招婿，妹夫走进了这个家。桑平原在相片上见到小伙子，感到他充盈的野气，就像气锅鸡的香味，四散飘逸。当时桑平原感到极大的宽慰，从此这家里有一个顶门立户的男人了，心里也减轻了不能尽孝的内疚。现在，这个家已经像地理拼图一样契合无缝，远道而来的桑平原和他的白坎媳妇找不到位置了。

热腾腾的气锅鸡，雾气遮没了大家的细微表情。

“哥，您这政治教导员，要是合军衔，是几杠几豆？”妹夫问。

“中校吧。两杠两星。”桑平原回答。

“哟！正经不小的官呢！‘文化大革命’那会儿，我有个同学他二舅是中校，不过是国民党。算挺大一个‘反革命’，他们家没少跟着沾包挨斗。”

桑平原苦笑了一下，如今的中校贬值了。

“哥，你们当兵劳苦功高，这回回来，还不闹个几室一厅的？”妹夫仗着以酒遮脸，把话问了出来。他终究不是老于世故的人，话问完了，眼巴巴地看着大舅子。

退伍中校给妹夫斟酒：“那没问题。国家有文件，规定优先解决转业干部的住房问题。什么叫优，不就是好吗？什么叫先，不就是排在前头吗！等我有了房，几室一厅不敢说，有套单元房还是有把握的。就把妈接去住，你们这儿也可以松快点。这些年，你们也不容易。”

两个男子汉痛快地把酒干了。桑平原努力去相信自己的话。为什么不相信呢？相信了，对别人、对自己都有好处。

深夜了，桑平原还漫无目的地在街上走。夜晚的城市更显出同西部旷野的巨大差别。迷离的灯火使S市显得亲切可人，灯下的昏暗，又透露出拒人于千里之外的清高。到处都衔接得很紧密，没有缝隙。

一个小伙子骑着摩托S形驶过，后座上姑娘蓬起的衣裙几乎打到桑平原的耳朵，留下一句嬉笑：“瞧这傻大兵，八成是失恋了！”

桑平原直想冲他们大喊：“别那么神气！这些年，是我保护着你们！”

他走过一块块很庄严的招牌。某某局，某某厅。他想象着自己从这个或那个门里出出进进，拿出一张红色或蓝色的硬皮派司，很洒脱地像夹着香烟一甩而过……

一幢幢新起的居民楼很漂亮，各色窗帘像神秘的幕布，透出令人遐想的光。他更注意的是那些尚未完工的住宅，一套套巨大的水泥格子，像蜂巢似的黏结在半空，不知道哪个格子将属于他。

拐弯处有一所玻璃小房子，一部红色的电话机，像救火车似的蹲在玻璃墙上。几年不见，城市里的公用电话间已经美丽得认不出了。

该给蔡干事打个电话了。虽然家门口就有公用电话，可桑平原不愿在那里打。在邻居眼里，他不想显出找不到接收单位的窘迫。

摘下话筒，放入硬币，拨号，忙音，按退币键，钢镚儿跳出来，有一枚还掉到了地上，捡起来，重新投入……真麻烦，哪如部队的电话机，抓起来就讲。

终于，通了，传来蔡干事遥远如蚊虫般的嗓音：“找谁？”

“就找你。我是桑平原。”

“哦，老桑，你联系得怎么样？”

一句话使桑平原冷了半截。这原本是他该问蔡干事的，想必那边还是毫无进展。

冷场。听得见电话线与广播串音的混合声响。

“喂——喂——”蔡干事大声呼唤，以为线断了。

“我听着呢！”桑平原没精打采。

“别这么跟得了鸡瘟似的。事刚开始，说不定明天就有单位接收你了。你自己也得广开渠道。听说老邱的事了吗？”蔡干事尽着给桑平原打气。

“没听说。”

“他把登记表从我这儿拿走了，说是自己去通路子。他那些二十响炸药包还有那两个手雷似的药丸子，看来还真管事。老蔡，咱们在部队上，不兴搞这一套。可人在矮檐下，不得不低头。我看，该出血的时候就放点血吧。”蔡干事对桑平原说的是心里话。

“老蔡，我不是小气、抠门，实在是想烧香拜佛都找不着庙门。再者，堂堂五尺高的汉子，给人上供递小话，我干不来。要是明说咱都交多少钱，就给分个好工作，我豁着砸锅卖铁，也了了这桩愁人的事。可我真是低不下这个头。当了这么些年最可爱的人，一下子成了千人嫌万人嫌的货色，我想不通……想不通！”

密闭隔音的电话间吸净了声音，一位晚归的工人纳闷地从一旁经过：这位解放军怎么在电话亭子里练开拳了？

“平原，冷静点……我们还是要相信组织……”蔡干事急忙安慰。

“我很冷静。”桑平原把电话机放下了。

一个看水果摊子的老人正把苫布盖在一筐筐苹果上。货架背后斜置的镜面，使苹果显出双重的多和大。一块苫布蒙上，又像两块苫布蒙上。一切都是重影。

桑平原漫无目的地在街上闲逛。夜已经很深了。也许，他二十年前离开这座城市是一个错误，二十年后回来又是一个错误。

七

桑平原一家的行李辎重卸在小院里。没有人去注意苏羊精心绘制的小雨伞和“请勿倒置”字样，箱笼东倒西歪地堆放着。苏羊原本想把它们扶正，一想一路上车水马龙早不知颠了多少个儿了，也懒得再动。

他们真是上无片瓦，下无立锥之地。

填转业干部表时，苏羊原主张写上“无住房”，桑平原思忖再三，不肯。写上有住房，就好找接收单位。若是以住房为先决条件，就会把许多接收单位吓跑了。

这想法自然机警。现在，组织上终于为他们安排好了工作，但房子可没有着落，只有挤住在妈妈家。

妹夫拿来老虎钳和钉锤：“把行李打开吧。”

桑平原说：“打开了反倒没地方放，不如就这样搁在院里，还好保管。”

桑九妹说：“也好。不然哪天哥搬楼里时，还得重捆，多费一道工夫。”

桑大妈说：“万八千里路颠回家，总得打开瞅瞅，有没有磕了碰了的，也好拾掇拾掇。”

苏羊叹了一口气说：“我来吧。有几个箱子装的是现穿现用的衣服被褥，得打开。有几箱子书，暂且用不上，又没地方搁，就扔院子里吧。”

先用老虎钳把铁丝铰断，然后把箱子外层包裹的木夹板和烂棉絮撕开，最里面还有一层塑料布。斗转星移，最后才像剥粽子一样露出漆皮斑驳的一只红箱子。人们凑过来，很想看看荣归故里的桑平原有什么家当。

苏羊慢慢地把箱子盖打开了。草绿色的军装、军帽、军用胶鞋，白粗布的衬衣、衬裤，黄色尼龙夹底的线袜子……

“军装前两年时兴，如今早吃不开了。赶紧送委托去，要不越放越不值钱了。”妹夫翻动着军装，很内行地说，“这双毛皮鞋拿到自由市场，给那些练摊的，没准儿能卖出个好价钱。三九严寒的看堆，还是这个暖和。”妹夫的手从鞋窝里退出来，夹带出了一双毡垫：“还是军用品实在，连鞋垫都垫两双。哥，我拿一双了。要不，也便宜了那帮倒爷。”

九妹说："哥的脚比你大，你穿也不合适呀！"

"小改大不易，大改小还不简单吗？剪剪就是了。"妹夫说。

苏羊抽出一块极鲜丽的绸子给九妹："我们也算是从丝绸之路那儿回来的，就送妹妹一块绸子吧。"

桑平原托起一块九道弯的滩羊皮："妈，您缝件皮筒子吧。"

桑大妈别过脸去："妈啥都不要，只要你日后总在妈身边就行了。"

一家人迁回来，要办的事很多。转各种关系，到单位报到，给丹丹联系学校……

"你知道最要紧的事是干什么？"苏羊问桑平原。

"最要紧的？"桑平原搔搔脖子，看苏羊一脸诡谲的神情，便说，"带丹丹到公园去玩。这是早就答应她的。"

"公园又不会跑了，早一天晚一天有什么要紧。最先要办的，是给你买一身便衣。"

桑平原至今还穿着军装，领章帽徽齐全。从理论上讲，他已经不是军人了。军队转业干部脱下军装的具体时间并无明确规定。性急的，一听到正式通知，便把领章帽徽取下，穿一身草绿军服当作便装了。也有的像桑平原这样，一直穿到回家。

"便衣"这个词很容易使人联想起特务。其实不过是针对军衣而言，取方便之意。

“买什么样的便衣？”桑平原征询地望着妻子，在这方面，他完全是门外汉。

“买夹克衫吧。又精干又潇洒。”苏羊和桑平原漫步在S市宽阔的街道上。

“夹克衫太随便了一点。我要到厂里当支部书记兼行政科科长，一定要有一套很严肃、很有气魄的衣服。”

“那只有买西服。”

“对！买西服！”

“这路旁正好有一家服装店。”

“不。我们上最好的西服店去。”

S城对苏羊来说是个陌生的地方。街面上人声鼎沸，她不由自主地靠近桑平原。

“嗯，离远点。注意军容风纪。”桑平原小声嘟囔了一句，与苏羊拉开单兵行进的距离。

最好的西服店很远很大。衣架上排着套套西服，彼此靠得很近，像一队队很守规矩的绅士。

“您看他这个头，穿多大号码的衣服合适？”苏羊赔着笑脸问售货员，希望她能给予特别的关照与热情。

售货员扫了一眼桑平原，隐含着对土包子开洋荤的那种不以为意。不过她的职业道德挺好，随口报出一个尺寸。

其实苏羊对桑平原的身材是有数的，只是这套西服意义重大，不得不慎重。

这是一家高档的自选商场，门庭寥落，更衬出华贵。

“你看我穿什么颜色好？”在四面都是镜子的铁壁合围下，桑平原不自在得想躲藏起来。

苏羊为他挑选了一套银灰色的，有开国大典般的庄重。

“怎么这么小？盖不到屁股。”

“你穿军装宽敞惯了，西服讲究的是线条和体形。你穿这个号没错，人家售货员都说了的。”

“是她穿衣服还是我穿衣服？”

“好好。我给你找大一号的。”

苏羊拗不过，便在衣架上翻找。可惜大一号的没有银灰，苏羊便取下一件铁锈红的。

“我怎么能穿这个颜色？”桑平原大为骇怪。

“为什么不能？这是今年的流行色。”苏羊不由分说，便把铁锈红往桑平原身上披挂。于是，四周镜子里挤满了风流倜傥的红衣男子。桑平原多少年里只穿过绿，色调的突变使他恍若成为另一个人。

“哎呀，太提神了！想不到你穿红的这样漂亮！”苏羊忘形地叫了起来，惹得服务小姐直翻白眼。

“不好！不好！”桑平原左右腾挪，想躲闪镜墙里那个红彤彤的身影，“我是要穿着去上班，又不是去斗牛！”说着就往下甩衣服。

“好了，我不管了。你爱买什么买什么吧！”苏羊赌气不理他。

桑平原自己钻进衣架另去寻找。茂盛的西服像青纱帐遮没了他的身影。苏羊想，这还不挑花了眼！不想，桑平原片刻后就出来了。

“这套颜色多正派，我一眼就看中了！”桑平原大有相见恨晚之意。

苏羊看了看号码，大小对头，便说：“既然这么喜欢，就穿上走吧！路上还可随便些。”

“急什么？以后随便的日子还多着哪！”

回来的路上，桑平原可能意识到这是他最后一次穿着军装在路上行走了，腰杆笔直，目光平视，双臂微微摆动，好像有一双无形的眼睛在检阅他。

苏羊挟着硕大而华贵的包装盒，知趣地与他拉开距离。

“哟，这可是名牌！到底是哥有气魄。”桑九妹忙不迭地打开盒子，只看了一眼，就赶紧把揉在一旁的捆扎绳拿过来，“别动别动！照原样绑起来，赶紧去换！”

桑妈妈一小步一小步地挪过来：“买的时候怎么也不挑仔细，这么贵的东西！”

妹夫抱着膀子走过来凑下身去看了看，说：“是不是处理品？你们图便宜？”

桑平原奇怪地一把抖开衣服，三下五除二地披挂停当，把所有的纽扣系好，原地转了个圈：“怎么了？这不是挺好的？”

西服的质地很高级，纯毛花呢，细腻笔挺。稍微大了一点，不过也还说得过去。桑平原穿在身上，大家觉得很正常、很顺眼。问题正出在这里：这是一套草绿色的西服，几乎同军装色泽一模一样。

妈妈对苏羊说：“还没穿够哇？你也不拦着他！”

九妹说：“你要是早说就要这色的，哪用花钱买呀？我用你的军装给改一件，不就全有了？”

桑平原不理睬众人的非议，十分得意地穿着走来走去。

桑平原和苏羊都打扮得又清洁又整齐，双双到那家接收他们的工厂报到。

苏羊接管全厂的计划生育工作。这是中等规模的重工业企业。烟雾缭绕，音响铿锵，因而女工少。女工少，计划生育的工作量就轻，这是个闲差。原来管计划生育工作的女同志叫金茶，名字挺娇艳，其实是个五大三粗的女人，横眉立目，满脸阶级仇恨。

“计划生育的资料都在这里了。你不是搞过多少年了吗？自己看吧！”一大摞账本卡片像练气功时用的砖块，噼里啪啦掷了过来。

苏羊是温顺的女人。她想，金茶一定是在家里碰上不顺心的事，或是赶上女人的生理周期，不然不会向素昧平生的人发这么大火。不过计划生育是婆婆妈妈的事情，她怎么也该领苏羊到底下走走，同大家伙见一面，工作上也好有个衔接……苏羊正想着怎样委婉地提出请求，金茶说：“咱们两清了。”就开始从办公室清理杂物。

她把拖鞋、钢丝刷、洗发香波装在脸盆里（脸盆白色无花，很像是公用品），临走又扯去了脸盆架上的毛巾。最后一瞥看到了办公桌上的电子计算器，抄在手里，预备拿走。

苏羊环视了一眼“白茫茫大地一片真干净”的办公室，感觉到了明显的敌意。电子计算器肯定是公用品，应该列为移交。计划生育是同数字打交道的行当，这玩意儿须臾不可或缺。

“这是你的吗？挺精致的。”苏羊力求不引人注目地问。

“这不是我的。可这是我领的，现在我要把它交回去。你不是很有经验吗？一定会心算，跟史丰收似的，那就更用不着这东西了。”说罢，金茶扬长而去。

S 市的人怎么这么不讲理！苏羊无力地靠在桌子上。西部边民们绝不会这样，他们生性好客，肝胆相照，绝不会对一个素不相识的人这样刻薄无礼。

上班的第一天就这样不顺利，这不是一个好兆头。S 市是一个冷酷的地方，我们不该回来！苏羊胡思乱想着，随手翻开一本育龄妇女登记簿。她猜想，那个蛮不讲理的女人一定把一切都搞得混乱不堪。不想账簿井然有序，无可挑剔。她失望地又翻开一本，也是眉清目秀。

晚上一家人围在饭桌边，这真是最幸福的时刻。热气蒸腾，虽都是家常便饭，却令人陶醉。

“今儿头一天上班，好吗？”老母亲关切地问。

“主管厂里后勤工作的副厂长出差去了，行政科的一位老李给我介绍了一下情况，明天到底下转转。”桑平原像给上级汇报一样，说得挺详细。

“我还好。”苏羊蹙着眉头说。

“爸爸妈妈，我要上学。”桑丹嘟着小嘴，不肯吃饭。因为转业安排工作耽误了时间，暑假已过，寒风骤起，孩子上学的事还未联系妥，以至她发出类似高玉宝的呼声。

“快吃饭。吃完了妈妈给你补课。”苏羊哄孩子。

“这丹丹，说是个女孩，比个小子都淘。到处野跑，可把我给累坏了！”桑妈妈敲着自己的胳膊腿。桑平原赶紧放下饭碗去帮着捶：“妈，你可千万别累坏了！”

“别说外带着看孩子了，就是忙活这一大家人的饭菜，也够呛！”妹夫最先停了筷子，点起一支烟。

大家再没有人说话。

晚饭后，苏羊要去洗碗，丹丹非要马上补课，说着便要哭，苏羊只得丢给丈夫一个眼色。

桑平原没洗过这么多的碗。虽说小家小户，饭菜也不是宴席，无奈一块酱豆腐也占一碟，归拢到一处，也有满满一大盆了。桑平原以前在家时，是妈妈洗碗。当兵回来探亲时，是妹妹洗碗。结婚成家，是苏羊洗碗。当然在站上当教导员，平素通讯员洗碗，偶尔也有自己洗的时候，但碗少，油腻也不多。

家里没自来水，洗碗要到公用龙头。水花飞扬，溅湿了他的鞋袜裤腿。洗着洗着，来了一位刷尿布的，桑平原好不晦气。

当他终于扶着一摞颤颤巍巍的碗筷回到自己家门前时，听到妹妹和妹夫在小声嘀咕。

“你咋不去刷碗？我哥没干过这个。”

“为什么就该我去？今儿晚上吃的饭，说是老太太做的，其实一大半是我张罗的。都是一样上班，谁不累个臭死！”

“你比我哥下班早，你就多干点嘛！”桑九妹的口吻中充满恳求。

“一天两天可以，老这么下去不行。侍候你妈我心甘情愿，谁叫咱俩有这缘分。半路上掺和进这一家子，我可侍候不着。”

“你不愿意干，我干！”九妹赌气了。

“你干也不成。我不心疼你，还心疼我的孩子呢！我是为咱家好。”

“那你说怎么办？”九妹没了主意。

“你委婉点，劝你哥在外租间农民房吧！离着厂子近点，也省得来回这么跑。反正他有钱，也不在乎房租贵。”

“不成。这不等于往外撵我哥一家吗？我说不出这话。”九妹拒绝了。

“那咱就分出来单过。不然你一生孩子，这么一大家人掺和在一块儿，吃没吃，睡没睡处，这日子可怎么过？迟分不如早分……”

桑平原手中的一摞碗晃动起来，一个碗侧身跌落，桑平原急忙用膝盖、脚面去挡，碗跌跌撞撞几经顿挫，终于没有碎，倒扣在地上。

“看你！新买的西服裤子，淋这么多水！”回到屋里，苏羊嗔怪他。

桑平原枯燥的目光环视了一下四周。苍老的妈妈和娇小的女儿挤在小床上，祖孙俩将这样过夜。一套铺盖卷斜靠在床边，晚上铺在地上就是席梦思。只要把铺盖卷拎走，这房里就没有他们的痕迹了。

这里不是他们的家。

八

他们俩骑着自行车去上班。S 市的人骑车很野，比素称剽悍的西部人野多了，猛拐抢行，一如骑着最烈性的马。

苏羊小心谨慎地跟在丈夫后边，但骑车人是无法互相保护的。桑平原的车带又扎了，只得让妻子先走。

车水马龙从他身边掠过。平日似乎到处可见的修车铺都隐匿起来，那自行车圈内写着繁体“車”字的标志也无处可寻。桑平原只得推车赶路。

厂门口门可罗雀。大门紧闭，只有一扇小门半开。已经过了上班时间。

桑平原把自行车放在大门外车棚的角落里，修车时好方便些。

门口的考勤人员操纵着日本打卡机，真正原装三洋公司产品。刚正不阿，你迟到了，它就毫不留情地在考勤卡上给你打上一个红色印迹，还有精确到分秒的进厂时间，为处罚你留下确凿的原始记录。高科技日新月异，你无可奈何。

桑平原对此很反感，觉得是对人的不尊重、不信任。依稀想起夏衍的《包身工》，又觉得不伦不类。

他走进行政科长办公室。李师傅正在等他。

“原来的科长退休了，书记病重住院，科里的工作由我代管。这两天，行政上的公务交接得差不多了，今天我领您到各个小部门走走，咱们就算正式交完班了。这儿还有办公室用品清单，您也一块儿签个字。”

李师傅公事公办地说，头顶一圈头发像梳洗过的蓑衣般齐整。

桑平原从来没领导过这样老的下属，心中觉得别扭。在部队，凭老李这把年纪，该当司令员以上的首长了。

“老李，坐下说。”桑平原怀着对老年人的尊重。

“桑科长，咱们走吧。边走边聊。”

桑平原习惯地抻抻衣服，摸摸领口。代替风纪扣的西服领宽敞透风，倒使他像失落了什么。

这座工厂的绿化搞得相当不好。只有厂大门附近的办公区域相对安静，随着步伐的深入，灼人的热浪和喧嚣的轰响从四面八方挤压过来。

“咱们行政科管的地盘，像些沿海岛屿，分散在旮旯里。”李师傅像个导游。

“这是维修班。这是新来的桑头儿。”李师傅向一群蹲在地上的工人说。

桑平原觉得“桑头儿”这个称呼逆耳，很像工头。但工人们毫无吃惊的表示，想必工厂里都是这个称呼，入乡随俗吧。

工人们穿着满是油污的工作服，白粗线手套露着大窟窿，脚蹬半截胶靴，桑平原一时竟分辨不出他们是维修什么的工人。

“维修班班长。我叫何永胜。”一个三十多岁的汉子从地上懒洋洋地站起来，伸出满是油腻的戴着手套的手。

桑平原毫不犹豫地握住手套，何永胜很快又把手抽回，桑平原手中留了一把油泥。

“他们主要是做什么工作的？”走出维修班低矮的瓦楞铁小屋，桑平原问。

“他们什么都干。杂七杂八没人修的活，都找咱们行政科。您刚来，不大清楚，过几天就知道了。行政科是救火队，哪儿出了娄子，你都得去堵。”李师傅平淡地说。

桑平原管辖的疆域辽阔。在托儿所，他受到了阿姨和小朋友们的热烈欢迎，所长也提出了一个迫切需要解决的问题：哺乳班（就是从56天到一周岁半的孩子上的班，桑平原刚知道）的几张带栏杆的小木床坏了，须尽快修复。桑平原又来到浴池，浴池管理员说预备公用的拖鞋经常丢失，得想个办法才行。要不就干脆取消拖鞋公用，打报告给厂里，拨一笔钱，每人发一双，又干净又省事又节约……桑平原几乎是逃出了浴池，他想不出一双拖鞋怎么有这么麻烦的经历。然后到了花房。花房怎么也归行政科管？当然？花房不归行政科管，难道归生产科管？桑平原在花房的温室里漫步，潮湿温热外带麻酱渣子马掌水的燠气，桑平原简直觉得自己也开花了。“这是什么花？”桑平原随口问道。他对养花素无兴趣，但花班班长是个大个子女人，一句困难未提，已使新上任的科长受宠若惊，不得不随便说点什么以示慰问。“科长，这叫鹤望兰。非洲名花。”大个子女人恭敬地回答。“不容易。”桑平原虽然不喜欢花，但黑人弟兄的植物能在一家工厂里长得这样兴旺，值得夸奖。大个子女人凑上一步，小声说：“您要喜欢，等方便的时候，我给您家送去。”桑平原赶紧摆手：“不。不。我那屋子没阳光，养不成花。”“那我给您送绿萝，送文竹，喜阴，不需见光。”桑平原注意地看看大个子女人，心想，这样的人是不宜当班长的。

又走过车棚。桑平原才知道自行车棚也归他管。又走过木匠组，到处是刨花。桑平原想起哺乳班的小床栏杆，便对木匠组的组长说了。木匠组的组长从耳朵根上拿下烟卷，毫不顾及墙上贴的“严禁烟火”的告示，冒出浓郁的辣雾。“头儿看吧。头儿说干什么我们就干什么。一人两手，两手十指，干这个不干那个，反正我们也没闲着，现正给厂里做椭圆形会议桌，您说哪个为先、哪个为后，我们当小兵的听喝。”

桑平原看看已具雏形的会议桌，不敢妄加推翻上级和前任的布置，只得说床栏杆暂缓。

又走过清洁班，全厂的通衢要道卫生都归行政科管。又走过收发室，上百种的报刊、往来信件、包裹单、汇款单，也归行政科管。又走过招待所、小卖部、医务室……

桑平原的脑袋一圈圈大起来，刚开始还约略分得清各部门的小负责人，后来便像看外国电影似的，搅成了一锅粥。他身心疲倦，像在沙漠里走了很远的路，在雪地里爬了很高的山。

只有食堂，还给他留下了比较鲜明的印象。食堂很大，操作间四周贴满洁白的瓷砖，似乎比医务室还要白得炫目。全厂几千工人三班倒，食堂一天开饭是流水席，工作量很大。到处都是炊事机械，和面机、饺子机、炸油条机、切面机、切丝机、馒头机……桑平原吃过饺子机包的饺子，皮厚馅少，有的干脆就是面片，一点也不好吃。

老李悄悄地退走了。桑平原一人瘫坐在科长办公室宽大的座椅里，不禁回想起遥远的西部那个小小的边防站。

多么潇洒、多么利落的一帮年轻的兵！托儿所，见他妈的鬼去吧！房子是我们自己盖的，路是我们自己修的，哪有什么沾满油泥的手套和什么维修班！椭圆形办公桌！你以为你是美国白宫吗！还有浴池……我们哪有什么浴池，我们有白铁皮焊的大盆。冬天巡逻回来，哪里有什么热水，哪里有什么拖鞋！只能用雪水搓脚，手上长满了冻疮。还有花房，花房是什么玩意儿？想看花就看窗上的冰花和飞舞的雪花吧！传达室、收发室，边防站一来信就是一摞，报纸就是一堆。还有食堂，我们那儿叫炊事班。唯一的机器是轧面机，还是手摇的，要吃面条算是改善伙食，每班得出两个精壮战士来摇轧面机……

桑平原烦躁地抓挠自己的头发，五指叉开，看样子像在梳理，实则在头发根部暗暗使劲。一把捋下，数十根头发飘散到地面。他在感到疼痛的时候，也感到清醒。

从此，他就是麻雀虽小、五脏俱全的父母官了。琐碎平凡絮絮叨叨啰啰唆唆，他桑平原既然来了，就责无旁贷地要干下去，而且要干好。

真窝囊！他生气地又捋下一把头发。他熟悉的东西，像奔驰的火车不可挽留地离他而去。不熟悉的东西，像哺乳班、拖鞋、椭圆桌问题，劈头盖脸而来，他需要尽快学习掌握，可世上哪有这样一本百科全书？

万事开头难啊！还没开头，就难成这样。桑平原暗暗叫苦。早知这样，也许不该回来。算了，吃什么后悔药，先把车修好，剩下的事，慢慢来吧！

桑平原到车棚检查了一下车。车带扎了。

“李师傅，你有补带的家什吗？”桑平原从心里觉得李师傅是个可仰仗的人，带着对老年人的尊敬问。

“有。”李师傅答应了一声，就没了下文。

桑平原等得不耐烦起来。若是在部队，谁要找什么东西，真要回答没有也就罢了，若是哪个人说有，一准儿立马起身跑步去找，这是人之常情。桑平原也是这样，哪怕是个战士问他借针，他在回答有的同时会随手把针拿出来。也许他懒得说话，会径直把别人要的物件找到丢在面前。关键是事情给办了，话说多说少倒在其次。看来地方上就是同部队不一样，嘴到手不到，先用话填人。

“在哪儿？”桑平原忍住不快，穷追不舍。

这回李师傅干脆不答话，但用眼皮翻了一下墙角。

桑平原随着那不情愿的目光指引，看到了一个帆布袋子。

别看外观不怎么样，袋子里东西挺齐全。桑平原在车棚补好带，一看车子脏得不成嘴脸，便从看车组要了块抹布。看车组一看是新来的科长要擦车，有名工人就撕了件旧工作服，把后背那块最平整干净的布递给他。

车还是桑平原在部队时买的。西部边塞风沙虽大，毕竟只是尘土，一擦就瓦圈锃亮。城市就不行了，烟尘酸碱五毒俱全，车圈已锈出老人斑似的灰团，桑平原好心疼。

擦车是件成瘾的事。擦了这儿你还想擦那儿，不擦完难以罢手。桑平原最后给车轴膏了点油，用手指轻微一捻，车轮就润滑得如同溜冰运动员一样。拨拉一下车铃，铃声像滚球一样圆润。现在，他的自行车如同一匹整装待发的军马，或者干脆就是一辆高级小轿车了。

这实在是今天唯一惬意的事。

桑平原感到有人在注视自己，抬头一看，是李师傅扶着车把站在一旁。

“老李，有件事，您能否帮我打听一下，厂子附近哪里有出租农民房的？”有了刚才的教训，桑平原不想求老李，可除了老李，他又实在不知再求何人。

“谁住？”老李盯着他问。

“我。”

老李注意地看着桑平原，眼皮渐渐耷拉下来：“我帮你想想办法。”

九

“这就是厂里给你们安排的住处。”李师傅摇晃着手里一大串钥匙，旋开了阴暗走廊的尽头一扇紧闭的门。

在这种糟烂如纸的门背后，很难设想会有一间房子。果然，门刚打开一窄缝，潮湿与阴冷就迫不及待地散布开来。在西部，冷的地方都干燥而通风，给人一种清醒警觉之感。城市的阴冷很像晦涩的深谷，拥滞而霉锈。

待到眼睛适应了暗，才看见有斑块在不规则地闪亮，像一汪汪积水。这是医务室堆放旧器械的库房，到处是破损的箱子和歪斜的诊断床。突然，苏羊撕心裂肺地惊叫了一声："那是什么——是——死人……"她捏住桑平原胳膊的手，像鸡爪似的抖动着。

地面上撑着一副担架。暗绿色的帆布面有一团污痕，很难判定它的颜色。凭着污浊可想出，很久以前那是血迹。一块白布单曲线玲珑地覆盖在上面，口鼻部因为呼吸之故，白布紧紧地贴附于额头和下颌之间，看得出是个脸庞很适中的人。

桑平原是当过兵的人，但猝不及防地看到一具死尸，他臂上仍然暴起了米样的粟粒，这不单是恐惧，更饱含着愤怒。

"你就打算让我们一家人住在太平间里吗？"

李师傅把钥匙摇得叮当乱响，像一支纷乱的歌："小伙子，别这么激动。这房子不错，我想住还住不上呢！"

"我宁愿睡在马路上，也不能在这里同死人做伴！你们这样对待转业军人，我要到国防部去告你们！"桑平原义愤填膺，长久以来压抑的怒火腾地燃烧起来，"我保卫过你们！"

“你到联合国去告也行。”李师傅仍旧不紧不慢地说着，“不过，这可不是太平间，是贮藏间。小伙子，看看好。”

他慢吞吞地走过去，怕惊动了谁似的，缓缓揭开了担架上的白布。于是，桑平原和他的妻子，看到了一具——橡皮人。它和真人一般大小，淡黄色颇有弹性的肌肤下，透出红蓝色的血管，还有朱砂色的肝和粉红色的大小肠。

桑平原与妻子面面相觑：这是医学模型。

“小伙子，别那么大火气。怒大伤肝。”李师傅像个与人为善的老中医，“厂里没房，家家都挤得像铅笔盒。不是现在那种带磁铁的，那是豪华型。而是五六十年代那种铁铅笔盒，又窄又小。你要是去租农民房，一个月要交几十块钱房费。这是明数，还有暗补的。你做了好吃的，比如饺子，得先给人家房东端一碗……”

“我当了二十年兵，难道就应该落得这么个结局吗？”桑平原环顾四周，心中惆怅万分。

李师傅的脸皮倏地绷紧了：“我看你是不知足！不就是当过几年兵吗？没啥了不起的。不干这个你就干那个，用不着一天挂在嘴皮子上。少说几句，人家还佩服你，说多了，人家腻歪。你当的是和平兵，不过略苦一些，那插队、上兵团的也不轻松。再说，和以前的兵相比，你们就算是享大福了。我那兄弟还是打这座城时死的呢！怎么了？怎么也不怎么！我弟媳妇至今还睡在小土房里。小伙子，来吧。咱们一块儿把这屋拾掇拾掇，让这橡皮人靠窗根底下凉快凉快去。”

桑平原受了抢白，像兜头被浇了一桶冷水。他没想到事情还有另一面的道理，说出来也振振有词。过去终究是过去了，一切都重新开始。

桑平原有择床的毛病，每当新换了铺位，第一个晚上总睡不好。尤其是睡在这离地三尺平衡木般的医疗检查床上，更有一种莫名其妙的感觉。

他们已经把库房收拾洁净了。寒冷依旧，霉味已稀薄了许多。清冷的月光如白缎般从窗外泻落进来，轻柔地覆盖在妻子和女儿身上。

桑平原的思绪瞬息间飘荡出去了。他看看表，凌晨三时，该换哨了。上班岗在频频看表，该来人了，怎么还不来？该接下班岗的还在被窝里磨蹭，多躺一分钟是一分钟。然而，终于该起了。今晚的口令不知是什么？起口令是件费心思的事，天天更换，比女人的时装还要演变迅速。纵然你是再大的文豪，也有被这日复一日的文字游戏绞尽脑汁的那一天。要不才华盖世的曹操怎么会发出“鸡肋”这样的口令？主要是黔驴技穷……

桑平原看看自己的妻儿。她们睡得很安稳，轻微的鼻息拂动起细软的额发。他突然觉得这很不真实，一切像梦境。他轻轻爬下床，抚摸另一张检查床上睡的女儿。桑丹感觉到了瘙痒，像只小鹿似的在他掌心蹭了蹭。桑平原还想抚摸妻子，手伸出去，又停住了。苏羊睡眠极灵醒，不要扰了她的好梦。

女儿的一根柔发千真万确地留在他的手中。这不是梦。

什么叫幸福？咫尺之内有你的亲人，你随时可与他们肌肤相亲、相濡以沫，这就是幸福！

桑平原知道，此时此刻，他的战友正在没膝深的积雪中巡逻……谁都可以忘记这一点，但他不会，永世不会！

当过边防军是件挺糟糕的事。当你有权享受幸福的时候，你会突然回忆起苦难。它会使你永远没有纯粹的幸福。

住的问题解决了，就该给孩子联系学校了。桑平原拉着丹丹，连过了四条马路，才找到附近的学校。

“爸爸，我手疼。”丹丹说。

桑平原松开自己的手。马路上汽车如过江之鲫，丹丹从小到大只见过羊群，哪里见过这么多汽车？每过一条马路，大手便不由自主地捏紧小手，现在一松开，小手五指并拢，像一只囫囵手套。

每逢路过一扇漂亮的大门，桑丹都说：“这是我们学校吧？可惜，都不是。”学校的大门很破。

校长是个干瘦而和气的老头，文质彬彬。听完桑平原讲清来意，一口回绝了，一点也不和气和文质彬彬。

“我们校舍紧张，很困难，不收插班生。”说着就自顾自地看教学安排，明显地不容商榷。

桑平原没想到在这个问题上竟出了这么大的纰漏，不是人人都有受教育的权利吗？“那……我这孩子……到哪儿上学呢？”因为紧张，他结巴起来。

“到附近问问吧。”校长轻描淡写。

“这是离我们厂最近的学校，还要过四条马路。再远，孩子怎么能吃得消？”桑平原几近哀求。

“那就仍旧回原来的学校读嘛！”校长不为所动。

“那学校离这儿有一万里路！”桑平原终于忍无可忍地咆哮起来。

“一万里路？那你们是从外国回来的？”老校长不相信地摇摇头。

“你以为中国就没有离这儿一万里的地方了？太孤陋寡闻了！”桑平原被激怒了，不容商量地拽起老校长的胳膊。老校长为了避免自己的胳膊骨折，只得乖乖地跟着桑平原走。

校长室的墙壁上有一幅中国大地图。这几乎是所有学校的装饰画。桑平原指着中国西部棕黄青紫的高海拔区域说：“喏，她原来的学校就在这儿！”

老校长很认真地看了一刻，然后还估量了一下距离：“没那么远，至多八千里。”

“你以为是坐飞机，垂直量吗？要翻山越岭，过大沙漠，一万里还少说了呢！”桑平原寸步不让。

“你是转业到附近这家工厂的？”老校长从地图前踱了回来。

“我一开始就同您说过了。”桑平原不愿意重复。你看哪个军人老讲车轱辘话。

“对不起，我没注意。我把您当成一般的转学者了。”

桑平原一时愤怒，准备发完火就走的，没想到事情出了转机。

“小姑娘，你来做几道题，再背一段课文。”老校长撇开桑平原，开始去测试桑丹。他面容清朗，神态安然，这才露出一副教育家的本相。

桑平原浑身不自在起来，好像自己在受试。桑丹刚算错一道题，他就挤眉弄眼，恨不能代孩子把答案抢答出来。

“聪明倒是挺聪明，就是基础差一些。”老校长惋惜地说。

“那是游牧小学，上课很不正规……”桑平原慌忙解释。

老校长摆摆手，表示他不需要听原因：“假如要上我们学校的话，我说的是假如，我们还要就一些具体问题商量，那也须重上一级。”

“什么叫重上？”桑平原微张着嘴。其实他已经约略明白了这意思，只是难以相信。

“就是留级。”老校长注意地看了桑丹一眼，从教育学角度考虑，他希望孩子不要听到这些话。

谁料桑丹听得一清二楚，她惊叫起来：“我不留级！我是牧区小学最好的学生，为什么要让我留级？那样我的同学会笑话我的，留级生最被人看不起了。我不在你们这儿上学了，我要回去！”

桑平原轻轻抚摸着桑丹的头，好像那是一个盛满了水的瓦罐子。

“校长，她生为军人的孩子，已经是不幸了。当我不再是军人的时候，不能再一次耽误孩子。校长，求求您，不要让她留级。她是个自尊心非常强的孩子，她会受不了的。”桑平原的眼里有了闪闪烁烁的水花。

“她妈妈是教师吗？”老校长想了一下，问。

“不是。”桑平原不知何意。

“如果不是教师，那丢下的课程很难补，你们这次搬家又欠了许多课。不要以为小学的课程容易，循序渐进，这也是科学。”老校长谆谆告诫。

“是。不容易。”桑平原唯唯诺诺，“我们一定尽全力为她补课。”

老校长反而叹了一口悠长的气：“你们只知道让孩子留级是一次重大打击，殊不知这样勉强跟上，熟悉的老师、小伙伴都没有了，转学的孩子会很孤独。再加上繁重的功课，像刚移了苗的小树，又遭太阳暴晒，孩子会打蔫的。我看你们当家长的，先不要太好面子。我听你是S市口音，对你来讲，是回到了老家。对孩子来讲，从那么远的地方回来，真是相当于去了外国。所以，还请三思。”

桑平原连一思也没思，他说：“丹丹，这是你自己的事，你看呢？”

“我不留级。”桑丹半仰着脸，像一棵很小的葵花。

老校长不以为然：“你不该推卸责任。这么大的事，不应该让孩子定。”

桑平原说：“校长，就这么定了吧！谢谢您。”他几乎想敬军礼了，但马上意识到自己没这个资格了。

校长不慌不忙地说：“我们还有一个最重要的问题没有谈呢！”

桑平原明显地吓了一大跳，怕事情出现反复：“什么问题？”

“费用问题。”

“费用不成问题。我们虽然来晚了，但这学期该交多少我们交多少，您放心。”

“您知道该交多少吗？”老校长和蔼地问。

“不知道。您告诉我。”桑平原搓着手，他感到事情有些蹊跷。

“不用交钱，交点东西就行了。”老校长用被粉笔浸得霜白的手指点了一下教学楼，“您给我们每间教室安上六支管灯就行了。”

“每间六支管灯？”桑平原惊讶地重复，“这得多少钱？”

“不多。几千块钱就够了。”校长笑容可掬地说。

“几千块钱还说不多？我的全部家当加上转业费，也值不了这么多钱！”桑平原火不敢火，怨不敢怨，喉咙里咕噜作响。

“不是跟您要，是跟你们单位要。换句时髦话讲，叫赞助。”校长拉开悬在房顶的灯泡，像只萤火虫，“孩子们的视力下降……”

“您应该去找教育局，我只是个转业军人。”

“对啊，正因为你是转业军人，国家对你们很重视，我们才要借这个东风。你所在的那家工厂规模不小，这是九牛一毛。其实我今天是看您的女儿很聪明，把话提前说了。应该是我不收您的女儿，这很容易。她是中途转入，成绩又差，而我的每个班都是满额，老师叫苦不迭，谁也不愿加学生。到那时候，着急的就不是我而是你了。你女儿是计划外转学，我可以不理睬你。你就要去找你们厂领导，他们再来找我，我再提出管灯的事，这就顺理成章了。现在不过是简便点。那样耗费的时间，您女儿误的功课就更多了。”老校长说着用手拍了拍桑丹的头，被粉笔蚀得粗糙的手指钩起了女孩柔细的发丝。桑丹感到了疼，可她懂事地一动不动。

桑平原执拗地沉默着。

“别这么想不开。我不是趁火打劫，教育局实在是没有钱。权当是办件好人好事，被批判的武训还出钱办义学呢！”老校长宽慰这个被敲诈的家长。

“假如我一直在S市，没去当兵呢？”桑平原一字一顿地说。

“那你的孩子会比她大。”老校长肯定地说。

“我指的不是这个。是也要交这么多钱吗？”

“那就根本不存在转学的问题。”老校长怪他明知故问。

“会给吗？”桑平原痴痴地望着老校长。

“不知道。”老校长也无可奈何地望着他。

桑平原真想仰天长叹，或者到旷野中去学几声虎啸猿啼。太琐碎了，太具体了，太龌龊了！可你没有办法。它们像蜘蛛网一样紧紧缠绕着你，挣不脱，理还乱。

他渴望大漠，渴望雪山，渴望那蔚蓝色纤尘不染的西部天际，渴望部队那种像泉水一样澄清的人与人之间的关系。

现在的首要任务，是为女儿募到学费。

十

电话铃响了，轻俏而流畅，是一支简短美妙的乐曲。桑平原对此很不以为然。电话铃是传达命令、指示抑或敌情，应该凄厉而警醒，话机也应该为纯黑。现在，行政科长的电话是甜腻腻的奶油色，精致的按键像一排姑娘的牙齿。桑平原拿起电话。

“您是桑科长吗？”陌生的男中音。

“是。”桑平原还保持着部队的习惯，干脆利落地回答。

“今天晚上有一个车间加班运水泥，很辛苦，夜餐量要充足，最好丰盛一点。”

电话放下了。桑平原还不知道向他发号施令的是谁。这个厂子里的人彼此都熟悉，电话中用不着自我介绍。但桑平原是外来人。

“是王副厂长，主管后勤行政工作的头。按他说的，给食堂布置下去就行了。”电话音量宏大，一旁的李师傅听到后，指点着桑平原。

行政科这一摊，桑平原最不怵的就是食堂。人总要吃饭，军人和老百姓都一样。安定军心的主要措施就是把炊事班搞好，桑教导员深谙此道。

桑平原是晚饭后才到食堂现场指挥夜餐的。已经过了正常下班时间，桑平原不计较这个。再说他住在厂里，从医务室库房到食堂很方便。最主要的是，他很想把这顿夜宵做得漂亮，这是主管领导布置的任务。听说他刚从外地开会回来，桑平原还没见过他。

夜班炊事员的白色工作服，在雪亮的日光灯下闪出略带蓝色的调子。桑平原感到这白色有一种拒人千里的冰冷。部队的炊事员也穿工作服，但那只是一件白围裙，做饭喂猪都是它，虽脏却亲切。也没人戴这种纳满了包子褶儿的厨师帽。部队也许发过白帽子，可是没人戴。炊事员们都戴旧军帽做饭，透着温暖的油腻。

炊事员们默默地看着他们的新领导。

“大家忙吧。我随便看看。不知今天夜餐是什么？”

食堂管理员递上食谱。

桑平原没在食堂吃过夜宵，不知道食谱花样颇为不少，一时真想不出怎样搞得更丰盛，以贯彻领导指示。

一个小伙子将一大盆洗好的土豆端过来。

桑平原手心痒痒，半是显示半是为了同群众打成一片，从刀架上取了一把菜刀。“我来切几个。”他知道今夜有一个炒土豆丝，生怕别人阻拦，挥刀上案，唰唰地切起来。

没人阻拦他。人们都在看。

西部的军人，一年有半年多要与土豆或称山药蛋学名马铃薯为伍。若论切白菜，桑平原绝没有这般熟练，但切土豆，驾轻就熟。刀击案板节奏盎然，火柴梗粗细的土豆丝从他手下雪条般地涌流出来。

毕竟不是专职炊事员，虽熟练却不耐久。桑平原手腕子酸了，便格外迅捷地切了一个最大的土豆，利索地停了刀，谦虚平和地看着大家：“在部队时，也常帮厨。”他内行地拭拭刀。

“桑头儿刀工不错。”小伙子的包子帽歪戴着，俏皮地露出一绺鬓发，懒洋洋地夸了一句自己的顶头上司，然后随手摸了几把土豆，准确地丢进一台银光闪亮的机械，伸出小指，像拔琴弦似的按了一个钮。

哗——土豆们像被施了魔法，顷刻被分解为片，然后散作雨水一般的细线，从一个簸箕般的出口倾泻而下。

桑平原愕然。他怎么就没想到这里到处都是机械呢！这儿的炊事员比部队上的可享福多了！

一道闪电在窗外舞动，仿佛夜空中突然擎起一树银色的文竹，枝叶颤抖，柔弱而又骄奢地缠绕在天空。紧接着是片刻极端的宁静，仿佛城市被半空中的景色惊骇呆了，一时停止了呼吸。之后，雷声广泛而弥漫地响起，并不如想象中那样震动，只是火车、汽车、机器和街道拥挤人声的总和而已。城市对音响的耐受要比荒野中强韧许多。纯正的雨水经过污浊的天空，肮脏地坠落下来。它们前赴后继地悲壮地擦拭着城市，城市便渐渐露出些天真。

桑平原看着屋外的雨。城市的雨，无论多么猛烈也带着人工的装饰。它们打在层层叠叠的高楼上，便失去了大自然的节奏。沿着窗檐汇下来的水流，便同涓细时的自来水差不多，不能叫作雨了。

要看真正的雨，还得到荒野中去！

桑平原正遐想着，突然看到远处有纷至沓来的披着雨衣的工人。

啊！打水泥的工人！还有丰盛的夜餐！

"夜宵加个酸辣汤吧。祛风散寒，正好。"桑平原布置道。

"夜餐的食谱、工作量都是固定的，这样突然加码，恐怕不好安排。"管理员为难地说。

"不就是做个汤吗？又不是上一桌满汉全席，这有什么难的！"桑平原不解中夹杂着愠怒。

厨师长（就是那个扔土豆的小伙子）听见了，歪着头问："您知道酸辣汤是怎么做的吗？"

"酸辣汤？"桑平原打量了一眼厨师长，气色极好的胖脸上，眼睛亮而灵活，他便知道这是一个调皮捣蛋的兵。桑平原不怕捣蛋的兵，但他不得不慎重。"酸辣汤，就是先扔几个干辣椒，再倒一点醋。当然，还有开水一大锅。要是加点葱末、香油，就更好了。"桑平原觉得自己的回答无懈可击。

“照您这样打点出来的，不叫酸辣汤，叫刷锅水。”厨师长不客气地说。

哪有这样不尊重上级的下级！桑平原窝了一肚子火，但他隐忍着。

“真正的酸辣汤，得先烧出老汤来。知道什么是老汤吗？”

桑平原没理会骄矜的厨师长，这是一种尊严，也是一种涵养。但他很想知道老汤是怎么回事。厨师长也自顾自地说下去：“老汤是用鱼翅鱼骨鱼头鱼尾鱼鳞加小肉皮熬出的鲜汤，再把这些零七八碎的全捞出去扔了，撇了浮沫，只剩一锅澄清的高汤，然后往汤里兑白胡椒粉、白米醋。一切都要那么恰到好处，是多一分嫌长，少一分嫌短，就跟仕女图里的美人似的，讲究的就是火候分寸，最后临出锅时还得撒上碧绿碧绿的香菜末……”

还美人呢！还碧绿碧绿呢！身上沾满水泥粉的工人们已拥进餐厅，泥浆顺着他们的腿流到地上，听得见牙齿打架的声音。

“那就快做姜汤！”桑平原大吼一声，带着不容置疑的威严。

厨师们虽没有部队炊事员们那么强的服从性，但看到新上任的桑头儿确实火了，谁去捋老虎须啊，都开始操作。

“没姜。料都是按食谱领齐的。糖也没有。姜汤里要放红糖，而且不是个小数。”管理员说。

“开库领。”桑平原觉得这有什么难的。

“库工已经下班了。”管理员说。

“那么，你不是管理员吗？”桑平原惊讶地问。

“我是管理员，可我没钥匙呀！就像您是科长，您也打不开出纳的金柜呀！这有制度管着呢！”管理员急忙分辩。

怎么地方上有这么多弯弯绕！桑平原气恼起来，要是在边防站，他所有的话都是命令。

“还有没有别的办法了？”

“有。就是风险大点。”

“有什么风险我担着。你就说怎么办吧！”

“撬锁。”管理员低声说。

“撬锁！”桑平原高声说。

锁，被撬开了。桑平原抱出几包糖和一堆姜，问：“够了吗？”

厨师长像瞄准一样估量了一下，眯着眼说：“姜还少半斤。”

“你看着拿吧。”桑平原心想，姜多点少点有什么关系？但还是很尊重厨师长的意见。

“还是您拿比较好。过了您的手，再给我。”外面的工人冻得嗷嗷叫，锅里的水已经滚开，厨师长还是很有大将风度，不慌不忙。

真是怪毛病！桑平原没好气地抓起一把姜：“够了吗？”

厨师长把其中一块有疵点的剔出去，然后说：“够了。”

食堂大厅里弥散起辛温甜腻的气味，令人感到一种家庭的气氛。

啊！姜汤！

工人们拥挤过来。淋湿的工作服贴在他们骨骼分明的躯体上，像一尊尊暗褐色的塑像。

姜汤已盛在大铝盆里，浮动着团团温暖。

“快端出去呀！”桑平原不知厨师长还在等什么，老百姓办事怎么这么黏黏糊糊！

“等着定价。”厨师长用勺子敲敲盆沿。

“定什么价？”桑平原没反应过来。

“钱哪！多少钱一碗？”

桑平原这才记起，工厂可不是供给制。“价钱平时怎么定的？”他急得唾沫星子乱溅。

“成本核算呢！用了多少斤姜、多少斤糖，能卖多少碗，加减乘除一算就出来，不麻烦。”厨师长有条不紊地说。

谁知道用了多少姜、糖！“这姜汤光让闻味啊，怎么还不见出来呀！”工人们议论纷纷，有几个人在打喷嚏。

再等下去，姜汤就变凉白开水了。桑平原猛地一摆手：“端出去！放在饭厅中间，免费供应！”

噫——食堂里响起快活的争抢声。

“夜餐加做了姜汤，奖金要加分。”厨师长拿过加班奖金填报单，要桑平原签字。

桑平原沉浸在夜班工人的快乐中，正为姜汤得意呢，不由得瞠目结舌：“一个汤也要加奖金？”

“我们是满负荷工作。分内的活咱们一点不少干，分外的活当然应该有所奖励。多劳多得，谁让咱是初级阶段呢！”厨师长振振有词。

这真是老革命遇到了新问题。桑平原讨厌这种斤斤计较的商人习气，不悦地说：“发扬一下共产主义风格嘛！”

厨师长在这最不容易发火的话上，发火了：“说得好听！我们要是能想来就来、想走就走，早就发扬风格了。可惜啊，咱们没那个福气！”

桑平原是个炮筒子脾气，可他还是听出厨师长的话里藏针。这是什么意思？他一时语塞。

“按照规定，奖金是要加分的。”管理员在一旁解围。

莫名其妙！桑平原很窝火，又找不到爆发的缘由，越发觉得莫名其妙。

第二天清晨，天刚依稀亮，便有人敲桑平原家的门。

桑平原依着军人的警觉，早就听到了由远而近的脚步声。他竭力说服自己不去理睬它。已经是老百姓了，解甲归田了，要学会放松神经，别那么一惊一炸的，再不会有战备，再不会有紧急集合……再说，谁会知道医务室的旧库房里住着他桑平原一家呢？他在差不多已经制服了自己的警觉，对越来越近的脚步声置若罔闻时，焦虑的敲门声响了：“桑头儿，您快去看看吧！托儿所的下水道堵了。”

桑平原猛地下床，差点闪了腰。他睡在一张废诊断床上，好像整夜都在接受某种检查。诊断床高而窄，原是为医生站立时检查病人设计的，睡觉时有睡在独木桥上的感觉。

托儿所到处都积蓄着污水。托儿所的污水似乎比别处的污水更脏。孩子们等不及，继续在不通的便池里排泄，整个园所弥漫在腥臊中。

桑平原完全搞不清是哪处机关出了纰漏。边防站的厕所建在半山上，粪便噼噼啪啪落在山沟里。最大的故障是冬天粪水冻成的柱子，快抵到屁股了。布置两个劲大的兵，用铁锨横着铲平，就投入正常使用。这经验完全不适用。桑平原徒劳地用橡皮搋子四处抽吸，每个便池仍旧毫不留情地翻吐着污水。

孩子们在哭。托儿所保育员说："您看，是不是叫维修班？"

桑平原终于知道维修班是干什么的了。其实整个行政科就是一个大维修机构。没有事的时候，人们就忽略了它的存在。一旦出现故障，行政科长就得像万能胶一样黏补上去，桑平原还远远不能适应。

穿着长筒胶靴的维修工人们赶到了。长筒胶靴给了桑平原一种稳定感，知道他们是些行家里手。工人们紧张地检查抽吸，但其后的动作就渐渐缓慢下来，最后有几个人干脆倚在墙边不动了。

"怎么办？"维修班长何永胜问桑平原，好像他是水暖管道系统的专家。

"到底是哪儿出毛病了？"桑平原焦灼地说，他的确搞不清症结，而且也绝不想掩饰自己的无知。

何永胜略略感到了某种意外。他本想借此刁难一下年轻气盛的桑科长、桑书记。不想桑头儿一腔坦荡，并不忌讳自己是外行，这倒使他不好意思假装求教下去。

“这些管道都正常。”他画了个半弧，将咕嘟冒水的便池都包括进去，“是这儿堵住了。”一指化粪井。井盖已经掀开，黏稠而绿的污物结成一层看似坚硬的甲壳，龟裂处恶臭像瘴气一样，逃逸而出。

“怎么办？”桑平原问。他已经约略看出了事物的走向，但他希望有更好的办法。

“下去。”何永胜藏在络腮胡子里的嘴，很轻巧地吐出了这两个字。

“谁下去？”桑平原征询地问。

“您派活吧。这是维修班的全部人马，您派谁下去，谁就得下去。”

桑平原看看管工们，管工们谁也不看他。没有一个人迎接他问讯而又满怀希望的目光。桑平原又把目先投向何永胜，他是班长，是他的下属兼助手，他应该在这个时候勇敢地站出来，就像他手下曾经统领过的忠诚的连长排长一样。

何永胜倒不回避他的目光，只是满脸无动于衷的漠然。

“我如果派你下去呢？”桑平原小声问何永胜。他知道对付老百姓，昔日命令那一套是吃不开了。现有的体制不能把工人开除，他们不入党，不提干，不上学，他们什么都不怕。桑平原只有同他们商量。

“我不去。”何永胜极干脆地拒绝了，“这不是人干的活。粪汤子能把每个寒毛孔都淤死。”

桑平原想到了何永胜的回绝，但希望他能小声些，不要将厌战的情绪传染全军。何永胜全不理睬这苦心，让所有的人都听到了他们的对话。

“那就让粪井这么一直堵着吗？这幼儿园里有没有你们自己的孩子？”桑平原悲愤地问。

有几个年轻的维修工动容，身子略有活动。

“谁堵的，就让谁来掏。”何永胜说。

那几个青工不动了。化粪池古老得像一个肮脏的神话，谁知道是谁堵的？

桑平原愤怒地盯着何永胜。一个班长，为什么执意同领导作对？

“要不让老二来掏吧。”何永胜建议。

老二是谁？桑平原愣了。军人们都管男人的那东西叫老二，地方上不知是何含义。老二可干不了通管子的事情。

“咱们工人是老大哥，农民兄弟就是老二了呗！到附近农村去雇几个人，重赏之下必有勇夫。反正他们也是天天跟粪肥打交道，虱多了不咬账多了不愁，鼻子早熏‘聋’了。多出几个钱，会有人抢着来的。”何永胜讲完，几个管工频频点头，看来是说出了大家的心里话。

“谁出钱？”桑平原听懂了，可他还是要问。

“当然是公家了。”工人们异口同声。

又有一个孩子要拉屎。阿姨哄她："再忍会儿，过一会儿厕所就通了。"

"阿姨，我憋不住了……"女孩子说着哭起来。

阿姨抱起她，颤颤巍巍走过污水中垫起的半块砖……

桑平原把草绿色的西服脱下来。衣服像降落伞，被风鼓着，飘飘荡荡地落在一旁的侧柏枝上。桑平原每逢上场和战士们一块儿打篮球，也是这样随手把衣服一甩，不管是泥泞还是沙土。桑平原把裤子也脱下来。别弄脏了，毕竟不是军装，都是料子的，要爱惜点。

现在，他只穿一件背心和一条短裤了，浑身的肌腱在白亮的阳光下像受惊的兔子一般鼓起。

"桑头儿，你别下去。这可使不得！"有几个人劝。但大多数人不劝，何永胜也不劝。他们相信桑平原是做个样子，有这几个人劝就足够了，够下台的了，何必还要搭进更多的舌头和唾沫。

桑平原轻轻地把拦阻的人推开了。他不是想做样子，因为这事并不难。比起爬冰卧雪，比起几个月不见青菜，比起一天一夜巡逻上百里，这实在算不了什么。他甚至觉得他们围在这里看，太多余，太兴师动众，太像演戏了。他应该下去，这没什么可说的，很简单很正常。每个在军队干过，起码每个在边防线上干过的军人，都会认为这实在是小菜一碟。

"你们都离远点。"他对大家说，"但是你得留在我旁边，"他对何永胜说，“指挥着我，不然我可摸不着头绪。”

桑平原扑通跳下粪池。貌似坚硬的表壳迸溅开来，泛起恶臭。别人都不由自主地散开，唯有何永胜就势蹲了下来，坚守着岗位。

桑平原感到粪水是很有分量的液体，压迫在他的胸前，呼吸受阻。大概当年烈士被敌人活埋时的滋味类似于此。眼睛被熏得睁不开，好像施放了催泪瓦斯。鼻子倒是在极强的刺激下，早早失却了功能。这挺好，本来他挺为这事发愁，怕自己忍不住吐出来，怪煞风景。现在什么味都闻不见，真是再好不过。关键是得找到被堵塞的排泄口，在黏稠的黑绿色汤汁中，眼睛完全派不上用场，手又无法触得更低，只能凭感觉，凭脚的感觉。皮肤被蜇得很疼。桑平原还是后悔刚才下得太匆忙了，应该把袜子脱掉，那样五根脚趾分开，感觉会更精确。突然，他的腿触到一条滑溜溜的索状物，他吓得一激灵，可别是蛇？！他天不怕地不怕，就怕蛇。西部没蛇，如果有蛇，这些年的戎马生涯也就把这毛病治好了。现在，这么多年储存的恐惧又极新鲜地复活了。又一想，这地方怎么会有蛇？真是大惊小怪，不过是一块没酵解的污物罢了。桑平原很为自己的怯懦不好意思，虽然只是一瞬间，而且任何人都不曾发觉。

“桑头儿，你向左摸……对，再向左一点，稍靠下……”何永胜伏在井边，周到地指挥。

堵塞的部位终于找到了。

桑平原又脏又臭地站在粪井沿上，由何永胜提着水桶浇他。水凉热正好，温暖地冲刷着他，污水流进粪井。

“老何，你怎么就能知道哪儿堵了呢？”桑平原问。

“桑头儿，你怎么就会打枪了呢？”何永胜回答。

“学呗。我跟你学维修，行吗？”桑平原说。

“行啊。只是要交学费。”何永胜很严肃地说。

“成。明天我就打上一斤酒，提上一只烧鸡。”桑平原诚心诚意。

“那我就收下您这个徒弟了！”何永胜把一大桶干净水，从桑平原的天灵盖稳妥匀细地浇了下来。

好惬意啊！

“桑科长，你这么欺负人，还叫人活不活了。”

透过迷蒙的水帘，桑平原看到一个口唇血红、颜面狞恶的女人，冲着他张牙舞爪。

桑平原赶紧揩净脸上的水珠，这才看清是个服饰艳丽、人高马大的女人，在冲着他大声嚷叫。看那指手画脚的雄姿，原本大约还要站得更近，桑平原身上残存的气味，把她驱赶到了较远的地方。

桑平原不认识她，但这并不妨碍她可能是桑平原属下的兵。行政科几百口子，桑平原还远没有认全。

“什么事，慢慢说嘛！”桑平原没有领导女人的经验。边防站连耗子、蜘蛛都是公的。说心里话，他发怵女人撒泼。

“桑科长，您也不能欺人太甚了！你老婆占了我的坑，咱惹不起躲得起，到食堂当了个小库工。你还不放过，趁我不在，撬了库房的锁。您是头，您有权，咱当小卒子的，门牙打落了往肚里咽。可你不该留给我一笔糊涂账！拿了多少姜，拿了多少糖，问谁谁不知道。您跟我上厂长那儿讲清楚，我金茶勤勤恳恳踏踏实实地工作，从没受过这样的窝囊气。今天要不搞个水落石出，你休想走！”

穿着裤衩背心和一双湿袜子的桑平原，先是被这连珠炮一样的轰炸震昏了头，但他终于迅速厘清了头绪。女人叫金茶，妻子苏羊的工作就是顶了她的角色。金茶是现任库工，昨天晚上撬了她的锁，今天她旧恨新仇，不依不饶。

桑平原全身的肌肉，在冷风和焦虑的双重袭击下，不安分地抖动起来。

“现在还剩下多少姜和多少糖？”桑平原强压怒火。不管怎么说，昨天晚上出库时没过秤，这是他的疏忽。

“您不告诉我用了多少，我怎么能知道还剩多少？”金茶伶牙俐齿地反驳。

“你可以去称！剩多少，算多少。不足部分，都是我用去了！”桑平原快刀斩乱麻。

“好。桑科长全揽了去，痛快！有支出，没收入，昨夜里的姜汤没卖出一分钱，成了施舍白送了。请问，这账怎么下？”金茶穷追不舍。

桑平原一时语塞。现在不是共产主义，也不是原始共产主义，一分钱一分货，你犯了一个常识性的错误！

桑平原想不出对答的话。风，吹干了他身上的水，他的心剧烈地焦躁起来。

“拿公家的钱，充什么大方！新官上任三把火，想叫大伙夸你，这点心思，当谁看不出来呀！”金茶假装自言自语，声音清晰得像《新闻联播》的播音员。

“他妈的！这么点毛事，有什么好啰唆的！该多少钱，算多少钱，我一个人付了！我桑平原当了二十年兵，转业费虽说不多，请全厂一人喝一碗姜汤，足够了！”

桑平原肩搭西服，扬长而去。

何永胜拍拍金茶肥硕的后腰：“得了，走吧！我要是桑头儿，先兜头扇你一个大嘴巴，然后再给你付姜钱糖钱。”

金茶说：“我就知道他不敢！到底是当过兵！”

十一

一个副厂长，不就是个副团级吗？有什么了不起的！这么大架子！抵得上大军一个副司令的派头了，让人等这么长时间！

桑平原愤愤不平，脸上又不敢很现出颜色，表情肌与心绪不一致，便很疲劳。

王副厂长召见他，自己又久不露面。

这里是副厂长办公室，高大宁静，尤其是那张写字台，宽阔如台球桌，显示出主人的日理万机与知识渊博。

桑平原等得不耐烦了。他是主管着二十一个小部门的万金油科长，接近一个市长的范畴。到处起火，四面楚歌，猝不及防，焦头烂额。他觉得自己像贴身穿着一套湿淋淋的裤褂，外面又罩着西服革履，其中的苦恼只有自己知道。还有女儿的上学，这近乎乞讨……想到有求于厂，他不得不做出谦恭的样子。

王副厂长终于来了。中等发福，面孔滋润，微微显秃的鬓角……一切同电影中常见的厂矿干部形象没什么区别。他和蔼地微笑着，向桑平原伸出手来……突然，一个少年顽皮的面影在这张有些苍老的面庞上叠印起来，除去颌下的赘肉和眼角的皱纹，那眉骨、鼻梁、嘴角相互叠印，终于完全重合起来。

“王五一，原来是你呀！”桑平原像发现敌情，从喉咙里发出紧张而热烈的叫声。

“是我。没想到吧！军转办把你分来，我一看表上的名字，立刻就想到是你！”

两双男子汉的大手，洞穿二十年的时光，焊在了一起。

桑平原在感到喜悦的同时，沁出淡淡的苦涩：今非昔比了！

“坐吧。刚才有个外商来洽谈，让你久等了。”王副厂长半是道歉半是解释，桑平原却听出炫耀。

王五一沉浸在怀旧的气氛里：“小时候，你还帮我做过题呢！你还记得不？”

桑平原当然记得，但他摇摇头说：“不记得了。”

王五一有些失望：“那天在电话里，你听出我的声音没有？”他又问。

“没有。主要是没想到。分手的时候，咱们刚变声，现在可是真正的大老爷们儿了！”

“我本来想在电话里告诉你，让你也先高兴高兴，后来一想，还是咱们面谈吧。厂里现在没人知道你我原本是很好的同学。”

“咱们还成地下工作者了，单线联系喽？”桑平原不解。

“不是那个意思。地方上的人际关系要比部队复杂得多。你是国家规定安置的转业干部，我都是公事公办。可如果有人知道了，也许节外生枝，反而增添不必要的麻烦。”王五一沉思着说。

桑平原不得不佩服老同学考虑得周到。下车伊始，他已经感觉到了老百姓的复杂。军队虽然艰苦，却也纯净。安逸是很好的培养皿，人与人变得异常隔膜。

“习惯了吗？”王五一关切地问。

“不习惯。”桑平原坦率地回答，“我有时甚至想回到我的边防站去。我在那里待了二十年，我把一生中最好的年华撂在那里了。有一本什么科普读物上说过，人周身所有的细胞、皮肤，包括骨骼，每七年就要全部更新一次。所以，你现在看到的我，已经不是过去的那个桑平原了。现在构成我身体的一切成分，都是部队给的，都是属于西部那块土地的。我和这个城市格格不入，我总觉得它不承认我，我也接纳不了它。我没有了朋友、上级、下级，他们都远远地留在西部的边防线上了。我熟悉的一切，都脱离我而去，我不熟悉的一切，又强迫我接受它。我的妻子女儿，和我一样，不能适应这座城市，我们时时有一种外乡人的感觉。我活得很累很累，我们没有家，孩子无法上学，我所从事的工作完全是陌生的……”桑平原的倾诉像他的突然爆发一样，突然停止了。他感到了自己的软弱。自离开部队后，他还从没有机会这样彻底地宣泄一下，但是这个对象并不理想——过去请教过自己数学题的同学，今天自己的顶头上司。

王五一镇静地倾听着桑平原的叙述，眉宇间挂着浅淡的疲倦。正是这种疲倦，使他有了一种成熟的领导者的风度。

士别三日，当刮目相看。桑平原猛然想到，他们之间隔绝着二十年时间的崇山峻岭，便改变话题：“光顾得说我自己了。这么多年，你在做什么？”

王五一平静地说：“我一直在这里。”

“在这个厂子里？”桑平原讶然。这个厂子不算小，但相比一个青年男人的二十年生涯，它实在太狭窄了。

王五一轻轻点了点头：“先是当徒工，然后是当师傅。如果没有特殊的意外，就从这个厂退休。当然，这其中也读过书，当过技术员、车间主任，但从未离开过这里一步。”

桑平原愕然。他还从没想到过退休的事，他一直认为自己还年轻，自己的事业尚未开始。

“很平淡无奇，是吧？”王五一用茶缸盖拨动着泛起的茶叶，问道，“比起你们驰骋千里镇守边关，这种生活寡淡得如同白开水，不错，你艰苦过，可你也辉煌过。现在，不管你愿意不愿意，你要纳入一种普通的生活了。这是人生的一大变迁，从绚烂归于平凡。”

桑平原沉默着，他还没有如此清晰地梳理过自己的思绪。从绚烂归于平凡，他精神上的支柱摇摇欲坠。每个人都有过付出，也都有过收获。这就是生活。就像那个曾经向他请教过数学题的差学生，如今是端坐在他对面的领导。

“先来谈谈你的家务事吧。以前是先治坡后治窝。咱们来个反其道而行之，先安家，后立业。你有什么困难？”

桑平原嗫嚅起来：“住房成问题……太阴暗了，又小……”他不习惯向组织叫苦。

王五一不客气地打断了他的话：“就是那间房子，还经过了厂务会的研究。”

桑平原好心酸。

“厂里有专门文件规定，任何人不得住办公室。”桑平原刚要辩驳，王五一阻止了他，“你想说那不是办公室，是库房。对吧？性质是一样的。厂里的房子都要竣工了，全厂工人都眼巴巴地盯着这栋楼。让你提前住了公房，就等于默许了将来新房子有你把钥匙。你要体谅组织上的难处，你毕竟是半路上杀出来的程咬金！”

桑平原恍然大悟：原来是这样！他在感激的同时，也生出委屈：“我也不是光着屁股到厂里来的，转业干部有军委拨发的建房补助费。”

王五一笑起来，间或闪出少年时狡黠的影子：“物价飞涨，那点钱买不下你我之间这张写字台大的地皮。”

“可钱和钱不一样！”桑平原觉得自己心中很神圣的东西被亵渎了。

“钱和钱是一样的。现在，我们要为你承担巨大的压力。你不可能要求每个工人都具有高瞻远瞩的国防意识。”王五一冷漠地说。

桑平原沉重地垂下那颗骄傲的头。

“你女儿上学的问题解决了吗？”王五一问。

桑平原真是由衷地感激他，感激组织。这个棘手的问题，他正不知如何开口呢！美丽而聪明的女儿，成为他巨大的累赘。

“没有……”桑平原语无伦次，但总算结结巴巴地把事情讲清楚了。

王五一倒很干脆："这个问题，其实我们早想到了。每个接收转业干部的单位都知道，他们是接收下了一连串的难题。"

桑平原几乎羞愧得无地自容。

"我一下无法答复你，需要和方方面面研究。不过，我会尽快抓紧。还有其他问题吗？"

"没有了，没有了。"桑平原急忙表白。

"我倒有几件事要同你谈谈。"

桑平原像聆听首长指示那样，习惯地挺直了背。

"有人反映你劳动纪律遵守得不够好。"

什么叫劳动纪律？桑平原脑袋一轰，他只熟悉三大纪律，还有八项注意。过了片刻，他才反应过来，就是日本打卡机记录的那些符号。

"我……好像是迟到过一次，因为车子坏了……"桑平原红了脸。

"不单是这一次，还有。"王副厂长不愿说破，便启发诱导。

桑平原冥思苦想。他住在厂子里，便无所谓了迟到早退。真的，只有那么一次。

"你还有过中途私自外出。比如修自行车。"王五一见桑平原思索得太苦，不忍难为他了。

"那也算？"桑平原惊愕，由此想到了李师傅的不愿帮忙和厨师长的话里藏针。

“算。”王五一代桑平原叹了一口气，“入乡随俗，这就是工厂的规矩。”

“那我怎么办？”桑平原想到了这件事的后遗症。

“下不为例吧。”王五一宽容地说。

“不。明天我就在全科会议上检讨我的错误。”桑平原果决地说。

“好！真不愧是当兵的出身！”王五一用一根手指戳戳桑平原的肩窝。这个许多年前的友好动作，他们都没有忘记。

桑平原觉得知错必改是件最简单的事，想不到王五一竟这样感动。

“还有什么？”他忐忑地问。

“再就都是表扬意见了。比如身先士卒，比如酸辣汤……”

桑平原又一次脸红了。

王五一惋惜地注视着他的少年伙伴。这么多年过去了，他竟还没改掉脸红的毛病。我们都已不再年轻，部队却像个电冰箱一样，使人过分新鲜而缺少成熟。

“什么时候，你到我家去，让老婆用煤油炉给你炒几个西部菜，咱们好好聊聊！”桑平原豪爽地说。

“好！”王副厂长满口答应。粗心的桑平原没有发觉，王五一没有发出让桑平原一家到自己家中的邀请。在老朋友搬入新居之前，王副厂长不想用自己装潢华丽的三室一厅刺激他。

十二

苏羊用淡蓝色的布做成帘子，把橡皮人和箱子们遮挡起来。一个房间的整洁，和装饰布很有关系。现在，灯光下的旧贮藏室，像一个淡蓝色的洞穴，安宁而平和。

“等搬了家，你这些布就浪费了。”桑平原正趴在一摞器械箱子上看《中国食品》，偶尔抬起头说。

“怎么会呢？我可以拼成被罩，一点都糟蹋不了。”正在忙碌的苏羊莞尔一笑，“许久没听你说起老邱了，他怎么样？”

桑平原站起来伸个懒腰，他的书桌便被碰得乱晃：“他送的那些礼，都被些骗子私吞了。老邱气得大病一场，可他还是不愿回县里，听说打算搞个体。”

苏羊正在给婆婆织毛背心，一下错了针：“当过兵的人，干得成吗？”

“不知道。”桑平原不想就这个问题谈下去了，又埋头看书。

“爸爸妈妈，老师出的作文题《我的理想》，你们说我写什么呢？”趴在板凳上做作业的桑丹说。

“这么多年过去了，当老师的也没想出什么新题目。我的理想，小学写过中学写过，我都写烦了。”桑平原说。

“我也写过。”苏羊随口答道。

“那太好了！”桑丹高兴得跳起来。

桑平原和苏羊一愣，不知道这有什么好的。

“把你们写的告诉我，我好参考参考呀！”

苏羊突然忸怩起来：“我忘了。”

“骗人骗人！大人要真忘了的话，根本不会承认，他会找各种理由瞎编一个别的事出来。只有当他记得清清楚楚又不想告诉你的时候，才会说忘了！”

真没想到，现在的孩子已经狡猾到如此地步。苏羊只得装作刚想起来的样子说：“我那时写的是当女飞行员。”

“噢，我知道了。就是女宇航员。”

“不是。那时候没有航天飞机。就是看了一场电影，想当开飞机的人。”苏羊微笑着回忆。

“开普通飞机，那没什么意思，同开汽车差不多。”桑丹毫不留情地否定了妈妈的理想，兴趣转向爸爸，“您呢？”

“我写的是当社员。”桑平原毫不隐讳。

“社员是什么呀？”桑丹觉得这名词陌生。

“就是农民。”桑平原随着补充了一句，“其实我一点不想当农民。那时候我作文不太好，最发怵编故事写议论文。当农民就可以写田野里的景色，春种秋收，瑞雪兆丰年，一下子几百字就混过去……”

“这可不好。我们老师说了，怎么想的就怎么写。”桑丹严格地批判了爸爸妈妈的童年，开始写她的理想。

“我有时候想当动物园管猴子的人，有时候想当个卖冰棍的老太太，有时候想当个科学家或者国家总统，有时候干脆想当只恐龙……”桑丹支着下巴颏儿，自言自语。

没有人搭理她。大家都很忙，一代人有一代人的选择。

终于，桑丹写完了。

桑平原走过来，一言不发地看完了。苏羊也走过来看。她看得比桑平原慢，而且看完一遍又看了一遍。

桑丹等着爸爸妈妈的评价。大人和小孩不一样，从脸色看不出他们的喜怒哀乐。

桑丹写的是：等我长大以后，我要当一名保卫祖国的边防军战士……

送你一条红地毯

一

“鑫鑫”地毯商行的霓虹灯，把半条街映得忽红忽绿。组成鑫鑫的六个“金”字，像一小时前才安装上去的一样，清晰明亮，用灿烂的黄眼睛，傲慢地俯视着行人。

伟白和甘平——一对衣着极为普通的青年夫妇，怀里揣着五百元钱，一分不多一分不少，有点忐忑地站在这家富丽堂皇的商行前。

“换个地方买算了。化纤地毯哪儿都一样。”

假如伟白不说这句话，只是沉默、迟疑，甘平也许在片刻的犹豫后会顺从地随他离开，她何尝不被辉煌的店门所震慑。此刻，她倒不想走了。为什么不可以进去看看？店门上也没写着“华人与狗不得入内”！伟白没见过世面，你也没见过吗？你不是从小就跟着妈妈，出入过比这儿更豪华的大门吗？

甘平拉着伟白，就像当年妈妈拉着她一样，酝酿了一下情绪。

门，异常轻盈地旋向一侧，惯性使他们踉跄而入。

红的黄的蓝的紫的，抽象的具体的粗犷的细腻的，圆的椭圆的三角的四角的，陈腐的摩登的浑然天成的矫揉造作的——地毯们，铺天盖地地压过来，使人在浑身毛茸茸，鼻子发痒直想打喷嚏的同时，还感觉到一种窒息。

伟白觉得自己也变成了地毯。一块小小的质地菲薄边缘翘起、摆在门口供人擦鞋底的进门毯。

“这里似乎不卖化纤的。”伟白用蚊子样的小声说。当过兵的人，搜索的速度比甘平快得多。

甘平执拗地沉默着。几分钟后，也不得不承认闯入是一个错误。为了十几平方米化纤地毯，他们原本是不该走进这家处处写着英文的商行的。

化纤地毯原来是根本不算地毯的！

走吧，人贵有自知之明，口袋里只有区区五百元人民币。

“二位要买哪一块？”一个胖胖的、脑门和耳朵都很大的小老头，笑嘻嘻地站在他们面前，像是从对面挂毯上走下来的南极仙翁。

“不……看看……”甘平讪讪地说。老头热情得讨厌。

“有没有……便宜点的……像处理品什么的……”伟白用手指着墙角处一卷颜色暗淡的地毯说。

“那是波斯货。”老头宽容地说着，用手指把被地毯角压住的价目表摆正。一个不算很大的数字后面，跟着一串吓人的“0”。

甘平暗里掐了一把伟白的手，丢人！

“你们是公用还是私用？”老头问。

“私用！私用！”伟白忙不迭地回答，事情似乎有了某种转机。

“那请随我到地下室看看吧。”

地下室似乎是店里的库房，货挤得满满当当。在地毯的堑壕里绕了半天，南极仙翁指着一摞毯子说：“喏，就是这种。外销图案不对路，其实质量还是蛮好的。”

和其他直抵天花板的毯垛不同，这一摞只有半人多高，伟白和甘平得以很清楚地看到地毯的整个风貌。

这是一种鲜艳厚实的纯羊毛手工织毯。浓重的深紫红底色上，散布着大大小小浅藕色的荷花。豆青的花梃，洁白的花蕊，庄重典雅中又透出几分清丽婉约。地下室巨大的枝形吊灯，给整个地毯罩上一层光晕，像是一方被夕阳烧红的池塘中，升起一群凌波仙子。

“多么漂亮的红地毯！”甘平忍不住赞叹道，“只是，为什么不好销呢？”

“你数数，一共有几朵花？”南极仙翁挺慈祥地卖着关子。

十二朵小的，一朵大的……噢，加起来正是西方人忌讳的数字！甘平松了一口气。这她可不怕，作为一个老布尔什维克的后代，她一辈子不会皈依上帝，没有这种洋迷信。

只是，需要多少钱呢？最初的目测合格后，就要接触这个坚硬的内核了。可惜这上面没有标价，使那对小夫妇无法在不被察觉的情况决定取舍。不过既然是处理品，应该是很便宜的。他们衷心祈祷着。

南极仙翁小声得像怕惊吓了谁似的说："九百九十九元。"

九百九十九元！甘平一下子恼怒起来：索性一千元好了！忸忸怩怩地减去一块钱干什么？！差一块钱，难道就够了吗？！

"走！伟白！外国人怕倒霉，中国人就不怕了吗！"她不由分说，扯住伟白就往外走。

逃出了"鑫鑫"的黄眼睛好远，伟白站住了："甘平，咱们什么时候能再攒出五百块钱？"

"好攒。如果你天天喝汤，半年就够了。如果你舍得让你儿子穿补丁裤子，有一年也就够了。如果你想维持现在这种生活水平，告诉你吧，两年还是少的呢！"

"我把烟戒了！"伟白慷慨悲壮地宣布。

"太好了！"甘平欢呼起来。刚好几步之外有个纸烟摊，她走过去，弓起手指，敲打着玻璃柜下的一种好烟。付完钱后，她以一条优美的弧线，把烟掷给伟白。

“这烟现在多少钱了？”伟白先点上烟，然后问道。

“十块。”甘平做出满不在乎的样子。这会儿，她见不得一个男子汉被钱难为成这样。

“现在，我们要差五百零九元了。”

“什么五百零九元！我一分钱也不差，我说过要买红地毯吗？我根本就不喜欢那个晦气的东西！见鬼去吧！该死的红地毯！”

曾经沧海难为水。伟白和甘平，怀揣着四百九十元人民币，回家去了。

二

雨真大。

像有人用高压水龙带在往窗户上喷。流动的雨瀑使玻璃凹凸不平，往日熟悉的街景变幻得扑朔迷离：树干比树冠还要粗大，蜗行的公共汽车像一缕渐渐洇开的血迹……风雨的轰鸣淹没了大都市千奇百怪的噪声。

伟白和甘平坐在沙发上，安安稳稳地在看各自的书。每当伟白偶尔抬起头时，像有什么心理感应，甘平恰巧也在看他。于是两人相视一笑，传递了一个没有什么内容而又包罗万象的眼波。伟白是厂里的政工干事，甘平是医生，他们有牢靠的铁饭碗。今天恰逢厂休，他们不必挤车上班，去和恶劣的天气搏斗。放假的儿子在离休的姥姥家玩，他们不必担心他在放学的路上被汽车撞着。风雨再大，他们也不必担心自己的两室一厅会漏，那上面还有两层呢。

他们的世界，安宁而平和。

砰！砰！砰！

有人敲门。

风雨中的敲门声，使人生出一种莫名其妙的恐惧感和好奇心。

伟白走到门前，从门上的“猫眼”往外窥去。只看了一眼，他就像见了什么妖魔鬼怪似的闪开了，示意甘平去看。“我不认识她。”伟白很严肃地说。

甘平趴在门镜上。

圆形视野里，竟是一个极美丽的姑娘。她全身被淋得透湿，乳白色的连衣裙紧裹在身上，毫不隐晦地勾勒出优美的曲线，使她近乎一个裸体模特。

甘平下意识地退后半步。

“你也不认识她？”伟白问了一句。

甘平很肯定地点点头。

“你找谁？”伟白大声说。

门外静了片刻，然后是轻微的咳嗽，接着，一个低沉的男音很准确地报出了甘平的名字。

见鬼！怎么是个男人的声音？甘平又赶忙把眼睛凑近门镜。而那男的偏偏站在门镜的视野之外。

门还是出于礼貌地开了。一个身材高大的男子，踏着水渍，闪了进来。

好一副凶恶的长相！乱蓬蓬的头发被雨浇得透湿，仍不失其钢丝般的坚硬，不安分地朝四下支棱着。满脸针芒似的络腮胡子，使得整个颜面直至颈部喉结处都呈现出一种铁青色。尤其是他的那双眼睛，桀骜不驯地盯视着前方，闪动着绿莹莹的光。

甘平惊惧地望着他。天哪！刚才若是他站在门镜中，就是说出甘家祖父以至曾祖的名字，她也不会轻易开门的。

“你是——”伟白抢上一步，堵住了门口。

“我是张文呀！”那男子咧开嘴笑了，露出一口白得瘆人的牙。

张文？张文是什么人？伟白看看甘平，甘平的反应比他还漠然。

没什么好说的了，伟白不客气地准备关门。

“您不认识我了？您是我姨妈呀！”张文急了，甩开伟白，直冲着甘平说道。

姨妈？谁是谁姨妈？我是他姨妈？甘平一下子蒙了。然而，姨妈这个遥远而陌生的称呼于片刻后突然化作一把锋利的冰镐，将岁月的冰河洞穿了。二十多年前的往事，活灵活现地蹦跳出来。她和眼前这个凶恶的汉子，确实是沾着亲的！

“请进请进，你妈妈好吗？你们这是从哪儿来？到哪儿去？吃饭了吗？喝点姜茶冲剂吧，这么大的雨，可别感冒了……”甘平热情地招呼着他们。

伟白被搞糊涂了：甘平只有兄弟，并无姐妹，也从未听她说过有什么表姐堂妹的，从何而来这么大的一个外甥！

张文有条不紊地回答着甘平的问话：他妈妈挺好的。姑娘叫大红。他俩刚从西北 H 市来。刚下火车就遇到大雨，随身物品都放在行李寄存处了。打算在姨妈这儿小住几天，看望一下姥姥姥爷，也就是甘平的父母，然后南下广州。

说话间，来客洗完了脸，大红越见其清秀，张文也比初见时顺眼多了。

伟白抱着两套衣服走过来：“快换上吧，省得着凉。衣服是我和你……姨妈的，不一定合适，但总比穿湿的要好些。”为找衣服，他可真费了斟酌。张文的好说，大红的可就难办了，甘平所有的衣服，对这个漂亮姑娘来说，都显得暗淡而陈旧。

客人感激地笑笑，一同走进孩子平日住的小屋去换衣服。

伟白望着甘平，张了张嘴，终于什么也没有说。墙壁很薄，又不隔音，倘正议论着，被人听见，该多尴尬。还是把疑团暂且忍着吧。

换上伟白旧军装的张文，显得朴素而精干，还多少有点憨厚，大红可像是一只被草率包装起来的细瓷瓶。

“姨夫姨妈，多谢你们了！我们得出去买点东西，咱们晚上再见。走吧，大红。”张文说道。

“这么大的雨，别出去了。”甘平当真端起姨妈的架子，不容分说地阻止他们。

“确实是急事。”张文歉意地笑笑，用目光催促着大红。

“等我十分钟，行吗？”大红一边照着镜子，一边恳求。

“不行。”

大红好看的嘴唇一撇：“那我不去了！”

甘平见状赶忙调和：“张文，你就等她一会儿吧！”

“好吧，你可得快点。”

大红立即活泼起来，穿梭似的忙活开了。她先把换下的湿裙子泡在洗衣粉里，三把两把揉搓出来，然后用清清的流水漂净，接着放进洗衣机内甩干，再把半干的裙子用衣架撑好挂在地当中；最后一边说着“用姨妈一点电，可别心疼”，一边将落地电扇推了过去，揿下最高速的转挡。

这真是一条令人叹为观止的裙子。上半身的样式极为潇洒不说，最奇特的是它的裙裾。在像手风琴琴箱一样打着纵裥的柔姿纱下摆上，手绘着几幅立体的图案：合拢时是一丛修长的青竹；向左展开，是几枝斜出的红梅；向右展开时，又变成一群翩飞的彩蝶了。

不到十分钟，纤巧的裙子就全干了。大红换上，将甘平的衣服——蓝裙子和白衬衣，加上一股令人眩晕的香气，恭恭敬敬地还了回来。

“走吧。”她仔细调整好裙带，拎起防水帆布提包。

“把东西放姨妈这儿吧。”张文说着，用随身携带的钥匙打开了提包上的小锁。

于是，甘平和伟白看到了提包内的“东西”——整整一提包的——人民币！十元一张，簇新坚挺，用细韧的牛皮纸带缠绕着，像一块块砖头。

伟白像突然遭遇敌情一样，努力镇定住自己，思索着判断着形势。甘平能做的唯一一件事，就是紧紧闭住嘴唇，不要在无意中发出惊呼的声音。是的，除了在电影上看到收缴敌特的活动经费，他们还从未见到如此大量的属于私人所有的现钞！说起来，甘平的父母也有一笔数目可观的积蓄，但那都是存折，薄薄几张，全不似这些真正的纸币，令人觉得虎视眈眈。

张文和大红在小声商量今天出去购物大约需要带多少钱。

无论出于什么心理，伟白和甘平都觉得，此刻的张文与大红与刚才判若两人了。

“这些钱，都是你们的吗？”这是伟白要弄清的第一个问题。面额巨大，不得不多加小心。

“是的。”张文不经意地回答，并用脚踢了踢提包。

甘平毕竟是大家闺秀，她不失身份地说道：“放在这儿可以。不过，请把数目清点一下。”声音淡漠而沉静，世家子弟的骄矜不知何时回到了她的身上。

“不必了，”张文淡淡地说道，“姥姥家是我母子的救命恩人，我还信不过吗？”说完，和大红打起雨伞，消失在茫茫的雨幕中。

伟白和甘平没有了为之持重的对象，颓然倒坐在沙发上。

“现在，总可以说了吧！”其实伟白已经不怎么急于知道以前的事了。无论那个大外甥是什么来历，唯有眼前这个提包才是最真实要紧的。

但对甘平来讲，往事是值得回忆的。她对伟白讲述起来。

三

母亲是胶东人，很小就参了军。十里八村出了妈妈这么一个女八路，乡亲们一直都挺荣耀。妈妈呢，也颇有点自得，虽说老家没什么亲戚了，但她很爱回去访视。家乡的人托她办事，几乎是有求必应，一副法力无边的样子。其实呢，多半是借助父亲的姓名。无论爸爸的官职怎样升迁，无论妈妈在她那个圈子里怎样高贵，对待故土的乡亲，妈妈总是热心好客，绝对不像小说里的官太太那样冷酷无情。也许这是山东人的特性吧。

但是随着年龄渐长，我对妈妈这种成瘾成癖地为家乡人操劳的劲头，也有些不以为然起来。别的不说，要不是家里雇着一个上海保姆，那些乡下人带来的虱子少说也有一个团的编制了。

“老甘！老甘！我给你带回来个干女儿，我就是她亲妈！”

妈妈又一次风尘仆仆地从老家回来，一进门就喊。

我们全家，包括上海阿姨，都被妈妈训练得颇通胶东话了。妈妈家乡一带，很兴认干亲，干儿干女干爹干妈，有的人还不止认一个两个，乡邻关系盘根错节，非常热闹。更为特别的是，认下的干妈要被称呼为“亲妈”，这才显得格外亲热。

爸爸稳坐着没吭气。人人都说爸爸打仗时是一员虎将，我可一点也看不出来，真正的虎将是妈妈。

“二花，进来呀，来见见你亲爹跟你妹子。”妈妈回一趟老家，胶东话就明显加重，侉里侉气的，听着挺有趣。

二花怯生生地进来了。

我和爸爸都愣住了。二花居然比妈妈还老！怀里还抱着个孩子。

她低着头哼了两声，谁也没听清她说的是什么，就被上海阿姨领下去休息了。

爸爸不动声色地望着妈妈，等着她的解释。妈妈却跟没事人似的，忙着张罗洗澡换衣服什么的。

哼！这是避着我呢。你不告诉我，我自己去问。乡下人有时候也傻着呢。好容易挨到妈妈不在家，我拐进为二花母子专门预备的房间。

二花正敞着怀在奶孩子，扣子一个也不系，弄得我都替她害羞。那个菜青色长着稀疏黄发的小脑袋，将乳头叼得老长，好像一只贪婪的小狼。

“是妹子来了，炕上坐。”她用腾出的一只手使劲拍打着雪白的床单。

想起虱子，我拉过一把椅子，离她老远坐下了。

“这小孩叫什么名字呀？”我也不知从哪儿问起，笨拙地搭讪着。

“文文呀，快叫姨，叫姨啊！”二花赶忙把奶头硬从小狼嘴里拽出，把他的脸别向我。

这是我生平第一次被人称为长辈。我有点兴奋，又有点紧张地等待着。没想到小狼在片刻的惊愕之后，昂起头，弓着身子四处寻找，寻找不到，就突然发出哨子一样的尖叫，凶狠地大哭起来，我看到他嘴里没长一颗牙。

“他会叫姨吗？”我有点吃惊。

“还不会哪……俺是想……他跟你亲，没准儿一下子就叫出来了……”

这叫什么话！我抬腿想走，记起秘密还没探听到，又强忍着坐下。这一回，索性不绕什么圈子，单刀直入地问她："二花，你这次到我们家来，有什么事？"我没叫她"姐"，认这么一个姐怪败兴的。

她把乳头更深地填进小狼嘴里，然后对我说："来寻个人家呀。文文他爸殁了，撇下俺孤儿寡母，日子咋过哩？人家都说你妈妈——这会儿就得说是咱妈了，是俺那一方的活菩萨，听说她家来，大伙给俺出了个主意。在场院上，俺当着众人给她跪下了，认她做俺亲妈，好救俺母子一命。咱妈初起说啥也不肯，我就长跪不起，最后把这吃奶的娃也按在地上磕头，认她做个亲姥娘，咱妈这才……"

我起身走了。

我那好心而又糊涂的妈呀！一个拖着孩子的乡下妇女，一没户口二没文化，想在北京的部队里"寻个人家"，这不是天方夜谭吗（那几天，我正在看这本有名的童话）？爸爸纵使统领千军万马，这件事也是断乎办不到的。

一天夜里我去厕所，回来时经过父母的房间，听见里面的说话声。

"说了几个都不成，你看这事怎么办哪？"妈妈的声音透着焦急。

"没办法呀！谁叫你领她来的。这样吧，让她们母子回去，你按月给她们寄些钱，让她们维持个生活。数目多少，你看着办吧。只是以后不要再揽这类事情了。"

妈妈没说话。

看来就这么定了。走廊里有点冷，我打算走了，忽听得妈妈说：“这不行。我带她出来时，就说是给她找个对象成家。如今这样打发回去，甭管每月寄多少钱，我的面子上也过不去！事情到了这一步，说什么我也得把它办成。”

“咱们要是有这么大个儿子，只要你愿意，我没意见。”爸爸无可奈何地说。

幸好我哥哥年龄还小！我这个爸爸也太迁就妈妈了。

“要说嘛，办法倒是有一个。”一向果决的妈妈不知为什么有点迟疑。

“噢……”爸爸支吾着，声音里带出了鼾声，好像快睡着了。

“哎，醒醒，这法子成不成，可全看你的了。”随着话音，传来一阵窸窸窣窣的响动。

“好了好了，你讲吧，我这不是听着吗！”不知妈妈搞了什么小动作，爸爸声音里的睡意全消。我也来了精神，裹紧睡衣，倚靠在门上。

“你们不是要往西北调一部分人吗？把张……调了去，怎么样？”

这个“张……”究竟叫张什么，我到底也没听清，妈妈提到他的时候，总是格外压低了声音。我就管他叫张某好了。

“调他？怕不合适吧？”也许是因为和妈妈单独谈话，爸爸的语气里，有我平日从未听到过的疑虑，“他爱人难产死了，留下个小女孩，刚几个月……”

“这我都知道，”妈妈打断了爸爸的话，“别忘了，他的年龄和二花可正合适。”

“年龄这个条件，可不是对象能不能谈成的首要因素。还有其他诸多因素呢。再说，你也失去了战机，听说他马上就要结婚了……”

“女方还是个大姑娘，人长得也挺漂亮。”妈妈接下去说，声音平和而冷静。

“这些我倒不清楚。你的情报还挺准确嘛。你看，人家这样好的条件，你这个二花能比吗？”

“不能比。”妈妈心平气和地说。

“这就对了。还是我那个主意吧！睡吧。”

“我不能把二花的条件升上去，但我能把张某的条件降下来。”虽说隔着门，妈妈的声音真真切切，一字一顿地十分清楚。

“什么？”爸爸的语气里流露着惊讶与不安。

“很好办的一件事。将张某调往西北。如果那个大姑娘还干，二花的事就此作罢，我连一个字都不会提起。如果那女的不干了，可见她不是真心爱张某这个人。这样的女人，还能给人家没娘的孩子当好后妈吗？晚吹不如早吹，张某该感谢我们才对。真到那时，我们再托人去提二花的事，成与不成，当然由张某自己说了算，你我都不要出面。至于二花的户口，西北那边要松动得多……”

爸爸没有答话。

“再说，铁打的营盘流水的兵，不调他，就得调别人。拖儿带女的，又是家属随调，又是子女上学，啰唆事更多。怎么样，三全齐美的一件事，就在你一句话了。”

爸爸的这一句话，我终于没有听到，只觉得有股幽幽的寒气，吐到了我的脖子上。

我回头一看，二花正在距我很近的地方站着，穿得齐齐整整，一副有准备、有预谋的样子，全不似我冻得瑟瑟发抖。我这才想起，上海阿姨颇有深意地抱怨过夜里不宁，原来她经常偷听！

二花愣怔地看着我，脸上毫无表情，深潭似的眸子里蕴藏着一种十分复杂的情绪，起码是当时年少的我所不能理解的。

我什么也没说，转身回屋去了。

那天夜里，我受了风寒，正儿八经地病了一场，也顾不上打听二花这件事了。等我病好之后，事情已经按照妈妈的预计，惊人相似地进展到了尾声。张某远调西北，对象告吹，他急需人料理家事，照顾幼女，在北京却再找不着对象。妈妈一直按兵不动，直到他临行的前几天，才托人提了二花的事，张某连人都没见就同意了。二花托上海阿姨代笔，给老家的人报了喜讯。

“那个张某到底是什么样子？”我问上海阿姨。

“勿晓得。看二花凄凄惨惨那个样子，瞎麻丑怪的也说勿定。”

不能吧？！我满腹狐疑。到了二花临上火车的那一天，我自告奋勇地去给她送行，算是见了张某一面。精明的上海阿姨这回是大错特错了。那张某非但不是瞎麻丑怪，而且是极英俊、极潇洒的一个青年军官，胸前还挂着朵光荣支边的红花。

不管怎么说，妈妈也算对得起二花了。后来，二花从西北给我家来过几封平安信，妈妈连拆也不拆，就丢到一边，还是我偷着看的。本来嘛，像这样的善举，妈妈不知行过多少回，一件件都要追踪复查，还不把她累死了！

多少年过去了。小狼长大了，张文成了腰缠万贯的富商。但没有妈妈，就绝没有他们母子的今天。无论张文怎样飞黄腾达，在我眼里，他永远是那只嗷嗷待哺的小狼。

四

下雨天，商店里的人不多。张文和大红像一对闲散的情侣，从这家商场逛到那家商行。钞票流水似的泼出去，他俩手上却难得拿什么货物。他们像两条机警的鱼，在商品的江河湖海中巡游，谨慎而果决地挑选着 H 市缺少而这里又物美价廉的商品。交钱、取货，立刻缝成邮包，从最近的邮局发出，然后又两手空空地开始一轮新的选择，再次投入全部智慧与热情。商人对于商品有一种农民对于土地般发自内心的眷恋。

对于常见的货源，张文已经没有多少兴趣了。他要做几宗未曾做过的买卖。只有货全，才能吸引顾客。有几个人是在家里写好了报告拨出了预算才上商店的？购买常常是在热烈而失去理智的情形下做出的蠢举。一个好商人，要善于利用甚至事先制造出有利于产生蠢举的机会。货全就是一个极端重要的因素，也许为买一根针而走进店门的顾客，出去时抱走了一台电视机。不是连百货大楼这家京都最大的百货商场，也卖一分钱两枚的细别针吗？勿以善小而不为。这是谁说的？孔老二吗？应当给它改一个字：勿以利小而不为。聚沙成塔，集腋成裘，再伟大的富翁也是一分钱一分钱地攒出来的。

“那是什么？”大红又惊呼起来。远处有一朵五颜六色的花，走近才看清是用彩色的塑料书皮绑扎而成的。

张文见过这东西，一毛钱一个，此刻突然动了心。他买下五百个，随手写了张“0.30 元”的纸条，夹在最上面书皮的衬里中。

“这个价，是不是太狠了点？”张文写下的标签是对店里伙计的遥控定价，大红迟疑着，不肯将邮包缝起。

“你呀，哪儿都好，就是心软。所以，世界上的大财阀多半都是男人。”张文不悦地说。

“都是包中小学课本的，赚孩子们的钱……”大红坚持着。

大红是张文的老板娘，在生意上有更大的否决权。而张文不过是一个伙计。虽说是身份特别，伙计终究还是伙计。

张文隐忍着，耐心地指教："赚孩子们的钱？你见过哪个孩子会挣钱？我赚的是他父母的钱！假如谁的钱都不赚，还要我们干吗？怕赚钱你可以不买呀，为什么偏用塑料书皮？你可以用牛皮纸、旧画报，也可以什么都不包。"

大红被教诲得嗫嚅起来："我是怕定高了，不好卖。"

"小傻瓜！"看大红那副楚楚可怜的样子，张文的口气放缓和了，"说实话，这个价钱，是为那些最心疼孩子的家长预备的。独苗一个，他们希望自己的孩子处处与众不同，只要孩子高兴，再贵他们也会掏腰包的。可光卖给他们不成，一则销量太小，二则一个两个地卖，纵使有百分之三百的利润，这钱也赚得太麻烦了。我今晚就写信，吩咐店里的伙计，等书皮一到，就拿上到 H 市各中小学校去征订，由我们购入，由他们包销，统一计进孩子们的书本费中去。这样一来，咱们省了事，穷教书先生们可以赚点提成的外快。价钱上咱们适当让让，家长有商店里每个三毛钱的价码比着，也会觉得是件便宜事。怎么样，这桩买卖，做得过儿吧？"

大红服了，飞针走线地开始缝包裹。"不过，时间一定得赶在九月一日之前。要不误了节气，一耽搁就是半年。"她突然想起买衣服要赶时令，忙着提醒张文。

缝完包裹，该去邮寄了。张文像突然想起来似的对大红说：“你这是头一次出远门，该给你妈挂个电话。”

“你等我？”大红惊喜地问。张文含笑点点头，又补充了一句：“别忘了叫你妈让伙计们明天就开始征订书皮，把结果用电报告诉我。”

大红答应着，蹦蹦跳跳地走了。

大红一走，张文觉得自己少了一双神奇的眼睛。也许是女人的特性，大红对颜色、质地、式样、价格这些商品因素，有一种天生的敏感。她能时时变换自己的目光，使自己与想象中的顾客相适应，代他们挑选，代他们斟酌，代他们决策。她凭着直觉做出的判断，往往较张文绞尽脑汁推导出的决定更为高明。

缺了这个得力的助手，张文不再对某一类具体的商品做研究，他开动起自己的感官，从整体上去体会北京的商场与别处的异同。

“如果把商店比作男人的话……”他为自己这个不伦不类的比喻感到好笑，但又觉得它恰如其分，不愿轻易改动，“如果把商店比作男人的话……”他的思维沿着轨道飞快地运行着：那么广州的店铺像是男扮女装的旦角，有着太多的脂粉气；上海的商店则像一个西服革履的阔少，洋气十足，却又有遮挡不住的局促，大上海委实是太拥挤了。唯有北京的商场，雍容富贵，器宇轩昂，像一个踌躇满志、人到中年的国家干部！当然，它也有缺点，肚子腆起，面孔冷淡，缺少活力……那么，他自己的商店像什么呢？像一个强剽悍生机勃勃而又富于野性的山地小伙子！他的嘴角露出不易察觉的微笑。终有一天，小伙子会成长为博采众长、傲视西北的一条好汉！

大红回来了，带着掩饰不住的喜悦：“听到我的声音，我妈高兴着呢，一个劲夸你想得周到。我还让我妈到你家去一趟，就说你也挺好的。”

张文苦笑了一下，妈妈早已约束不了他了。他准备实施的另一项采买之外的计划，妈妈如果知道，会拼死拦阻他的。然而正是为了母亲，他才一定要一步步地去干。

“我在那边柜台上看到一种首饰，很漂亮，销路一定会不错的。”大红灵敏的直觉又像探雷器一样活动开了。

这是一枚假钻的耳环。无数菱形的刻面向不同的方向散射着长短不一的光线，晶莹可爱。

“请问，这是哪儿出品的？”张文说。

“江苏。怎么啦，这玩意儿难道还要保修吗？”商店里人不多，售货员闲得无聊，乐得打哈哈。

“我们可以到产地去买。北京首饰真品的质量不错，但价格太高。赝品比不上南方的做工。不过，北京的首饰盒还是很考究的。”张文不理售货员，耐心地指导着大红。

“有本事，把这台机器买了去！”售货员不甘心受了冷淡，挑衅地说。

“联邦德国产无痛穿耳机”几个字映入眼帘。它被塞在货架的最后面，若不是饶舌的售货员指点，他们难以发现。

“好。我买了。”张文略一思忖就拍了板，“不过，请当场试验一下。”

“无痛穿耳，当场操作，价格优惠，原价三元，现价两元啦！”售货员大声招徕着。

很快有一位中年妇女充当了第一个试验品。

“疼吗？”大红关切地问。她自己的耳朵眼儿是妈妈先用两颗绿豆对着研磨，直到耳垂完全麻木了，才用烧红的针扎透的。就这样，还疼了好几天呢。

“不疼。”那女人随即买了一副假钻耳环。

张文付款提货，售货员要减收两元，大红便把那两块钱递给中年妇女了。

穿耳机价钱不低，至此，他们今天带的货款基本上花光了。

“北京穿一次耳朵三块钱，咱们得收四块，才能尽快把本儿赚回来。西北本来就有地区差价嘛。”大红端详着这台昂贵的机器。

“你又错了。我买下它，就是打算在H市免费穿耳。”

“那不是干赔吗？”大红瞪大了美丽的眼睛。

“眼光放长远点，免费穿耳，来的人必然多。哪个妇女穿了耳朵眼，会让它在那儿白白空着？那不比不穿还难看吗？她就得开始买首饰。首饰也像衣服，有档次高低，有流行款式，一副不会够用，她就得接二连三地买下去。我们既然打开了 H 市的首饰市场，就应该垄断它，凭我们的物美价廉，凭我们的优质服务。女人大都生性谨慎，买东西也愿意去熟识的商店，她在我这个店里穿的耳朵，这个印象还不够深刻吗？只要你的货色好，她一定会来第二次、第三次的。至于为穿耳而来，又买了其他东西的，绝不在少数。其实，每个家庭里的钱，差不多都是女人花出去的，当然不是光为她们自己买东西了。到那个时候，你的钱还怕赚不回来吗？……"

大红听得入迷，张文突然停顿下来，快步向文体用品柜台走去。不一会儿，挟着个精美的盒子回来了。

"这是什么？"

"弹子跳棋。"张文说着打开盒带，呈六角星形的棋盘上，镶着花花绿绿的玻璃弹球。

"这个也寄回去吗？它有什么奥秘？"大红颇感兴趣地问。

"我终于买到了……"张文好像没听见大红的话，自言自语，神色有点恍惚。

"你这么喜欢，我去给你再买几副。"大红已经觉出这不是普通的商品了。

"行了。"张文拉住大红，用手将弹球一个个剥下，放进军装的大口袋中，然后将棋盘盒捏成一团，塞进果皮箱里。

雨小多了。他们漫步在街头，张文的衣兜里不时发出清脆的撞击声。

迎面走过来一个小男孩，米色的短裤上绣着花，肩上斜挂着几乎和他等高的提琴盒。

“小弟弟，我送你一样好玩的东西。”张文拦住了小男孩，捧出一把玲珑剔透的玻璃球。

“弹球啊，这算什么好东西？再说，我妈也不让我要不认识人的东西。我们老师也不让玩啊，玩弹球多脏啊！”

小男孩拒绝了，渐渐地远去，最后只能看清那个和他等高的提琴盒子。

张文阴郁的目光一直目送到男孩子消失。他感到一种铭心刻骨的疼痛——他的自尊心被深深地伤害了。

怎么可能呢？这个嫩得像小水泡一样的男孩子？他那颗久经荣辱像老笋一样裹在坚硬痂皮里的心，流出了血。

他明白了：无论多么苍老的心，一旦陷入童年的回忆，都会变得像婴儿一样赤裸而娇嫩。而对一个婴儿来讲，这男孩已经足够强大了。

他愤怒、嫉妒，而又充满了轻蔑。

提琴盒子里能站起一条真正的男子汉吗？他记得自己最初的勇敢和智慧、最早的荣辱观和征服欲，以至于第一次的狡诈和欺骗，都是从这种被讥为肮脏的游戏中开始的。

他自嘲地笑了一下，这使他的脸显出了一种近乎残酷的表情。他和这个裤子上绣了花的男孩并不属于同一个世界，就像同甘氏父女不属于同一个世界一样。他自信自己比他们更强大。

他一扬手，那一把五彩的球像一阵宝石的雨，铿锵有声地坠入了路旁的水洼。

“你这是干什么呀？”人红为张文的反常担心。

张文已经平静下来。他的手心里还留下最后一颗，毕竟已经多少年没碰到卖弹球的了。

这颗沾满了他掌心汗水的玻璃球，是黑色的。

五

雨，停了。

东方天际出现了一道艳丽的彩虹。很窄很硬的色带，分隔得非常清晰，像一张水晶的弓。在这条等级森严的正宗长链之外，不知何时笼罩起一匹宽大薄软的霓，它的色谱排列与主虹恰好相反，彼此间全无界限，毫无原则地互相渲染着、混淆着，像染花了的轻纱，自有朦胧旖旎之美，在云海上飘浮。

“你说张文他们返回来，到底要干什么？”伟白琢磨了半天，对甘平说，“他们会不会是来报恩的？”

“这……”这甘平可没想到。几十年来，她耳闻目睹的都是父母居高临下慷慨无偿地援助别人，从未期望过什么回报。伟白想到哪里去了？甘平虽然已经变成了普通老百姓，但她血管里涌动着那种与生俱来的矜傲，是平民出身的伟白所不能理解的。

“受人滴水之恩，当涌泉相报。这也是咱们的传统美德。张文是山东人，该是最讲义气的。”伟白振振有词。

“需要什么，你自己去要吧！”甘平不耐烦地回了一句，开始考虑把脚下这个黑提包藏在哪里合适。

“当然不能自己张嘴要了。得用启发诱导式，让他们自己悟到这一点。到时候咱们还得再三推托，保住面子……”伟白有些情不自禁地喋喋不休。

甘平把帆布包放进写字台下面的大抽屉里，想想，觉得不妥，这地方太容易拿到了。她拉出来，踩着凳子，把提包摆在了立柜顶。退后几步一观察，实在太显眼了，又赶忙拽下来。藏在哪儿合适呢？原先舒适安宁的家，现在却处处危机四伏。

“这还不好办，看我的。”伟白说起自己娘家保藏贵重物品的方法，接过提包，打开壁橱门，扯出一床旧网套，把提包严严实实地裹在里面，又塞进去。关门，加锁。

“怎么样？”

“不错。”甘平答道，心里却有些嘀咕：倘若进来的贼也是小户人家出身，专晓这种“败絮其外，金玉其中”的策略，岂不毁哉。然而一时半会儿也想不出更好的办法，只得由着丈夫。

“要是自己的钱……”甘平下半句“倒也不会这么担惊受怕”还没出口，伟白眼睛一亮，说：“我也正这么想呢，要是咱们自己的钱就好喽！”他说着走到壁橱门前，不辞劳苦地将刚裹好的黑提包，又揪了出来。

“我倒要看看，这里头有多少钱？”

“哗”的一声，那些浅红色的“砖坯”很有弹性地滚落在地，堆积着，够砌一堵小小的墙。

“真不少哇！”伟白羡慕地说。

谁说吃不到葡萄就说是酸的？！甘平气恼而又不无好笑地看着伟白。

“这些用来买彩电。”伟白从中抓出两沓。一沓是一千，他已经数过了。

“我们有彩电。”甘平冷淡地说。

“太小了。车是越小越好，彩电可跟飞机似的，越大越好。”

伟白又抽出两沓：“这些买一台高级组合音响。”

“还买什么？”甘平似笑非笑。

“这些买录像机。”伟白想了想，狠狠心，又加上两沓，“要买就买台好的。”完后，伟白抬起头在屋里巡视：双缸洗衣机已经不够先进了，新出的全自动洗衣机，从洗到晾，不必湿手。照相机也该更新换代了，记得好像是哪本摄影杂志上登的，最新的美能达 7000 型，有五个优先呢。电冰箱是双开门的，还算凑合，但愿市场上近期别出现什么三开门、四开门。等看到儿子的小床，他猛地一拍脑门：怎么能把智力投资给忘了，买一台儿童电脑！对了，还有钢琴，只是听说这是如今最紧俏的商品，恐怕不好买呢。还买什么呢？他冥思苦想着，空调、小汽车，这当然都是大宗，只是咱们房屋的建筑质量差，封闭不严，据说空调好买，电费掏不起。嗨，有这么多钱，还怕电费吗？吃得起饺子就打得起醋！至于小汽车，买来后放哪里呢？楼底下的车棚冬不挡风夏不避雨，还不把车给淋坏了……

伟白想着、念叨着，像咒语一样呼唤着这些高档消费品，地下的“砖堆”迅速地被码成整齐的阶垛，步步升高……

够了！甘平实在看不下去，金钱果真有这么大的魔力吗？把一个循规蹈矩的政工干事，变得如此疯疯癫癫。她相信自己是清醒的。别的没有，还能没有一身傲骨吗？钱财再多，也是人家的，与你有何相干。她想把伟白从痴迷中拖出来，不由得想起中医的穴位。她和伟白之间有一处禁忌的穴位。

“伟白，咱们不是说好要买一条红地毯吗？”

红地毯像锋利的针刺使伟白猛然回到现实中。屋内虽说只有甘平一人，他还是为自己的失态而懊悔，不出声地将钱重新装好锁起。

甘平和伟白好像陌生了。

天已不早。甘平扎上围裙准备做饭。“吃什么呢？”她仰着脸问伟白。

就这样一句普普通通的、世界上所有女人都问过丈夫的话，却把伟白惹恼了：“喝潘冬子的野菜汤！”

甘平莞尔一笑，没理他，打开冰箱，倾其所有，做了一顿丰盛的晚餐。不管张文多么有钱，他是叫着“姨妈”找上门来的。

伟白没好气地说：“人家会看上你这桌家常饭？早在外面馆子里吃饱了！”

甘平还是一意孤行地烧菜做饭。

事情还真让伟白给说中了。等到很晚，张文和大红才回来，一看满桌饭菜，很有点不好意思，忙解释说为了怕添麻烦，已经在外面吃过了。大红乖巧地帮助甘平收拾桌椅，甜甜地叫着“姨妈”，气氛才算融洽起来。

伟白早早地回屋睡觉，甘平在小屋内加支了一张折叠床，一边铺褥子，一边和大红拉着家常：“你们俩是什么时候结婚的？”

“结婚？”大红扑哧一声笑了，“我们没结婚呢。”

这笑声的意思有点费解，大概是笑把这种表面的仪式看得太重要了。甘平虽稍有不快，还是做出理解的样子：“先领了结婚证也是一样。”

“结婚证也没领。”大红说完，随口哼起一首快乐的流行歌曲。

原来他们千里迢迢投宿这里，为的是非法同居！甘平为自己识破了他们的底细而暗自庆幸：幸亏多问了一句话，否则岂不成了教唆犯！也幸亏大红没有心眼，不会撒谎。不然，她怎么解释这件事，二花知道了，该把她当成什么人？

想到他俩中午同进一屋更衣时的情景，甘平又生疑惑。转念一想，换换外面穿的罩衣和同床共枕毕竟是有原则区别的。想到这里，她又有点后怕，赶紧抽身出去。

“姨妈干吗去？”大红拉住她。

“叫你姨夫过来和张文睡这屋。咱俩到那屋去。”

“张文夜里打呼噜的声音大极了，别让姨夫受罪了，我已经习惯了。”

甘平明白了：他们同居绝非一日半日，不由得光火起来，普天下地方大得很，你们尽可以到外面去“性解放”，不要玷污我清白的门风！

看看大红，她又生怜悯：这种事，总是女孩子傻乎乎地吃亏。

久未说话的张文见状插了进来：“姨妈，我和大红真心相爱，我从未欺骗过她。”

“姨妈，这是真的。”大红不知如何表白才好。

甘平哼了一声，半信半疑：“既是真心，为什么不名正言顺地做合法夫妻？”

没想到，张文突然咆哮起来：“你以为我不想跟大红结婚吗？我做梦都想能公开地、名正言顺地做她的丈夫！可我不能。”

张文苦笑了一下：“你知道成龙吗？”

甘平点点头，港台武打明星，大名鼎鼎。

“你知道林凤娇吗？”

甘平摇摇头。从这以后，张文和甘平的谈话中，越来越多地以“你”相称，而很少再称“姨妈”了。这使甘平得到一种解脱，又生出一种淡淡的惆怅，毕竟给人当长辈，有一种心理上的优越感。

“林凤娇是台湾金马奖影后。他们相爱多年，都过了三十岁，却迟迟不能结婚，原因只有一个，一结婚，影迷的数量就要大为减少。为了事业，他们必须牺牲自己！”

H 市的一家个体户商店，难道也算什么事业吗？甘平露出不以为然的神色。

“你看不起我们的店。”张文冷冷地说，“但它是我一手开创出来的。我这一辈子，不可能再有比这更大的事业了。这个世界并不公正，也不平等。我的妈妈碰到了你的妈妈，我才有了一个城市户口，为这件事所付出的代价，你根本不知道！”他的眼睛闪着绿荧荧的光，甘平又一次想到了狼。

“我在大红的店里倾注了我全部的心血和精力。大红漂亮，大红是店里的活广告。很多人是为了看一眼大红，才到我这个店里买东西的。我不能为了自己，让这块招牌褪了颜色。你尽可以觉得我下作，拿着自己心爱的女人当赚钱的手段，随便你怎么想。我们是普通百姓。没有权，也没有势，除了自己的力量，我们一无所靠。我得充分利用手头上的任何一点资本。女人结没结婚，在男人们的心理价值上绝对不同。这是低级趣味，也许到了共产主义，男人们就不在乎这一点了。”

大红泪水盈盈地看了张文一眼。

这目光好像变成了火，灼痛了张文，他突然变了脸，大声吼叫起来：“谁叫你这么美！”

甘平起身告辞。还是把这个夜晚更多地留给他们自己吧。

六

甘振远老早就醒了，硬躺着不起。据说睡眠越来越缩短，是衰老最确凿的证据，他希望别人都发现不了他的这个秘密。

墙上那一对盛年的男女军人好像在嘲弄地看着他。这是老太婆——甘平的母亲最喜欢的一幅照片。身着军礼服的甘振远年轻而威武，还有一点在他真人身上所不具备的风流倜傥。甘平的母亲十分端庄，尤其是那种尊贵雍容的神态，出自内心，毫无做作。

甘振远宁可挂一幅他二十年以后的相片，据说现在的电子计算机有这个本事了。天天看看那样一个老态龙钟、行将就木之人，大概心里还好受点。

老太婆走过来。她并不太老，叫老太婆，显出一种相依为命的亲切。

“来，下棋。”她摆开棋盘，很自觉地拿起了黑子。

红先黑后，甘振远历来执先。

一盘下来，老太婆输了。两盘下来，老太婆又输了。甘振远三盘皆赢，晨起的不快已荡然无存。

“我看你有时候在外面给别人支个着儿，灵得很嘛，怎么总是我的手下败将？”

“别人下的都是常法。你这棋是自创的，自然是你最熟了，甘氏象棋嘛。”

“我来和姥爷杀一盘。”甘平的小儿子扣扣跑过来。

甘振远又习惯性地抄起了红子。在这个世界上，没有一个人会知道他执红的真正奥秘：红方的最高指挥官为“帅”，而黑方只是“将”。

甘氏象棋的着法委实古怪。刚走了几步，扣扣就大叫起来：“姥爷犯规！你的老帅怎么出城圈了？”

“身先士卒呀，要不怎么能有士气？”

“不能这么走，别着马腿呢！”校级少年象棋组的组员，简直气愤填膺了，又一次喊起来。

“咱们这棋不别马腿，怎么跳马都行。”老军人谆谆指点着。

“象怎么飞过河了？！回去回去！”

“不但象能过河，士也能过河。”

扣扣委委屈屈地承认这条规则，将自己的象也驱赶过河。

“噢，我赢了！老帅被将死喽！”扣扣一推棋盘，欢呼起来。

“别着急呀，我还有子呢，不杀到没有一兵一卒，是不能定输赢的。”甘振远一本正经地说。

小家伙几乎要指责老家伙要赖。待清点了一下兵马，发现自己占着优势，便不再说什么，抖擞精神，继续与元帅的“红军”厮杀下去。

在几乎是没有任何规则的棋盘上纵横驰骋，扣扣的脑袋瓜里用兵诡谲，几局下来，竟与姥爷胜负各半。

老太婆担心了，赶紧把外孙打发出去跟小朋友玩。甘振远却好久没这样高兴了，他神采飞扬，不住念叨着：“棋逢对手，后生可畏，这孩子长大让他当兵去。”

他的一生只从事过一种职业，那就是军人。只有一种技艺，就是战争。他活到近古稀之年，真是一大幸运！军人这个行当，是不大可能长寿的。

老而不死，老而不僵，头脑依然清醒，体力依然充沛，他必须干点什么，可他又能干点什么呢？自从离休后，人们像对待一个挂了彩的伤兵一样，小心翼翼地关心他、照料他。他那颗敏感的心在感觉温暖的同时，更多地感觉到了屈辱。

他下意识地走到写字台前。一册天青色缎面精装的《竹谱》，摊开来摆在那里，旁边有一方歙砚，还有一支不知是什么毫的画笔。砚和笔都是珍品，老朋友送的。就像到谁家串门要给主人的小孩子买糖果、买玩具一样，来看望他的人都带来些文体用品，好像他的余生要改行做文人或体育健将似的。

他提起笔，在宣纸上画了一道。他画的竹竿类似一把军刀。为什么画不好呢？他有些焦躁，迅速地掀动《竹谱》。有了，这里写着画竹之诀窍："不可太速，速则失势；亦不可太缓，缓则痴浊；复不可太肥，肥则俗恶；又不可太瘦，瘦则枯弱。"

去你的吧！他愤然将笔一扔，这是作画吗？简直是坐牢！

他无所用心地踱着，看到走廊的阴凉处养着一盆蚯蚓。粉红色的躯体蠕动着，全然不知道自己要去当鱼食。

他不屑于钓鱼。用一个军人的全部心血、智慧和毅力，去坐等一条智商很差的鱼，待浮子一动，夸张地把钩竿呈抛物线样扬起，并且衷心希望有人能目睹这一伟大的时刻，这是军人的耻辱。

要不，练练字吧！不！他不练。练字第一条便要临摹，而他一生中最大的特点就是不能容忍模仿。即使是他打过的败仗，也是创造，不成功的创造罢了。

他像困兽一样，在宽敞的厅室中不停地转来转去。

电话铃响了。老太婆站在一旁倾听着，却没有去接。这是甘家的规矩，只要甘振远在，便不许旁人接电话。他不能容忍一个上级、下级或同级，在找他的时候，先听到别人，特别是先听到女人的声音。

电话铃不耐烦地响着……

甘振远提着裤子，从厕所匆匆赶出，顾不得满手是水，迫不及待地抓起了话筒。突如其来的电话也许会告诉他什么新鲜的消息。

“我是甘振远……”他的声音低沉而浑厚，蕴含着焦灼的期待。

“爸爸，我是平平……”深知父亲习性的甘平，不忍延长这种折磨他的时间，赶紧称呼他。

“二十几年前，妈妈认的那个干女儿的儿子来了，要去看望你们。让不让他去呢？”

“让你妈妈来听电话吧！”甘振远有点沮丧地朝妻子示意。

甘平把话又重复了一遍，简要说明了几句。

“让他们来吧。”妈妈很干脆地回答。老头子一天烦得够呛，让他重温一下权力巅峰时期的盛况未尝不是一件快事。想到这里，她告诉女儿：“明天下午四点，我派车去接你们。”

“可是，家里还有用车指标吗？”甘平有些迟疑地问。干休所规定了每家每月用车的公里数，超标后是要加价收费的。她知道妈妈喜交际、善应酬，现在已届月底了。

“没有了。”妈妈答道。

“那……我们还是坐公共汽车回去吧。”

“你这孩子，操那么多心干吗？你爸爸就是离休了，也不能叫客人自己走上门来呀？”

甘平的妈妈放下电话，心里阵阵悸痛。生活的变迁，已经把甘家的第二代造就得不知孰轻孰重了。

甘平也觉得话没说完。这是公用电话，身后排着好几个人，有一个还是自己厂里的。她真希望家里拒绝这次会见，没想到妈妈竟这样兴致勃勃。倘妈妈知道今日的张文远非昔比，她还愿见他们吗？

“你放心，水再大，也漫不过桥！”伟白笑她的多虑。

但愿如此。

“明天到我家去，第一，就说你们是一对合法夫妻；第二，不许提做买卖的事；第三，请大红穿得朴素些。”为防万一，甘平不得不再三叮嘱。

张文都答应了。

七

红色的上海牌轿车，在夏时制下午四点的骄阳中疾驰，像一辆救火车。瘫软的柏油似乎连空气都粘住了，车轮拼命挣脱向前，发出一种热油锅煎炸鸡蛋时的嗞嗞声。

车里没有空调，闷热难当，大红不停地抱怨着。

伟白和甘平一声不响。从跨入车门的那一瞬起，他们便放弃了自己的独立存在，而只是甘振远的女儿和女婿了。尽管父亲已不再是举足轻重的人物，多年养成的习惯还是使他们缄默。

张文双手抱臂，坐在司机旁边，双眼眯着注视前方。由于发动机的烘烤，他比后排座的人更热，连被眼前悬挂的那串绿色的塑料葡萄逗出的口水也是火辣辣的。但是，在这狭小如火炉般的上海牌轿车车厢里，他感到比坐在豪华的出租汽车内还要惬意！

车子从厂区宿舍大门开出时，不知谁将沉重的铁门虚掩上了，需要有人下车将铁门推开。张文看得清清楚楚，但他端住双肩，纹丝不动地坐着——他是甘家请的客人。年轻的现役军人于是松开油门，自己跳下车去推门。望着黄绿色短袖军装背后沁出的汗渍，张文的嘴角露出了若隐若现的笑容。

干休所到了。

庄重却并不森严的大门。警卫人员正在和颜悦色地劝阻着想进去卖鸡蛋的小贩。火焰般的红色轿车浴进了清凉的绿色世界。

和到处兴建的匣式高层公寓相比，一座座独立于绿树与鲜花中的二层小楼，像是扁平的岛屿。但它们正是以对土地毫不吝惜的奢侈，无声地显示着自己的地位与尊严。

下车。与司机道谢。邀他到家里共进晚餐，虽说时间还太早。被有礼貌地谢绝。然后说声再见。

当着张文等一行人，表演这一套体恤下情的程式，真把甘平窘得够呛。不过，一般人是发觉不了她的破绽的。从小打妈妈那儿耳濡目染，她早已掌握得很娴熟了。本来掏钱坐车，彼此间已经交割清楚，不必来这么多客套。但有什么办法呢？一走进这扇大门，一种往日的习俗便会不由自主地回到甘平身上。况且，她从妈妈的电话里也已悟出了良苦的用心，索性做得更像一点吧。

小保姆出来告诉他们，甘振远夫妇被一位老战友接去看戏，大约要晚上才能回来。

张文的心底苦笑了一声：当然，一个曾经差点饿死的乡下小子，尽管是二十年后从几千里外专程来访，也不会比一个“老战友的戏”重要。那项预谋多年的宿愿开始冒出飕飕的冷气。

“这座楼都是你家的吗？”张文环顾着问。

甘平知道，张文是在从交通工具和住房规格上判断着父亲的境遇。虽然妈妈成功地将租车掩饰得像派车，但她无法扩大自家的住房面积。算了，随他怎么想吧。

“这楼是两家合住的，我们在这一侧。”说完，和伟白、大红进屋去了。

张文独自站在绿树拱成屋顶样的林荫道上，泰然自若地打量着四周。上海车已经给他吃了定心丸。说实话，他想象中的甘家远比这威凛显赫得多。他既然下了龙宫凤楼都要较量一番的决心，何况如此！

仔细巡视之后，他终于有了一点遗憾：他盖得起这座楼，却修不成这座厅。

厅在二楼，两面是从天花板直到水磨石地面的巨大落地窗，反射着熠熠的阳光，使它像是用水晶建造的。可以想象，每当夜晚灯火阑珊时，它就变成一座飘浮在空中的宫殿。住在里面的人，赏风霜雨雪，与日月星辰为伴，他们裸露胸膛去拥抱自然，他们置身于灿烂的阳光下而无愧无悔。他们把自己生活的断面剖露给社会，又随时可用自己的眼睛去探寻世界。

他是无法住这种透明房子的。没有昨天，也没有明天，就是在一帆风顺的今天，他也需要黑暗，需要隐瞒，需要用厚厚的帐幕将自己包裹起来。

蓦地，他愣住了。同别人门前遮云蔽日的花木不同，这里是一片明媚的阳光，生长着碧绿的蔬菜。

他从未见过如此森然的菜地。

所有的埂埝沟垄像刀剁斧劈而成，每一株植物间的距离像用直尺量过一样不差毫厘，每一片菜叶，甚至每一个果实，都长在大致相同的部位上。就连支撑藤蔓的竹竿，都一根根笔直挺拔得像卫士一样端正。它们烙着紫红色星形或菱形的标志——都是从街上买回来的蚊帐竿。

这不是菜地，而是一支军队。

“嘿！你是什么人？怎么私自闯进我姥爷的菜地？”

一个被北温带的阳光晒得像黑人一样的孩子，虎虎有生气地站在他面前。

张文已经从甘平家的相片上认识了这个孩子。

“扣扣，你知道姥爷的菜地怎么种得这么好吗？”

“当然知道。不管开不开花、结不结果，只要姥爷觉得它长得不是地方，咔地剪下来就是了。还有一条，嗯……我得保密。”

“你喜欢拉小提琴吗？”张文想起那个水泡似的男孩，忍不住问他。

“我拉得不好。我最喜欢的是玩。”小家伙坦率得可爱。

“你玩过弹球吗？”张文突然充满了被人理解的渴望。

“没有球，再说也不会玩。”扣扣失望地说。

“我来教你。”张文说着就要在地上扒坑。

“别把姥爷的菜碰坏了！”小家伙急得大叫。

“走，咱们回家去，我在纸上画给你看。”

扣扣的眼睛真像一对又黑又亮的扣子。他趴在沙发上：“讲啊，快讲啊！”

张文却沉吟起来。我的童年，这孩子能懂吗？

弹球。在平坦的土地上，刨出五个浅浅的圆坑。排列的方式像一个大大的“回”字，四角各一个，中间还有一个坑。弹的时候按着顺序依次进坑，最后进中央那个坑。那个坑有个名字，叫“皇帝坑”。进了这个坑，球还是那个球，身份就不一样了，变成了“皇帝”。这个坑赋予这个球生杀予夺之权，它可以任意去碰撞其他的球。一碰之后，是“警告”，它告诫对手已经遇到了极大的危险，二碰之下，是“锁住”，对方的球从此被禁闭在此，只有被动挨打的份儿，连逃跑的自由都没有了。第三碰，称为“灭绝”，相当于枪毙，从此被皇帝夺去了生命。

球有很多种。那种清亮得像早晨的露珠一样的透明球，叫作“乌灯”。中间嵌着一块菱形彩色玻璃的，叫作“花心”，无论从哪个方向看去，它都像一片花瓣。最珍贵的要算“白瓷”，奶白色，毫无光泽，像一颗大的死鱼眼睛。但极坚硬，稍有点涩，这更提高了它弹射时的爆发力和准确性。

但是，我没有球，虽然一个球只要几分钱。家里弟妹多，实在太穷了。

有一天，我终于有了自己的球。它通红通红、滚圆滚圆，像是一轮太阳。我揣着它走进弹球的圈子。

“玩真的，还是玩假的？”孩子们问我。

所谓“假的”，就是玩归玩，输归输，玩完了各自拿着自己的球回家，是一种和平的方式。而“真的”，则带有战争的性质，输了之后，被“灭绝”的球就得归“皇帝”了。

“玩真的。”我坚决地说。

于是各自拿出自己的球。我把太阳托在手里。

“不跟他玩！他的球是泥捏的！”孩子们一起哄叫起来。

我的球是泥捏的。红色的胶泥，淤在深深的冰河之下那种，黏得能拉出丝来。我把它们搓成球，在里面化进了我的唾沫、眼泪，甚至几滴鲜血。不是有意的，我的手恰好被河底的砺石扎破了。现在，它像上了釉一样，发出血红的光。

“为什么不和我玩？这不是球吗？”我恶狠狠地说，高擎着我的太阳。

不知是我的态度生了效，还是它的确应该算一颗真正的球，他们同意和我玩了。但事先约定，如果他们输了，就将弹球给我；如果我输了，须另找一颗正规的球赔给他们。

我慨然签订了这个不平等条约。用这颗溶进我血泪的球，我会赢！一定会赢！

那天，也许有什么鬼怪附在我的球上。我弹得准极了。一坑、二坑、三坑……像有一条看不见的丝线扯着我的球，它不但长着眼睛，而且长了腿，从一个坑毫不犹豫地跳进另一个坑，所向披靡。终于，它越过了龙门，成为“皇帝”，有了至高无上的权力。

在距离它不远的地方，有一颗黑色的“花心”，它也刚刚跳过龙门。为了和我的太阳相区别，我把它称为“皇后”。

现在，轮到我开打了。我把泥球捏在手里。因为不停地摩擦地面，它已经有些发烫。我朝它呵了口气，用眼睛瞄准了皇后。

世界消失了。我眼前只有这颗花心。它的心脏是一条很细很弯的黑弧，像一瓣黑色的月牙。

我屏住气，用右手食指半节和已经弹得麻木了的拇指盖，将泥球像子弹一样迅猛地弹射出去。

中了！又一下，又中了！只剩下最后一击了，片刻后，黑色的月亮就是我的了！

泥球变得像灼热的火球，在我手中微微颤抖，好像自己就要飞出去。我把眼睛眯得只剩下一条极窄的缝，透进的光线刚够照亮太阳和月亮，然后一闭眼，将球送了出去。

“啊！”孩子们惊叫出了声。

我睁开眼，寻找着我百战百胜的皇帝和它的战利品。

我终于看到了它。

它碎成七八瓣，喷溅而出的红色粉末，沾满了黑色的月亮，像是斑斑血迹。地上，有一粒萎黄的苍耳，那是我嵌进泥球的花心，那是我太阳的心脏！

按照惯例，皇帝与皇帝交战，三击之后，要测距离。如果相隔不足两拃，首先发动进攻的一方即自取“灭绝”。现在，我的太阳已肝脑涂地，任何测量都没有意义了。

黑色的皇后骄傲地立在那里，我必须赔给它的执有者一颗真正的弹球。

我跟着卖弹球的老头，虽然兜里没有一分钱。兼收破烂的老头看我跟着他转了一个地方又一个地方，就说：“拿东西换也行。有牙膏皮吗？”没有，我们家从不刷牙。“有旧衣服也行。”没有，我穿的已是妈妈用旧衣改的，弟妹们还要捡我剩的。“旧鞋呢？”刚问完，他不吱声了，看见我打着赤脚。

但是账必须还。我要信守自己的诺言。于是，我从家里偷了一毛钱……

…………

这些，难道都能讲给扣扣吗？他的眼睛，还不曾见过这世界上的丑恶与贫穷，但愿他永远不要见到吧！

扣扣还是一个劲地缠他。张文把兜里的那颗黑弹球送给了他。

“像一根黑眉毛。”扣扣小小的手托着那颗球，仔细端详着。

同一粒花心，从不同的角度去看，得到的印象并不一样。

已经很晚了，甘振远夫妇还没回来。张文给扣扣讲了一个又一个故事，扣扣还是听不够。

突然，从楼外传来一阵唰唰的响声，好像有人在拨动树叶。

“有贼吗？”张文警觉地站起身来。扣扣在嘴唇上竖起一根手指，示意他别出声。

唰唰之声越发清晰了。紧接着，传来陶器盖碰撞的闷哑声，然后是片刻的寂静。声音又复响起，初起舒缓，瞬间急遽起来，又渐渐细弱下去。

“告诉你，这就是那个秘密。”扣扣神色庄重地说。

“这是什么声音？”张文着实琢磨不出。

“是姥爷在尿尿呢！”

啊？！张文目瞪口呆。

扣扣笑话他的大惊小怪：“不尿尿，哪来的肥料？菜能长得那么好吗？告诉你，姥爷的尿罐就在丝瓜架后面，他每天晚上都去。这件事，就我一个人知道……”

张文瘫了。他的一切如意算盘，未曾谋面，就叫老头子这一泡尿给浇黄了。

八

早餐丰盛极了。

菜肴都是昨天预备下的，因为主人看戏，将接风的晚餐变成了早宴。

大家却迟迟动不了筷子。一大早，伟白就把他和甘平这次回娘家的礼物——一份最新发出的中央文件，送给了甘振远。离休干部们级别虽高，看到文件的速度有时还赶不上伟白这种近水楼台。甘振远如获至宝，老花眼镜加放大镜，趴在写字台上看个没完。

扣扣饿得熬不住，吃了点蛋糕，跑出去玩了。

大家枯坐着。

甘平的母亲，透过二十多年时空的界限，打量着张文。

她已经从女儿处得知了张文的近况，但她仍以一种欣赏的态度注视着张文和大红。这颗她二十多年前随手播下的善果，如今已如此昌盛！一个多么强壮的小伙子，还带着一个多么漂亮的姑娘，她能感觉到从他们身上散发出的那种蓬蓬勃勃带着野性的朝气，不禁又有些惋惜地同自己的儿女做着比较：平平太清高，伟白太顺从……她生出一丝妒意，假如没有父母的荫护，和张文他们相比，伟白和平平是要吃亏的！

张文也掩饰不住自己探究的目光。这就是他在脑海中曾千百次想象过的恩人加仇人。她不像妈妈描绘过的那样年轻和美好，而是一个带着老态的妇人了，但她自有她不可一世的尊严。她的额头光洁而明亮，全没有自己母亲那种日日夜夜为生活操劳而生出的细碎的皱纹，也不像目下渲染的那种女强人，眉宇间聚着原本属于男人们的纵形纹理。尤其是她那种毫不做作的对人赏赐般的关怀，使人不由得生出卑微。张文清醒地意识到了对手的强大，不论自己多么有钱，倘母亲同来，她仍旧会匍匐在这妇人的脚下。

甘平的妈妈决定帮助女儿女婿。她可以想见这样一只拥有令人惊愕的财富的狼，给正统家教出来的孩子精神上、物质上多么深重的压抑。甘振远不许她给子女金钱，怕他们变“修”变懒，她时而偷着接济他们一下，女儿多半拒绝。就是收下，也不过是杯水车薪，管不了多大事。她知道甘振远的心事，他愿在身后拿出一笔相当数目的党费，最后要一次强。钱是老头子自己挣来的，她不想拗他的意。但她的儿女完全不必被金钱所压倒。她的双手几乎从未进行过赤裸裸的金钱交易，她的一生不是依然富足而轻松吗？二花母子得以从那样的劣境中解脱出来，她从未花费过哪怕是一分钱的硬币，甚至连念头都不曾转过。无论张文将来有多少财产，他都无力改变这段历史。世界上有比金钱更为强大的东西！

想到这里，她以长辈人的和蔼与慈祥问道：“你妈妈好吗？”

预料中的忆旧开始了。张文在心中冷笑着。他收起脸上谦恭的神情，变得阴鸷而冷酷。从现在开始，他要为母亲二十多年无望的冤屈，为他自己悲惨的童年，甚至为与他有仇的继父——复仇！

你们听过人肉抽打人肉的声音吗？干瘪得像纸一样的颜面，坚硬得像锉一样的掌指，接触在一起，一次又一次，像两条松紧不同的布带，抽打着，拧绞着，发出一阵阵忽而喑哑忽而尖锐的呼哨。

这是我的继父在打我的母亲。这声音，是我童年永不更换的催眠曲。墙上挂着继父的奖状。我真不明白，一个在外面备受称赞的男人，怎么能如此虐待我可怜的妈妈。

而在每一次惨重的殴打之后，妈妈都变得格外平和，甚至有一种解脱了的安宁，好像皮肉上惨烈的疼痛倒是她所需求的。

终于，我明白了。

我至今感谢我一生中唯一的一次偷盗。它使我一夜间长大成人。我从家里偷了一毛钱。正拿的时候，被妈妈看见了，她含着泪闭上了眼睛。我用这钱买了弹球，还给小朋友。当时父亲还在部队，挣的钱并不算少，但给妈妈的钱极少，而且每一分钱的开销他都要知道。他举着拳头盘问妈妈，妈妈一口咬定是她丢了。我承认了自己犯下的罪恶，求他饶了妈妈。

他毫不理睬，照旧极其残暴地打了妈妈一顿，然后朝我挥起已经红得像火炭似的巴掌：“还有你！小兔崽子，要是没有你，我怎么会到这个鬼地方，落到这种地步！”

“不许你……打文文……”妈妈的头已经涨大到我陌生的地步，眼睛也被封住看不见了，但她仍然张开双臂，护着我。继父虽然常常对妈妈逞凶，却很少碰我。也许在他最后残存的良知里，知道我是无辜的。这一次的反常，我后来才知道，他因为作风问题被从部队清除出去，还受到了十分严厉的处分。

妈妈这种极轻微的反抗，激得继父左右开弓，像抽一个悬挂在半空中的乒乓球一样，毒打妈妈。妈妈木然地站着，没有眼泪，也没有痛苦，像一座没有生命的蜡像。

“我告诉亲妈去……”这是妈妈实在挨不住时，所说出的唯一一句话。

“告去！告去！”继父歇斯底里地怪笑着，“你算什么东西？她把你这个没人要的货塞到我这里，早把你忘光了！她设下计谋坑我，我找她报仇我没这个胆量，我可以打你……”一阵挟风的掌声又呼呼而下。

“你胡说！这是我姥姥刚给我妈寄来的照片。”我像拿着一道救我们母子脱离苦海的护身符。

“文文，给我！”妈妈急得直叫。

然而已经晚了。继父倒真被震慑了一下，他把相片夺过去，仔细端详着，照片上的姥爷穿着一种极威武的军装，洞察一切的目光，严厉地注视着他。他微微哆嗦了一下，马上又清醒过来，这不过是一张纸！一张比一般纸厚一点并且泛黄了的纸！

“刚寄来的？”继父用鼻子哼了一声，“他们会送你？这是你在他家时偷的！”他又举起手。

妈妈的脸变得煞白。我突然知道，这是真的。

“你胡说！”我拼命向继父撞去。姥姥是妈妈心中最后的希望和光明。我要奋起护卫妈妈！护卫我们的恩人。

继父没有想到，看我扑过来，他仔细地将照片对折了一下，然后撕得粉碎，纸钱似的扔向天空：“给你们吧！”

姥爷的军礼服断裂成几截，四处飞舞……

“我和你拼了！”我随手抄起一件家伙，就往继父身上抡去。妈妈曾经说过，我的生父是个非常剽悍的山东汉子，我这时全身流动着和他一脉相承的血液。

“文文，让你爸爸打吧，”妈妈反倒死死抱住我，“他说的是真的，是真的！我欠了你爸爸的……一辈子也还不清……妈妈都是为了你……”

从此，我沉默了。妈妈麻木地忍受着，借此以赎罪。她为继父生儿育女，对他所有的风流韵事置若罔闻，在极端的穷困中给继父以最周到的照料……

继父是我一生中永不宽恕的罪人，也是我人生的第一位老师……

这最后一句话，是张文在心里说的。他随之将一张千疮百孔的相片放到了桌上。它同甘振远卧室内的合影出自同一张底版，只是要小得多，无数道折痕和粘贴的糨糊，使它变得厚而模糊，表面白花花的一片。

……

在餐桌上听到这样一个凄惨的故事，所有的人都不知说些什么好。

“怎么不吃啊，不是说了不要等我吗？来来，这么多年才聚到一起，不容易。”

甘振远大着嗓门走出来。中央文件的内容大概很令人振奋，他一点也没察觉到气氛的异常，兴致勃勃地招呼着大家。他一眼瞥见桌上的相片，随口说了句：“你也有一张？”长时间的用眼后，使他看不清相片细节。不过这对盛年男女他是太熟了，光凭轮廓也认得出。

“姥爷，您能让我看看照片上您穿的这套军装吗？”张文又恢复了他的谦恭。

“可以。来，把酒满上。”

怀着不同心情的手，举起了鲜红的葡萄酒杯。

“我也喝。”扣扣不知什么时候跑了进来。

“小孩子，不许喝。”几个人一起训斥他。

“有功也不许喝吗？”扣扣不服气地争辩说。

“你能有什么功呢？”甘振远很感兴趣。

“我给你们带来了一封信！”扣扣将一直背在身后的手伸过来，又黑又脏的小手里真的捏着一封信。甘平很快地将信拆开，一边看一边说：“是上海阿姨来的……她说她挺好的……有机会来北京看望你们……她很感谢……钱收到了……妈妈，你给上海阿姨寄钱了？”

“是的。我每月给她寄二十块钱。”

“她病了？”甘平有点吃惊，上海阿姨和家里多年没有联系，现在找上门来，必定是有了为难之事。

“没有哇。她的儿子孝顺得很，生活过得挺不错。”

“那……”

妈妈看出了甘平的不解，说道：“这是我给她发的退休费呀！她在咱们家当了那么多年保姆。”说话中，脸上的神色十分自得。

妈妈依旧还是那个脾气。

甘振远给扣扣倒了个杯底的酒，算是庆了功，然后装作随口问道：“你们那儿最近有些什么事啊？”等着甘平他们回答。

爸爸的漫不经心是装出来的。现在，儿女们几乎是他联系社会的唯一脐带。可怜的爸爸呀！甘平生怕张文再讲出什么刺激性的话来，赶快搜肠刮肚地想好消息。有了！

“我们最近要涨工资了。”

这是货真价实的好消息。只是，什么标准呢？

“大锅饭呗！人人有份。听说除了进过公安局的流氓、诈骗犯，剩下的每人最少半级。”

这就好。甘振远夫妇欣慰地看着女儿和女婿，像一对巴望着雏鸟快些长硬翎的鸟禽。

张文感到一种被排斥在外的异己感。一方面，他鄙薄为了半级而津津乐道的国家工作人员们，一方面，又清楚地知道自己在他们面前永低一头。

他冷淡地打断了他们的谈话："虾爆得太老，鳜鱼又太嫩，吃不得。"说着放下了筷子。

大红也随着叫起来："这是什么呀？难吃死了！"一块说黄不黄、说绿不绿的棉团样东西被挑出来丢在桌上。

说实话，张文和大红指出的缺陷是很准确的。新来的小保姆不会烧菜，甘氏夫妇又因看戏去未加指点，一桌貌似丰盛的筵席几乎全不可口。

然而，这是能说的吗？

甘平母亲满腔的怒火就要喷发出来。你是什么人？这里哪是你品头论足的地方！借你母亲的境遇含沙射影，早知如此，我当初何必多管闲事！没有我，你母子二人在随后的天灾人祸中，指不定死在哪里了！恩将仇报！你以为老头子离休了，就可以趁机打上门来。告诉你，这天下是我们这些人打下来的！你未免得意得太早了！

不过，她还是把怒火强压了下去。她淡淡地问大红："你可知道你刚才扔出来的是什么吗？"

"不……不知道。"大红虽吃过不少风味名菜，还真说不出这道不咸不甜、有一种异味的菜肴是什么。它盛在一只小小的蓝花碟子里，摆在甘振远面前，色香味全无，大红出于好奇才尝了一口。

“那是专为你姥爷准备的，用橄榄油和无盐酱油炒的剔了蛋黄的纯蛋白。”

大红窘得满脸通红，求救地看着张文。

餐桌上空弥漫起阴云。张文好像想说什么。

伟白乖巧地用公筷给自己盘里夹了一大块鳜鱼和一大段爆虾，学着电视里的广告说：“味道好极了。”

语气惟妙惟肖，大家都笑起来，风波暂且平息下去。张文终于没吭声。

饭后，妈妈和甘平聊天。天下的母女总有说不完的话。其实，老太婆喜爱女婿超过女儿。作为一个女孩子，又没有戎马倥偬的战机，老太婆只希望她平平安安舒适顺利地度过一生。女婿是确保女儿幸福最重要的条件。在亲朋们推举的众多候选人当中，她选定了工人家庭出身的伟白。老太婆不信门阀，她自己就是胶东普通农户的后代。周围的男孩子她见得太多了，纨绔有余，心智不足。那种人，她可不放心。而伟白除了相貌、人品无可挑剔外，老太婆发现了他于不动声色中的城府与机变。初试后，她交予甘振远终审。毕竟是女儿的终身大事，甘振远于百忙之中，委托干部部门做了调查。家庭出身好，本人历史清白，政治上可靠，在军队受过嘉奖。“何时何地因何事受过何种处分”一栏里，自然是空白。就是他吧！甘振远一拍板，伟白遂成为甘家快婿。

一阵家长里短后，妈妈突然问道："平平，你还记得你爸爸的秘书乔叔叔吗？你小的时候，他还抱过你。"

几乎所有认识爸爸的叔叔都抱过她，谁记得是哪一个。

"就是那年你去西北，回来帮你买飞机票的那个。"

噢，想起来了。

甘平出差，被困在西北，回不了北京。连日降雪，好多次航班停飞，压了一大群旅客。甘平急得没法，便拿出临行时妈妈交给她的"联络图"。这是爸爸在全国各地的老战友老首长老部下的名单住址。像七仙女下凡时所携带的"难香"，遇到困难时祭起来，屡试屡验，百战百胜。她找到这里有一位姓乔的熟人，是大军区的保卫部长。

第三天，甘平踏上通航后的第一班飞机，回到北京。

"那个小乔，究竟用的什么办法让你走成的？"妈妈很有兴致地问。甘平当年曾详详细细汇报过此事，老太婆这时好像是明知故问。

"我在飞机上才听说，那次赴京开会的代表突然被卡下一张机票，说有要犯潜逃北京，须派一名侦察员即刻飞抵首都。吓得我一路上都不敢说话，生怕人家认出我的真实身份。"

"没出息，"妈妈在女儿的头上点了一指头，"告诉你，你乔叔叔现在是H市的副市长了。"

老太婆的这句话，整个客厅的人都听到了。

透明的客厅里，雪白的尼龙窗纱被柔风轻轻梳理着，银网似的抖动着。阳光被筛成细碎的金屑，飘落在客厅满铺的地毯上。这也是一条紫红色的地毯，只是上面没有任何图案，像一片红色的草地。

甘平在爸爸的不少战友家见过同这一模一样的地毯，使她立即产生了一种回到自己家的亲近感。她问妈妈："你们怎么都喜欢紫红色？"

"这是统一配发的呀。"

九

墙角的花几上摆着一盆巴西木，在被裂得像出土古陶一样的柱形干上，挣扎出一丛又一丛玉米苗似的嫩叶，形成令人震惊的对比。

这么老的树干，还要被人一截截锯开，送到外国去供人观赏！在客人们赞扬巴西木蓬勃盎然的生命力时，甘振远觉得自己才是它的知音，他仿佛看到那断面流出的无形的血液。

当甘振远不得不兑现自己在兴头上的允诺，打开他珍藏的衣箱时，内心正是这样一种复杂的感情。

一股刺鼻的和人造卫生球味绝不相同的天然樟木的气息，芬芳而令人清醒地弥散出来。

这是一个逝去的世界。从最早发放的棕黄、浅黄两种柞蚕丝夏服，到最后一套涤卡罩衣，几十套军服整整齐齐地叠放在樟木箱里，像密致的岩层一样，组成一组军装的系列。

张文有几分敬畏地看着这绿色的岩石，不知该抽哪一件。照片是黑白的，他无端地觉得那军礼服应该是黑色的。

“他要看的是这种。”老太婆拎过一只棕色水牛皮箱。

“噢。我忘了他要看的是军礼服。”甘振远装作突然想起的样子。多嘴的老太婆呀！

皮箱被打开了。里面还躺着一个长方形的小箱子，帆布面，暗枣红色，很干净，但也很陈旧了。

帆布箱被打开了。一套孔雀蓝色的纯毛哔叽礼服，呈现在大家面前。

老太婆轻轻拨动着，检查有无虫蛀的痕迹。甘振远像看他心爱的孩子一样，看着这套军装。这种三十多年前军队授衔时发放的礼服，时至今日，保存如此完好的大约不多了。他想起当年穿着这套礼服，站在天安门侧的朱红色观礼台上，是何等威武！何等豪迈！

甘振远内心突然涌动起一种如火如荼的渴望——他要穿上这套军装，重现一次当年的风采。

老太婆也深情地望着他，柔声说道：“你就试试吧。”

他们共同忘记了三十年的时间差。

甘振远陷在松软的沙发里，开始穿这套亲切的服装。

上衣怎么变得这么瘦？好像还短了？怎么？我还长个儿了吗？噢！是因为肚子凸起，把长向宽里扯去了。下摆的扣子也系不上了？算了！不系了，就这么敞着，还舒服自在些。裤子可真是变长了，我的腿短了？立裆也提不上去，怎么搞的，当年好像不是这样的嘛。糟糕！裤腰太小了，扣不上挂钩。这可是最大的问题。屏住气、收腹……只差半厘米了，再努一把力，就差不多了……

甘振远终于成功地将自己装进了当年为他定做的礼服中。他抑制住变粗的呼吸，挺胸收腹，器宇轩昂地站在地当中，期待着。

“很合体，跟你当年穿时一样。”老太婆第一个说。

“爸爸当年的雄风仍在。”伟白接着说。

“做衣服时，要稍微大点就更好了。”甘平有点迟疑地斟酌着字句。

张文和大红没有搭话。

甘振远陶醉在回忆中，穿衣镜近在咫尺，他并不去照。

扣扣跑进来，寻找他的什么玩意儿，一眼瞟见人丛中的姥爷，探着头看了看，说了句：“姥爷怎么变得像个坏蛋了？”然后又一溜烟地跑出去玩。

完了！

甘平追着要打扣扣。

“回来吧，”甘振远嘶哑着喉咙说，“小孩子说的是实话。”他三把两把将衣服脱下，搭在沙发上，皱着眉默不作声。

礼服又恢复了挺拔修长的造型，无声地侍立一旁。

这衣服对甘振远来讲，已经没有丝毫实用的价值了。张文冷眼旁观，忽然萌生出一个惊人的念头——将这衣服收买下来！到那时，他穿上礼服，大红穿上纱裙，他们将比照片上的甘振远夫妇还要威凛华贵百倍！苦命的妈妈再不用对着粘贴而成的相片朝思暮想，她像仰望星星一样认为高不可攀的权力象征，如今就穿在她亲生儿子的身上。让妈妈用手摸一摸，甚至用牙咬一咬，以证明这是真的，是千真万确的。让那个凶残成性的虐待狂看一看吧，这是真正的甘振远本人穿过的礼服，就是那件曾经被他撕得粉碎的礼服。

张文的心咚咚直跳，他听见太阳穴处自己那青春的血液汹涌澎湃之声。这狂飙突起的渴望，占据了他的全部身心。只要甘家出卖这件衣服，他愿倾家荡产，购买这地位与尊严的象征。

“爸爸，让我试试成吗？”伟白腼腆地恳求着。只要是身材匀称的青年男子，见了如此考究的军装没有不动心的，更何况伟白还是当兵出身。

甘振远几乎不为人察觉地点了点头。

因为大红在场，伟白走进内屋去换衣服。当他重新走出来的时候，所有的人都惊呆了。

这是一个极其英俊、极其潇洒的青年军人。笔挺的孔雀蓝礼服使他风度翩翩，铠甲般坚挺的垫肩和胸衬，更增添了他咄咄逼人的英气。纯黑的丝质领带，雪白的细纱手套，于威严中又隐隐透出几分异国的情调。在巨大的像鹰翼一样舒展的西式翻领上，缀着金丝绣成的松枝，上面盘结着银丝扭成的松果，发出灿烂夺目的光辉。

奇迹发生了。三十年前的甘振远从相片上走了下来。

老太婆的眼前模糊了，这正是她心目中永不磨灭的形象。

甘平觉得自己变成一个只有几岁的小女孩。那时的父亲是什么容貌，她已经记不清了，但她认识这套衣服，这个英姿勃勃的形象只能属于她的爸爸。

“爸爸，你的衣服湿了。”

“嗯。今天观礼时下雨了。告诉我，刚才下雨时，你在哪儿呢？”

“在楼顶上面。我想看看爸爸……”

遥远的对话从记忆的深谷中传出。那是哪一年的国庆？一九五六年还是一九五七年？大典遇雨，那似乎是仅有的一次。

多么古怪呀！

面对着穿礼服的爸爸，甘平只看到一个臃肿衰老的陌生人。而对着自己的丈夫，她极其鲜明地回忆起父亲。其实，他们的相貌是完全不同的。

都是这套神奇的衣服。它是青年甘振远的魂灵。

张文也被震慑住了。这衣服赋予这家族中最平庸的伟白以惊人的魄力，使他变得像一个统帅。张文精于服装，他发现伟白虽与青年时代的甘振远身高相似，但毕竟单薄了一些。尽管服装优雅挺括的造型弥补了这一点，但仍显得略宽大了些。如果是他自己穿上，那才是天作之合，无与伦比。在这一瞬间，他忽然觉得，自己与这个老军人，较之他的女儿女婿，似乎有着更多的相似之点。

无论如何，他要买下这套军装！这将是他从事过的最伟大的一项交易。哪怕重新从一文不名的穷光蛋开始，他也要得到它！

“我，可以试穿一下吗？”张文不卑不亢地提出要求。

“你？”未及甘振远答话，老太婆急急插嘴追问了一句。

张文没有重复自己的话。所有的人都听得很清楚。

“他要试，就让他穿一下。”甘振远并不知这两天的风波，既然有人这样喜爱他的军装，试一下也无妨。

老太婆却不动声色地开始叠整那套军服。

“让孩子们都试试。”甘振远宽厚地说。

“他和伟白不一样。伟白到底是个转业军人，他嘛，喜欢的是跑买卖。赚钱算啦，别胡闹了。”

“军人未必不需要钱，赚钱的未必不喜欢穿穿军装。”张文同样笑眯眯地与老太婆应答。

甘振远愣了：他的衣服怎么跟钱联系起来了？

老太婆终于以为抓到了张文的什么：他要用金钱亵渎甘家最神圣的东西！她反倒平静下来，用一种近似戏谑的口气问道：“你到底有多少钱呢？”

“不多，不过买你这套衣服足够了。”张文一脸骄矜之色。

“喔。看不出来，你还有这么大的口气。只是你可知道，我这套衣服要卖多少钱呢？”

“价钱随你定。我绝不会还价。”

“那么，你听好了，这套衣服，我要一万元。”

“此话当真吗？”张文内心悸动了一下，但马上乜斜起绿莹莹的目光。这是他与人在黑市成交时惯用的神色。

“当——真！老甘，卖了它，你我也成万元户了。”老太婆像一只逗弄老鼠的猫，眉开眼笑地说。

“君子一言，驷马难追！大红，你给我拿钱。”

十秒钟后，一万元钱——十块齐斩斩的红砖，排在了陈旧的枣红帆布箱盖上。

“现在，一手交钱，一手交货。款额不算小，请当面点清。”

说完，张文轻松地舒了一口气。从现在开始，这套衣服就是我的了！他把两手对着摩擦了一下，向那套老太婆刚叠好的军礼服伸去……

一个恶意的玩笑瞬间便演变成这种结局，一向处事不惊的老太婆心慌意乱起来。

直到这时，甘振远才以他纵横疆场数十年的魄力与胆略明白过来，这是在算计他的军装呢！他那斑白的眉毛痛苦地抖动着，像一根拧紧的绳子。

他的一生，除去身上斑斑驳驳像几何图案一样的伤痕，只剩下这一堆不可能再穿的军装维系着他的功勋与骄傲。它们不是普通的衣服，是他一次次蜕下的鳞甲。正是在这种蜕换中，他登及自己权力的高峰。它们是他的脚印、他的形象、他生命的一部分……当他最后一次脱下军装的时候，他感到撕心裂肺的痛苦，觉得被扒掉了一层皮。从此，他的灵魂裸露着，自然界的风霜雨雪，人世间的世态炎凉，任何一点刺激都会将他蜇咬得出血。

现在，居然有人要买他的军装，他的军礼服，还一本正经出了一个价钱！哈哈，真是古怪极了！滑稽极了！世界什么时候变成了这个样子，什么都能卖钱了！战场上流出的血，多少钱一碗呢？是不是和大碗茶一个价钱？伤疤值多少钱一平方米呢？还有草根、树皮、牛皮带，又都是多少钱一斤呢？

他悲愤难平，热血激烈地喷涌着，涨得全身像要爆裂。当他看见张文那只戴着金戒指的手就要触到他的军礼服时，他变得像雄狮一样怒不可遏了：就这样一个货色，竟凭着有几个臭钱，居然想穿上老子用命挣来的衣服，在我曾挂过功勋绶带的胸前，别上一朵假花；在我系过威风凛凛的武装带的腰间，绕上一只酒吧女郎的胳膊……够了！还有比这更耻辱的吗？我宁可将礼服碎尸万段，也绝不会……

他几乎老泪纵横了。

蓦地，在按住军礼服的同时，他触到一件坚硬的东西。他机械地将手伸进礼服裤兜，先碰上一片凹凸有致的花纹，紧接着是弹性极好的扳机，最后是短短的枪筒。

他劈手掏了出来。这是一支枪，一支瓦蓝泛亮的加拿大撸子。

枪，使老军人刹那间恢复了统率千军的气概，冷冰冰的枪身将一股钢铁的力量，源源不断地输入他的体内。他变得斗志昂扬。

一个黑洞洞的枪口，缓缓地对准了那只年轻的数过无数钞票的手。

“爸爸！”甘平惊恐万分地呼唤着。伟白急得七窍生烟，却又一动不动。他学过捕俘拳，可是不敢在岳父大人身上施展。

大红吓得面无人色。唯有老太婆，带着报仇雪恨的笑意，看着惊慌失措的张文。

如果说张文面对着指向他的枪口，还能保持住最后的镇静，面对着近在咫尺的甘振远的双眼，他毛骨悚然了。这是一双见过无数血浆迸射人头落地的军人的眼睛！它带着傲视人间一切金钱的冷酷笑意，直刺他的心扉。

张文的手蠕动着，一寸寸地退了回去。

“哈哈……哈……”甘振远狂放地大笑起来，震得整个屋宇一阵轰鸣，“到底还是怕死呀。你小子若真有种，始终不把爪子缩回去，告诉你，这套衣服，我就送给你了。现在，可就没那么便宜啦。这是我的寿衣，你们听清楚，除非我甘振远到八宝山化了烟，世界上谁也得不到它！”说完，他把枪随手一丢，迈着极其稳健的步子回自己的卧室去了。随着关门的声音，人们听到重物坍塌的声响。

老太婆和甘平急忙跑进去，给甘振远服药。

那支枪柄上雕有不知是哪一家族族徽的加拿大撸子，静静地横置在军礼服的左胸上方，正是每个人心脏的地方。

伟白顾不得照看岳父，赶紧将手枪保管起来。他拉开枪栓，枪膛里空空的，根本就没有一粒子弹。

这支加拿大撸子，是甘振远从敌人那里缴获的。它原来的主人是国民党一位刚从美国留学回来的师长。手枪制作得极为精巧，只有手掌大小，有效射程为五米，是一种自卫性武器。解放后收缴私人武器时，他恋恋不舍地让秘书去交公。不想秘书回来说，缴枪人员告诉他，这不是武器，是玩具。甘振远的撸子才得以留下。他自然十分高兴。不料他以后从别人那儿得知，秘书将话只告诉了他一半，还有半句“待请示后再做决定”被他贪污了。甘振远立即将这个秘书从自己身边调出，他就是后来给甘平买机票的那位乔叔叔。不过，加拿大撸子一直留在了甘家。它那种特制的嵌有族徽的子弹已全部打光，无处补给，成为一支名副其实的玩具枪。

服了“救心丹”，甘振远渐渐安静下来，大家松了一口气。

楼下，传来几声轻柔的汽车喇叭，像在通知主人它的到来。

老太婆走到窗前一看，惊喜地对甘振远说：“来了辆‘红旗’。大概又是哪个老首长、老战友看你来了。怎么也不打个招呼？想让咱们突然高兴一下吧？”她知道，甘振远心病还需心药医。

老太婆为甘振远抻抻衣服，搀着他去迎接客人。

张文跟在后面说：“我订了一桌便饭，请……”

没有人理他。快出楼门的时候，甘振远甩开老太婆，抢先迎了出去。

一辆漆黑锃亮的“红旗”，像只硕大无朋的水鸟，栖息在花砖甬道上。在满街热带鱼一样缤纷的车流中，它那海豚似的躯体显得过于圆滚而粗笨。但在这远离尘世喧嚣的地方，它却十分和谐，以自己对空间和油耗毫不吝惜的大度显示着与众不同。

奇怪的是并没人走下来，只看见方向盘边有只淡黄色的麂皮玩具狗，正一探一探地叩着脑袋。

一个穿粉红格衬衫的小伙子从车后走了出来，很有礼貌地对甘振远夫妇说：“请赶快上车吧，途中停驶等候是要照章收费的。”

甘振远听不懂这句话，愣着没动。

司机奇怪地说：“这不是您订的车吗，张文先生？”

十

涨工资的消息像一个美丽的神话，被人们口头加工得越来越美好。每过一天就像过了一个世纪，大家翘首以待。

甘平已经把她和伟白即将增加的工资数额打进了她的财政预算。他们似乎不应算穷人，按着报上公布的市民生活费人均统计指数，他们要居中等偏上。但他们总是处于无法解脱的经济危机中。哪一样东西不需要钱呢？况且，她可能真属于不会过日子的女人，如果世界上有一种“过日子学”之类的书，她一定会掏出仅剩的钱去买一本。这能怪她吗？妈妈从来不用精打细算，可她过了一辈子优裕富足的日子。谁教给甘平把一分钱掰成两半儿花的艺术？埋怨牢骚谁都会发，但日子总得过下去。节流既不可能，开源就成了唯一的希望。每月十五日，他们会接到用计算机打印好的袋子装着的工资，数额相符，一分不少，但也一分不多。这是一股永不枯涸的泉水，流量稳定，涨落有时，甚至人死后还会延续一段时间，好像惯性似的。可面对着“日益增长的物质文化需要”，它太涓细了，无法灌溉这样一片干旱的土地。甘平和伟白没有别的挣钱门路，他们不会养蜗牛，不会养蝎子，祖上也没有传下什么貌不惊人实则价值连城的宝物，也没有什么从小远涉重洋如今回来寻根的华裔亲戚，他们便把全部的希望寄托在铁饭碗内容物的增添上了。

然而，涨工资的名单采取了极严格的保密措施，好像是份绝密文件，而且迟迟不见公布。世界上的好事总是多磨，但焦急的人们开始惴惴然起来，每日到处打听。现代人自有现代人的烦恼。中国猿人也有他们的幸福，只要火种不灭，人类不是就延续下来了吗？

甘平安静得像一粒白色药片。她自信自己的勤勉与才干，肯定会在那份绝密的名单上。

张文夫妇还住在她家。在发生了那件不愉快的事情后，甘平实在不想再留他们了。爸爸妈妈以身体不适为由，拒绝去赴张文的便宴。一顿海参全席，她吃得索然无味。她讨厌这种一遇强敌便连脏腑都吐出来的软体动物。但伟白殷勤地挽留他们又住下了，还说他们“姥姥”也是这个意思。

住就住吧，好在他们早出晚归地跑买卖，彼此应酬的时间并不多。

不知怎么，伟白对做买卖也来了兴趣，得空便围着张文问个没完，也许是想松弛一下为涨工资绷得快断了的神经。

张文并不想说。哪个买卖人能把做生意的诀窍和盘托出呢？出于某种动机，他讲了些认为应该让伟白夫妇知道的事——

做买卖之前，我是个养路工。只有这种又苦又累的活才能轮到我们这种人头上。在山的最高处，有几间破房子，那就是道班——我们养路工的家。吃的用的全靠不定期的交通车从山下运上来。生活很苦，有时几个月不见油星儿，再具体的怎么苦法，我都忘记了。我记得的，就是我在公路上走。天是黄的，到处是风沙；地是黄的，到处是沙石。在这天和地的夹缝里，我牵着骆驼往前走，用骆驼拉着的一种像耙子似的东西把路耙平。

一天百十里，一年下来，比红军长征走的路还远。我裹着件没有面的老羊皮袄，腰里捆着根旧电线，又结实又暖和，天天跟骆驼说着话，在路上走啊走啊……只要天上不下刀子，我们就得出去走。如果不是我后来得了一次很重的病，也许我这一辈子就这样走下去了。

也不是太大不了的病，就是发烧，大概有四十多摄氏度吧，山顶上海拔高，不赶紧送下山，怕真有个三长两短，可我们的交通车谁知什么时候上来。大家商量着拦个便车，把我捎下去看病。第一辆是大轿车，先问我是不是传染病，听到说不知道，就说挤不下了。下一回来的是辆面包，明摆着车里有地方，可还是不让搭，说要到前头捎时鲜的山货。一连几辆车，都是这样屁股后头卷着尘土，跑了。弟兄们这个骂娘啊！我躺在那儿，烧得一会儿糊涂一会儿明白，糊涂的时候，自然是什么也不知道，明白的时候，我咬牙切齿地想：我明天就上班养路去！甭管出多大力，流多少汗，我也得把路整得跟地瓜地的垄沟一样。

后来，来了辆军车，听我们说完，二话没讲，司机助手腾出驾驶楼子，自己去蹲大厢板。西北的冬天，大厢里能把人活活冻死。养路工都是粗人，不会说感谢的话，只知道一件又一件地往大厢里垫老羊皮袄，给解放军絮了个窝，把我抬进了驾驶室。从那以后，我对当兵的特别好。我那个店，一到星期天，你瞧好吧，头上脚下全是一片国防绿。有人说，当兵的光棍多，冲着大红来饱眼福。我看倒是冲着我来的。我从不欺瞒他们，不像有些个体户，专抓当兵的大头。不然，再漂亮的女人，看上一回两回也就得了，谁还老来。

这说的是后话了。那会儿我在家治病，还没好利索，继父又逼我上山。我们是干一天给一天的钱。我已经不小了，偏不听他的。他瞪眼，我的眼瞪得比他还大，他也管不了我。

我在街上乱逛。满街的招牌，这公司那中心，花花绿绿像雨后的毒蘑菇。人们怎么都一窝蜂地做开了买卖？我开始研究这事。其实就是为了赚钱，经商是一本万利的事情，西北和内地有地区差价，做生意的利润更高。我年轻，不怕吃苦，自认为脑瓜子也还活泛，为什么眼看着别人发财，自己就不试一试呢？养路工我是不想再干了，苦累姑且不论，在人们眼里毫无地位。我从小看继父的冷眼，长大了又遭世人的轻视，难道我就这样一直混到死吗？有人会说，你可以当兵立功、上大学当科学家什么的，那都是骗人的鬼话！我能当兵吗？有着那么一个不光彩的继父。上大学，更是没门，别说我考不上，就是考上了，家里也出不起学费。天下好像大得很，其实留给我们这种人的，只是一条极窄的缝……

我决定从这个缝钻进去，大不了失败了重回山上当养路工！那个行当永远缺编，什么时候去都受欢迎。

做买卖赚钱的决心，我是下了，只是一没本钱，二没铺面。我打算先打进一家店铺做伙计，然后再篡夺它的领导权。我开始走进一家又一家商店。国营的、集体的、私人的，都转了个遍，没有一个人肯雇我。山里风大，吹得我像个放羊的，没人相信我能做买卖。我一赌气借了一提包书，又回到山上去做了养路工。

都是什么书？什么书都有，服装的、裁剪的、烹饪的、化妆的、百货的、化工的……一边牵着骆驼一边看。几个月后，当我重新下山的时候，我已经“鸟枪换炮”了。

我走进大红她妈开的这个店，说要见店里主事的。大红说，她就是。我已经知道了待业知青开业，可以免税三年，她就是再能干，也得有幕后操纵之人。所以我说要见主事的，而不是立营业执照的那个名字。正说着，大红她妈走过来了。怎么形容我这位丈母娘呢？说好说坏都不合适，随你们想去吧，无非是那种家庭妇女式的女掌柜。听我说明来意，她一指门外：“你要能把这批货给我卖出去，我就雇你。”

我一看，一张破烂不堪的纸上写着：快来看快来买！跳楼货！不惜血本甩卖……底下的货名和价钱可就看不清了，贴出来的时间不短了。什么东西，值得老板娘和她的漂亮女儿跳楼？我顿时来了兴趣。等打开库一看，我也傻了眼，从贴出广告到我进来，或者说从买进那天到我进来，她们连一分钱的货也没卖出去。看来，这母女俩真得跳楼了……

“你别拿人开心好不好？广告上的话哪有当真的！”大红假嗔着打断了张文的述说，“也不看看几点了？姨夫和姨妈明天是要准时上班的。”

“我倒忘了。你们吃公粮的人，不像我们，时间是自己说了算的。”张文有些歉意地说。

甘平和伟白回到自己屋里。

“看来，张文也不容易。”伟白若有所思地说。

在这个世界上，谁容易呢？甘平没说话。

“我跟你说个事。你得提前做好思想准备……”伟白严肃地掉转了话头。

甘平为之一惊，随之又有几分气恼，搞政工的人似乎有职业病，凡事不弄玄虚就显不出其重要性。能跟张文海阔天空聊半夜后才谈的话题，谅也不是什么十万火急。

伟白见她不吭声，以为收到了预期的效果，接着说下去：“这次的调资名单已经内定了，马上就要公布。名单里没有你。”

甘平呼地从床上坐起来：“这不可能！”

“我还会骗你不成？消息绝对可靠！”

“为什么？不是说人人有份吗？”甘平已经记不得“按劳分配”之类的话，只觉得受到莫大的歧视。

“话是那样说罢了，你怎么能事事当真。因为你是大学生，比同工龄的工人已经高了一级，所以这次没有你。这话也不算错，总之不是因为你个人有什么表现上的问题，你也得想开点。”

想开点，这是能想开的事情吗？她着急地问：“这消息你是什么时候知道的？”

“早知道了。”

“为什么现在才告诉我？”

“现在告诉你，你还急成这样，要是早告诉你，你除了多着几天急外，有什么好处？”伟白一副关心体谅的样子。

“照你说的，我该怎么办呢？”甘平确实没了主意。

“既来之，则安之。等到下次调级，你已和大家拉平。到那时，不用你争，不用你抢，自然会分你一杯羹的。”

甘平气得几乎落泪：“这是不公正的！我没有迟到，没有早退，勤勤恳恳……”

伟白用枕巾给她擦擦眼睛，劝慰地说：“你呀，太急脾气。世界上的许多事，偏是急不得恼不得，哪有那么多公正可讲。眼前就是例子，张文他们可以成千上万地拿着钱不当回事，我们却要为六块钱一级的工资在这里大伤脑筋，咱们是比他们笨，还是比他们懒？这公正吗？不公正！但你没办法。作为一个小小老百姓，你根本不可能和组织上抗衡。只能是忍受下去，顺其自然。而且，你没长上级，领导上便要格外关注你的表现，会不会闹情绪？说风凉话？甚至撂挑子不干了？这种时候，你尤其得谦虚谨慎，比平日更加勤勉……”

伟白还在喋喋不休，甘平知道他是好意，但她听不进去。她要找个地方讲理去！她要为自己抱不平！她不稀罕万元户大把的票子，但她珍惜自己六块钱一级的工资。钱和钱是不一样的！

夏末秋初的夜晚，像一盆逐渐凉下去的温水，令人于温馨中觉得不舒服、不痛快。甘平翻来覆去睡不着，索性披起衣服走出卧室。

小小客厅里，红红的烟头闪动着，飘下点点火星。

“你也没睡？”甘平有点丧气地问，她原想自己安静地待一会儿。

“买卖人，伤心劳神。”张文轻轻弹了弹烟灰，不经意地反过来问甘平，“你和姨夫好像吵架了？”

甘平一惊。这房子的墙实在是太薄。

孤立无援的窘境，使甘平淡忘了老一辈之间的恩恩怨怨。她乐意有个人能倾听自己的心里话。张文其实是有意等在这里的，他极想知道他以为是极乐世界中的烦恼。于是，官宦之女与乡下穷寡妇的儿子，在融融的月光下，面对面坐下了。

初时，张文一直沉浸在幸灾乐祸的快感当中。六块钱，让这位小姐难成这般模样。他几乎抑制不住地想大笑一阵。听到最后，他有些代为打抱不平了：这不是涨工资，是用六块钱拿人开心。他那颗不安分的抗争之心，使他顺嘴滑出一句话来：“这事绝不能就这么算完！”

这句和伟白的劝说完全风格不同的话颇使甘平受了感动。她的鼻子又是一酸。

“我也想找个人讲理去，可是找谁呢？”

“谁官大跟谁干！”连张文自己也弄不清楚，他为什么那么快地从牙缝里又挤出这样一句。是说自己呢，还是挑动这个大官的千金反叛呢？

甘平却当作一个很认真的主意听进去了。她知道厂子是“厂长负责制”试点单位，厂长个人是有很大权力的。“可是，我怎么说呢？为了六块钱……”甘平还是迟疑着。

到了这种时候，还要如此遮掩虚荣！张文又生出鄙夷之心。这世上成千上万自以为清高的人耻谈钱字，可离了钱，他们又寸步难行。他真想抛手不管，由着甘家小姐清高去。但他在最初听到“姨妈”“姨夫”为六块钱发生不快时就悟到了一个天赐良机，这下轮到他来救救甘家后人了。在甘平到这小客厅之前，他曾面向西北，从内心唤了一声：“妈妈，从此我们将平起平坐地面对甘家了。”

“甘平，你如果需要给厂长表示点意思的话，我张文可以……”

已经彻底失去“姨妈”头衔的甘平正想着明天见了厂长该如何组织措辞，一句轻描淡写的话使她差点像她妈妈一样跳起来。

十一

去往厂长办公室的台阶，像一排排光洁的牙齿，噬咬着甘平的双腿。她的膝盖像嚼得恰到好处的泡泡糖，又黏又软。

她还是来了。她不能容忍张文那几句话中恶毒的果肉，却接受了那个坚硬的内核：找个最大的官干干！可是，真到了刀兵相见的时候，她像做了贼似的心虚。阳光使夜晚那些振振有词的理由，褪色得只剩下一个“钱”字。为了钱去自己游说，真叫人为难呢。可自己不说，谁为你主持公道？连伟白都不理解。别的人将怎样看她？厂长会不会容她将话说完呢？如果厂长将她轰出来，那……她不敢想下去了。

台阶，终于走完了。她先推开厂长秘书的门。

一见甘平，秘书迎上来：“吃了您的药，我的病好……”

“今天不谈病吧。我要找厂长。”甘平鼓足勇气说出来意。她听到自己的声音微微有点抖。但一经说出，就像打响了第一枪，她已经没有了退路，反倒沉着起来。

“厂长病了？我怎么不知道？”秘书大惊失色。

“不是厂长病了。而是我要找厂长。”

“甘平，是这样的。厂长嘛，工作很忙，今天上午的时间，都安排得满满的。这是时间表，你呢，可以看一看……”秘书立刻习惯性地打起了官腔。突然，他的眉心抽动了一下，他那没痊愈的病根不客气地提醒了他。他热情起来，又不显突兀地问道：“不过，事情很重要吗？”

“对我来讲，它十分重要。”甘平有分寸地强调着。

“那好吧！看在您的面子上，我就斗胆犯一回欺君之罪。厂长约了个客商来洽谈业务，人已经到了。我想办法拖住他，给你争取十五分钟的时间。记住……”

甘平已经径直走进了厂长室。紧迫感真是个好东西，它彻底根除了甘平的犹疑和怯懦，使她义无反顾地开始了这轮艰难的对话。

女厂长穿着一套土豆皮色有很多兜的工作服，背对着门凭窗站着，正在眺望她的厂区。她很瘦，衣服横竖都聚着不少褶痕，加上式样像外国的军服，一眼看去，她有些像个空投下来的女特务或巴勒斯坦的难民。听到门响，她回过头来。那种从她背影所得到的落魄甚至猥琐的感觉，瞬间消失了。在鹰翅一样的黑眉毛下，是两道很亮、很锐利的目光，含威不露，带着一般女性所没有的肃杀之气。她的脸上浮着一种适度的浅淡笑意。见来人是甘平，那种为客商预备的纯礼节性的表情隐去了。

这瞬间的变化激怒了甘平。她大踏步地走过去，腾地拉开她对面的弹簧软椅，毫不客气地坐了下去。

“你好像是位大夫？身上药味很重。”厂长有些懒散地说。一边审慎地打量着甘平，一边用余光注视着门口，似乎预备客商一进来就把甘平打发走。

时间是宝贵的，必须单刀直入，一语中的。甘平直截了当地说道：“我找您，是为了谈我的工资问题。”

厂长的脸色立即变得很难看：“如果你是为这个问题而来，那你可以走了。我已经在全厂大会上宣布过，凡是来谈工资的，我一律不接待。你的问题请去找具体业务部门。”

“您的规定，全厂无人不晓。在这种情况下，我既然来了，就不会轻易走出去。正是因为主管业务部门的不公正，我才来要求您主持公道。”甘平强硬地说。

“噢？”厂长略为有点惊异，一个外表文静的女医生，竟这样锋芒毕露。她不禁露出感兴趣的神色，“那你有什么要求呢？”

“我的要求很简单。一句话——吃大锅饭。”

女厂长鹰翅似的眉毛飞扬起来：“在这间屋子里，我接待过数以百计的工人和干部，都是异口同声要求打破大锅饭的。说你这个话的，我还是头一次见到。讲讲你的道理吧。”

“道理当然有了。只是讲起来太浪费您的时间，我打个比方吧。假如您这个厂是座庙……”

“怎么能是庙！”厂长嗔怪地说。

甘平有些嗫嚅：这个比喻也是有点不伦不类。

见她尴尬，厂长反倒开心地笑了：“要是也只能是座尼姑庵嘛！”

甘平也轻松地笑了起来。一看表，不好！时间已经过了一半，她还没切入正题呢，赶紧一口气说下去：“就说是尼姑庵吧，住持或者方丈分粥时，每人一勺，轮到我了，偏一口也不给。我跑去问，告诉我是因为我碗里的粥，比别人原本就多些，这次就不给添了。我说，这碗里的僧食是别处化缘所得，与你这座庙可是没什么关系。套用一句时髦话，这也是历史遗留下来的问题了。所以，作为没有分上一口粥的我，要求吃大锅饭。如果分粥不是人人有份，而是真的拉开档次，按劳分配，那么，就请厂长考察一下我的工作实绩。我是劳得不够，还是劳得不好呢？因为扪心自问，钟还是敲得响的。如若这也做不到，就请厂长在公开场合宣布此次调资是属困难补助性质，不视好坏，只论多少，目的是填平补齐，削去虎头山，造一块大寨田，那我以后绝不会再来麻烦您。如果上面说的都不准确，那就是我本人另有自己也不知道的劣绩，也请组织上私下里找我谈谈，看我够不够进公安局的资格。纵使做鬼也心里明白。几个方案，请厂长给个答复，之后我转身就走，永不打扰！”

“作为一个医生，嘴不应该这么厉害。”女厂长皱着眉说，“我也不是街上的修鞋摊，不能立等可取。我还得再听听另一面之词。你的意思，我已经明白了，此次以你工资基数较高为理由，未给你调级，你有意见。是这样的吧？”

“是的。”同刚才的慷慨激昂相比，甘平此时却像泄了气的皮球。如鲠在喉，不得不吐，吐过之后，反倒像散了架似的心虚。

“有件事我想问你。当然喽，你也可以不回答。涨工资的名单目前还在保密阶段，你是怎么知道的？”

伟白看来要被她出卖了。甘平有点后怕。但事已至此，她不可能说别的："这个，无可奉告。"

"好吧，你可以保守秘密。但私下里传递这种信息是不正常的，这是我要对你说的第一点。其二，我想知道你的消息是否准确。"

"绝对可靠，明摆着的事，如果它是假的，证明此次调资有我，我还有什么必要来找您呢？"

"关于这件事的可靠程度和你个人的一些情况，我会加以核实。"厂长扶起粗钝得几乎看不见尖的红铅笔，在画满字迹的台历上又做了一个只有自己才看得懂的记号。

时间只剩下三分钟了。甘平的话已经说完，她悄无声息地拈起一把竖刀，削了一支有着优雅坡度的红铅笔，轻轻地放在桌上，算是自己的谢意。现在，她可以走了。无论事情是什么结果，她的心已经安宁了。

"如果一切属实的话，"厂长说到这里，停顿了一下，"我将运用厂长的职权，予以干预。"

这最后一句话，她说得格外轻，甘平却感到了它非同寻常的分量。

"但是，事情总可能有两种结果。即使调不上工资，也希望你不喝粥也撞钟，而且还要撞得更好。"厂长结束了她的谈话。客商在秘书的陪同下，已经出现在门口。

整整一天，甘平都处于一种无名的兴奋中。厂长并不像伟白说的那样严厉和不近人情，她得到了比期望更多的东西。

晚上，张文又接着讲他的经历。甘平也用一种宽容的态度听下去——

所谓跳楼货，是上千米纯白涤纶。白得像冰和雪的混合物，莹白闪亮。进的时候想价钱很便宜，颜色也很漂亮，就买了不少。谁想到西北风沙大，白色太不禁脏，除了医院和饭馆以外，没有人爱穿这个颜色。可那时，哪有用白涤纶做工作服的。货一压，上万元资金无法周转，等于一分钱也没有。这对寡妇母女开的小店是笔沉重的负担，难怪要跳楼了。

我一声没吭，转身走了。我也没办法，但我开始琢磨这件事。正在这时，我继父的父亲，也就是我名义上的爷爷死了。按继父家乡的风俗，须得长孙回去扶灵。我于是跟着继父回到江南。这是我第一次进玉门关，一路上长了不少见识。丧事办完，我对继父说要独自去上海看看，继父一分钱没给，总算是答应了。

看了上海人的穿戴，一个主意就想了出来。我在南京路上买了一种很便宜的面料，却进了家很有名气的西服店。老裁缝一边量尺寸，一边唠唠叨叨："你身材蛮好的，这样便宜的料，要的式样又不古怪，到外面去买现成的好了。在我这里做，手工贵得很呀，想想好，莫后悔的。"我说："不后悔。手工费该多少我给多少。只是衣服只要裁好，不必缝上。"老裁缝眼睛瞪得鸡蛋大，嘴里可没吱声，大概认定我的神经出了毛病。几天后，我取回半成品，顺便向他请教白色西服上钉什么样的扣子好。“乳白色，有凹凸的那种。”说完又开始不停地打量我。我谢过他，买了扣子，回到 H 市。

“把你积压的白涤纶赊给我够做两套衣服的料。”我对大红妈说。

别看那东西放在那儿一文不值，听说我要赊账，差点没把我吃了：“看不出来，你倒算计起我来了！到时候积压的货卖不出去，你先混两身衣服溜了，我找谁要账去？告诉你，本店概不赊欠！”

对付这种老板娘，你有什么办法？我不上班就没有工资，家里那个样，我哪能再向妈妈伸手。这次去上海买衣料付手工费，都是借的钱。两身白涤纶虽不算贵，可我真没辙了。

“我借给你。”

说着，有人递过钱来。我一看，是大红。当时也顾不得说别的，就把钱交给大红妈，我这未来的丈母娘还真收下了。从柜台里拿出来的钱，转了一个圈，又塞回柜台里，我这才算拿到布料。我把它从中一撕两半，把其中一份放在柜台上，对大红妈说：“请你找个女的，长相可以不论，身材得好。用这料子找最好的裁缝做一套西服，天天穿上在人多的地方走动。手工费算我的，记在我账上。你要是觉着不保险，就让你女儿再借我点。一个男子汉，我将来就是砸锅卖铁，也赖不了这笔账。这是和白西服配套的扣子，叫她钉好。三天后，咱们人多的地方见。”说完，我挟上我那一半料子，找着裁缝，比着上海带回来的样子，精工细做了一套西服。

三天后一大早，我就到了市中心。没想到，有人比我到得还早。满街的赤橙黄绿中，她那一身笔挺的白西装，别提有多潇洒显眼了。“大概是个华侨，你瞧那衣服多有派！”“若要俏，须带三分风流孝，想不到纯白的衣服这么出风头！”人们议论纷纷，不知是说她还是说我，反正我的模特战术成功了。走近一看，那女的原来是大红。

“真不错啊！想不到是你亲自来了。姜还是老的辣，用了我的钱，给自己女儿做了套衣服不说，连雇人当模特的钱也一块儿省了。”不知怎么，见是她来，我挺高兴。

她的脸一下变得比衣服还白。我一看，赶快说：“咱们分开行动。你往东，我往西。”我管不住自己这张嘴，生怕又冒出什么话伤了她的心，干脆兵分两路吧。

一路上，不断有人问衣服是哪里买的，我都把他们打发到大红她们家的店里去了。一会儿工夫，大红找我来了，说有几个小伙子老跟在她后面不远不近地瞧。她有点害怕。我听出了她的意思，就说：“你要是不怕我影响了你的光辉形象，咱们就联合行动。”她听完只说了一句：“你别冤枉我妈，是我自己要求的。”这一回，我可再没敢说什么不中听的话。

我跟她一块儿走，中间隔得老远。可我马上觉得靠近她这半边发热，离她远的那半边身子发冷，连自己都说不清是什么滋味。

街上转得差不多了，我们俩商量好晚上去电影院。

不管买的是哪一排的票，我们都跟人换到第一排去坐。看电影第一排可不是什么好座，所以一换就成功。早早进去，单等开演的铃一响，四周灯光渐渐暗下去，放映机把明亮的光束打到银幕上，我和大红就站起身来，肩并肩地缓缓地沿着逐渐上斜的甬道往外走。不是我吹牛，只听唰的一声，全场上千双目光就都集中到我和大红身上，到处是啧啧的惊叹之声。当时正上演一部很卖座的影片，天天爆满，我们每晚花一毛五买张票，进去展览一回白西服。到了第七天，大红妈一边抱怨量布量得胳膊酸腕子疼，一边喜滋滋地告诉我们，白涤纶已全部售出，连我们俩身上穿的这两套，她都给卖出去了。订了货的人明天一大早来拿，要我们赶紧脱下洗净熨平。价钱里加了手工费不说，因是在上海定的样子，连扣子都是正宗的上海货，还特别加收了钱……我听着没表态，只觉得全身比拉骆驼耙了一天搓板路还累，这毕竟是我办成功的第一件事。大红拉着我，又要去电影院。她妈愣了："料子都卖完了，还去干什么？""去看电影！"大红没好气地说，"我们到现在，连电影是什么意思的还不知道呢。衣服也不能卖，我还得留纪念呢……""什么纪念？"一向精明的大红妈糊涂了，我却明白了。

就这样，我正式辞去了养路段的工作，进了大红家的店当伙计。山上的弟兄们舍不得我，叫我啥时候混不下去了，再回他们那儿。我答应了，心里想的是：等将来我自己开了店，有了钱，我先买一辆车，送给山上的道班。就是车到山前必有路的那种丰田车，养路工再有了病也就不怕了。

难办的是我妈。继父倒好说，见我挣钱多，对我比以前客气了。我妈一听说我要跑买卖，吓得差点没昏过去。我对她说："妈！咱们穷了一辈子，你就让我试试吧！"她连听都不听，说什么也不让我干。我就变了个方式："妈，您要不让我干，大红可就不跟我了。"这一招还挺灵。我妈那时已见过大红，虽说她漂亮得令人不放心，可看得出对我是真心实意的。要是我真回山上再去当养路工，别说大红她妈不会把姑娘嫁给我，只怕连个老婆也找不上。好说歹说，最后看在大红的分儿上，才没有拼上一死阻拦。

要说没人要的白涤纶怎么能卖出去，捅穿了，也很简单。我从杂志上看到的服装市场预测，春节联欢晚会上，张明敏穿了一件白外衣，多么引人注目！一首《我的中国心》唱遍了大半个中国。歌走红了，人走红了，白色的张明敏服必将风行。只不过当时的 H 市还没有兴起。西北人忌讳白色，平常没有人用它做外衣，有一弊也必有一利，看到白色后就会分外注意。基于这种分析，我决定领导一次 H 市的服装潮流。西铁城可以领导世界手表新潮流，我也试一试，结果，我成功了……

甘平简直是在期待着张文的故事快快讲完，伟白快快睡着。她好把自己首战告捷的好消息，大声宣告给那个一门心思想打败甘家的狼崽子。

在几乎与昨晚的同一时刻，甘平和张文十分默契地又聚集在小客厅里，甘平绘声绘色地描述着白天的事。

张文自始至终表现得异常冷淡。

他一直在内心咒骂着自己。傻瓜，你从此得时时记住，他们是这个世界的宠儿，有着优越的地位，纵使一时受挫，也会轻而易举地摆脱出来。焉知她所说的那个女厂长不曾与甘家有什么瓜葛？焉知甘平表面拒绝而私下没送一份厚礼？焉知她说的是不是实情，还有多少内幕不曾托出……这种人一辈子会一帆风顺，你一个受尽磨难的穷小子想大包大揽地施恩于他们，你又出丑了！你永远只是个被怜悯过的人、被人施恩的人。

想到此处，张文觉得牙根有些痒痒。他发狠地暗里盘算，我要继续住下去，起码等到那个长六块钱的最后结果。

十二

“听说医务室的甘大夫找厂长去要工资，碰了一鼻子灰！”

“想不到家里那么有钱，倒比咱们小百姓还抠！”

流言像火一样地蔓延着，给即将揭晓的调资方案蒙上了一层竞争性的色彩。

伟白的估计一点也没错，甘平给自己带来了灾难。她对自己找厂长之行并不想隐瞒，她认为这是光明正大的。人们却只注重她去找厂长这件事本身，而完全不相信她和厂长之间的坦率与真诚。

甘平不屑于争辩。她相信事实是最有说服力的。接踵而来的事实却是严峻的，厂长正式通知她：鉴于干预无效，甘平仍然涨不了工资。

“你知道，我是现实中的厂长，而不是小说中的厂长。那些小说全是些浪漫主义作品，人们往往根据那些神话去理解厂长、要求厂长。而这实际上是完全做不到的。比如你的工资，我过问之后，立即报来了此类情况共有多少人，其中又有数不清的细微差别，牵一发而动全身。给你解决了，又会有多少人要求解决此类问题，除非上面再追加百分之多少的调资指标……我没有精力去办这些事。你以个人的力量去克服某种制度的弊病，是十分困难的。我绝不像你想象的那样有力。我希望你能理解我——一个厂长的苦衷。有关你的材料我都看过了，你说的是确实的，档案里的记录也调过了……主要的是，你的道理说服了我。但是，在我这座庙里，这一次是给你分不上粥了。我希望你能继续努力工作。我们的事业并不永远像镜子那样公正，但它毕竟由千千万万人推动着前进……”

女厂长的眼圈是暗青色的，像时髦姑娘们涂的眼影，只是衬托出的不是女性的魅力，而是疲倦的苍老。

甘平失败了。她觉得沉重而悲哀。女厂长随后又谈了她的设想，甘平拒绝了。她用自己的心血与力量去推一扇门，不想另一扇门却开了，但她不想进。

找甘平看病的人骤然增多。病人们在好奇地研究女医生，看她在一无所得之后是否还一切正常。

甘平克制着自己，她仍然沉稳而认真：既然她答应过，饿着肚子也会把钟撞响。

然而，回到家里，她落泪了。

“我早跟你说了，你偏不听！”伟白像训斥孩子一样地对她说，“现在怎么样，不但你自己偷鸡不成蚀把米，连我也跟着倒霉！”

甘平睁大泪水模糊的眼睛：伟白受到了连累？

“你就不想想，厂长会不追究你的消息从何而来？最大的嫌疑犯就是我！而我又是从哪里得知的，这样一环环追查下去，你说不糟透了吗？”伟白焦虑地用手捶着另一只手的掌心。“你再好好回忆一下，厂长说不要私下传小道消息时的表情，是怎样的？是很严厉呢，还是一般化？说话的速度如何？是很快很连贯，还是一边思考一边说的？停顿多长？有没有做什么手势？眼神……”

甘平惶恐地望着伟白。本来厂长和她谈话时的情景，清晰而完整，现在却因多次的复制、定格、正负向快速倒带而变得无法辨析了。她似乎很严厉又似乎很一般，似乎很连贯又似乎有停顿……眼神……对了，唯有厂长的眼睛她不会忘记：很锐利很明亮，满含理解与信任……

只是这一点，伟白会相信吗？还是不说了吧。甘平为维护自己的尊严，却失去了更多的尊严，她还有什么可说的呢？

“消消气，不顺心的事，人人都会碰到。咬咬牙，就对付过去了。我给你们讲件我倒霉的事，愿意听听吗？”张文不知什么时候走进了本属于他“长辈”的寝室。

甘平透过泪眼，看到张文那头乱钢丝似的头发，越发显得刺长，越发透着一股好斗好战的干劲。也许是自己的哭泣又长了这小子的精神，甘平对这栋公寓楼太薄的墙壁顿生万分恼火。

张文的脸上十分和善地笑了一下，坐在写字台的一个角上，径自说起来——

你们权当听着解闷吧。自从我进了大红家的商店，买卖就一天天兴旺起来。店要好，全凭货。当然态度要好，像大红去站柜台之类，但那是皮毛，真正的实力在你经营的独家货色上。西北本地出的大路货，国营商场敞开供应，我比不了，全靠从内地贩去的时新物品才能赚钱。我得主持店里的事，不可能一年到头在外采购，得经常用别人代办。最方便的当然是利用国营商店派出的采购员了。他跑外或驻外给公家办货时，顺便把我的货也购来了。当然他们不是白干，货发来后他们要提成，每个人我都请客送了礼，还有红包。他们一般都是行家，外头人熟，只要真心帮忙，我并不吃亏。他们赚，我也赚，比他们赚得更多。要求只一条：凡给公家已采购的，我就不要了。也就是说，给我的货，必须是 H 市国营商场里看不见的。

有一次，从上海发来一批“特体背心”。我想：哥们儿行啊！夏天马上就到，时令正对，国营商店里的背心都是标准尺码，这算得上是俏货。拆包一看，我傻眼了：件件又短又肥，胸围比身长还大。更损的是数量太多，上万件，H 市哪有这么多大胖子！我一脑门子火。账可以以后算，货可得快出手，过了夏就更不好卖了。我和大红一合计：高价出售。

为什么要卖高价？人们对于未曾买过的新鲜物品无从比较，一般是从价格上来判断它的好坏的。本来就没见过，价钱又低，谁还信得过？所以，某些东西，高价反而比低价好卖。广告贴出的第二天，全城的胖大叔胖大婶就像赶集似的全来了。偶尔进来个苗条的姑娘或小伙子，家里也必有心宽体胖的父母。加上大红嘴甜，跟他们说：背心谁不需要哇，又不跟外衣似的，今儿一个新款式，明儿一个流行色；再说一件也不够穿哪！这货不好进，连上海本地都不好买；今年算赶上了，明年后年谁知还有没有啊……好，胖子们还真不吝，三件五件地往回买，也不在乎价钱高，自个儿也挺会解释：贵是贵点，可这东西面宽，费料呢！

这样高价卖了一阵子后，大背心终于无人问津了。H 市特体背心市场已经饱和，别说今年卖不动，就是明后年也难得再有销路了。数量大约还有一半。怎么办？大红说，削价处理。我说，这背心我就是烧了，也不能贱卖。为什么？前两天卖高价，现在货还是那货，就成了处理品，咱们店的信誉何在？以后就是真卖什么抢手货，只怕人们也得等一等看一看再买了。胖大叔胖大婶们已经储备了足够的大背心，你再削价，他们也买不了几件，反倒会后悔几天前买的太贵了，连那些孝心的姑娘儿子也得受埋怨。所以，万不可贱价甩卖。

话是这样说，五千件背心总不能让它烂在库里吧。大红急得去问她妈，我那丈母娘此刻早已无法适应多变的行情。她会的那套把红糖水往黑木耳上浇，又好看又充分量；把红薯油熬出来兑到香油里卖的把戏，哪里还能用？干瞪眼想不出辙，我干脆不用她管，让她安心打麻将去吧。

想来想去，我有主意了。我买了些松紧带，找了一拨会蹬缝纫机的家庭妇女，也不要求技术怎么高，凑合着能走直趟的就行。然后，让她们把每件大背心改制成一件小背心和一条小裤衩，装进印有上海商标的塑料袋封好。然后连夜写了广告贴出去："独生宝宝们的好消息！本店新到上海产精制两件套，质量上乘，做工考究，数量有限，欲购从速！"第二天，年轻的父母们又一窝蜂地赶来。两件套的美观程度令他们失望，但还是实用的，价钱我又定得低。虽说不满意，多半还是夹着一套离开了。过六一节，我又给托儿所，幼儿园捐赠了一部分。就这样，大背心总算处理完了。

该算账了。除去本钱、运费、小背心的加工费、松紧带钱以外，我不但没赔，还赚了一些。虽说赚了钱，我心里还是窝着火。在大背心上，我被上海的采购员涮了！他肯定又收了厂家的好处，把别人都不要的次品推销给我，并且大大超过了我的承受能力。他回H市以后，我给他送了最后一次礼：十件未经改制的大背心。我对他说："你留着慢慢穿吧！也正好别忘了咱们这段交情！"其实，他是个又矮又瘦的小老头，穿我的儿童两件套倒合适。

是的，我常给各种各样的人送礼。我没有旁的东西，只有钱，我就用钱去换我所需要的东西。遇河搭桥，逢凶化吉，都靠钱，钱还真不负我。不过，有时我也很气愤，当我和他们推杯换盏的时候，想的却是抡起桌上放着的酒瓶，照着他们的脑袋砸下去！就拿我前面说的那个采购员，他拿着公家的工资，又给个体户搞长途贩运，拿着国家压我们，又用我们坑国家，简直是吃里爬外的奸细！总有一天，我得离了这伙吃两家饭的小人，建立起我自己的、灵敏得像蜘蛛网一样的进货渠道！

张文讲完了自己的倒霉史。

甘平望着他，心想，这算什么倒霉？不是最终也没赔钱吗？

"姨妈，别伤心了。不就是一级吗？涨不上，以后再说。我们虽说挣得多，可哪有你们的饭碗牢靠。"大红也走进屋来温柔地给甘平宽着心。

张文突然面对甘平，问了一个谁都想不到的问题："你父亲一个月挣多少钱？"

你父亲？！甘平半天才明白过来，张文也不再称甘振远为"姥爷"了。

父亲一个月挣多少钱？她觉得这是一个十分生疏的字眼。父亲那一辈的功勋是不能用钱来计算的。她从小到大这么多年，问父亲级别者有，问父亲职务者有，问父亲哪年参加革命哪年参军者有，唯独还从未有人问过她钱。她鄙视地看着张文，这个商人，把世上所有的事物都简化为钱，他只用这一把尺子衡量人的价值。幸好尽管物价不断上涨，货币相对贬值，父亲的收入仍然是可观的。

"每月三百五十元。"

说完后，甘平觉得脸热。这数字是有水分的，她把干休所发放的勤务费、车马费等都加进去了。对于有关父亲的一切，她从来都是引以为豪的，今天却无端地气馁。她希望父亲的形象更高大些。

张文的表情毫无变化，他打开提包，用大家已经见惯了的姿势，抽出一沓人民币，放在茶几上，淡淡地说："这是三百五十元。如果你们答应在京为我采购货物，并随时提供商品信息，我每月将按照这个数目发给你们佣金。"

伟白身下的沙发弹簧发出一声不堪重负的呻吟。主人陡然超重了。

这是一个多么精明的买卖人。伟白想：他给了我们一个期望中的最大值。好像讨价还价，他以你意想不到的方式摸到了底，马上豪爽地定了一个最高价格，使你除了接受，不可能有第二种选择，你甘平难道敢挣比你父亲还多的工钱吗？

三百五十元放在茶几上。茶色玻璃面的反射使它的厚度增加了一倍，更显得洋洋大观。

张文不动声色地观察着。从伟白抑制不住的惊喜中，他知道自己又一次成功了。甘振远，我并没有输！你的女儿女婿就要成为我的雇工，我有权奖赏、惩罚甚至解雇他们！从此，我将成为甘家第二代的主人。

然而，张文高兴得太早了一点。甘家真正的第二代甘平，正为三百五十元积聚起满腔的怒火。

这不是一个小数字。这对刚刚为六块钱而殚精竭虑而一无所获的甘平来说，何尝不是一个巨大的诱惑。这不同于伟白对着巨款的发神经，也不是张文强买父亲衣物时那种富有报复意味的一掷千金。如果是凭着自己的劳动去挣收入，甘平并没有清高到送上门的好事都不干的地步。但三百五十元这个数字，深深地激怒了她。为什么不是三百四十元，也不是三百六十元，而恰恰与父亲的收入持平？她嗅出了面前这个数字阴冷、嘲弄的邪恶气息。士可杀而不可辱。甘平宁可贫困如洗，也绝不会受雇于一只曾匍匐于她父母脚下的狼！

她用手指冷冷地摊开了那沓钱币。它们是新的，硬挣挣的边缘像铁板一样锐利，割痛了她的手。“张文，请把钱收回去。你是叫着‘姨妈’走进我的家门，我才接待你们的。你认为凭着你的钱，当你走出这个家门的时候，你就变成我们的少东家了吗？你在我父母那里买不到的东西，在我这里同样也买不到。”

一个为六块钱愁眉不展的女子，竟把张文精心策划的方案搅得露了底。

张文没有料到事情竟是这样的结局。他愣了片刻，旋即明白过来。甘平确确实实只想要应该属于自己的那六块钱，而不会接受数十倍于此的他的赏赐。怎么？我的钱就不是钱了吗？！他于满腔愤懑中又感到了无法宣泄的凄凉与悲苦。无论他怎样奋斗、怎样抗争，甚至怎样富裕，他永远是下等人，永远得入另册，永远不能和他们平起平坐。不！这是不公正的！终有一天，这道鸿沟会被填平！

他看到了甘平微微战栗的苍白的嘴唇，知道她是真伤了心。这个此时显得非常虚弱的女子竟使他生出几分钦佩之意。

不管怎样，生活证明：他显示出了较甘平他们远为强大的经济实力和运筹这种实力的自由。他完全没有必要自卑，双方的距离在以飞快的速度缩小着。只是甘平是从空中降到了地面，而他正从深渊浮起！

想到这些，张文心平气和起来。老一辈的事自有历史去评说吧。

人不可能靠忆旧吃饭，前面的路还长着呢，咱们走着瞧！

“她不干，我来干。”伟白急于想挽回局势，“张文，你这几天说的话，我都听明白了。你的家当是自己闯出来的，你容不得欺瞒诈骗。我也查了有关文件，我们帮助采买货物，并不违犯政策。只是不要叫正式雇工，还是说亲戚间互相帮忙为好。我会好好干的。”

他又回过头来对甘平说：“你放不下大小姐的架子，为了咱们家，我来干！我没有你那么高贵的血统，这还不行吗？”

甘平无动于衷。纵使是夫妻，心也并不相通。

张文淡然一笑：“算了。为了我的事，搅得你们之间不和睦，我也于心不安。”

伟白呀伟白，你至今不明白这是侮辱吗？甘平痛心地想。

其实伟白又何尝不知！只是，这有什么呢？个体户的钱难道就不能买东西了吗？不这样，我们这一辈子，谁又能挣到三百五十元一月的工资呢？心理上的侮辱，不去想就等于没有。

大红走过去，搂着甘平的肩膀，叫了声：“姨妈。”

甘平心里一阵温热。她并不留恋“姨妈”这个称呼，只希望人间多一点真情。

“姨妈，我们明天就要走了。这次来给你们添了麻烦，言语中又多有不周，您就多多原谅吧。”

张文也笑了一下，算是表示了他的谢意。

甘平和伟白，说了些合情合理的客套话。之后，主人和客人共同度过了一个五味俱全的夜晚。

十三

伟白和甘平又开始了死水一潭的生活。伟白天天埋在他的文山会海中，细心地揣测着领导的意图。甘平以她精湛的医术和热诚的态度，重新赢得了病人们的敬重。张文和大红像偶然闯入的彗星，以它巨大的尾翼横扫半个天空，在引起一系列黑子爆炸、气候紊乱后，已消失在茫茫太空中。伟白又回了一趟家，将扣扣接回来上学，小小的三口之家更加忙碌了。

一天，张文突然来了一封信，说请代为购买五百个锦缎首饰盒。

“说没说雇工之类的话？”甘平问道。

“没有没有。”伟白急忙表白，接着又自言自语道，“看来他们在北京还没找到合适的采购人员。”

“既然没有那种混账话，这个忙就给他们帮吧。”甘平身上那种胶东人的遗传因子，又开始活跃起来。

五百个首饰盒寄出去不久，甘平在传达室的小黑板电汇一栏，看到了自己的名字。当时正是要打上班铃的时间，铃响时不在班在岗是要被扣掉奖金的。她只好悻悻地从自己的名字下走过。

待到她去拿时，汇款单已被伟白拿走了。“数目真不少呢！”收发告诉她。

大概张文他们又托买东西了。

下班回到家，伟白已在家里。

“真想不到，你还这么有本事。”伟白亲切地对她说，“只是这么重要的事情，你也不跟我商量一下。”伟白的语调又变得很郑重。

什么事，这么阴一阵阳一阵的？伟白大概又犯了职业病，做出一副兵临城下的样子。所有重要的事，似乎都在前一段发生过了。甘平疲惫地望着伟白，请他把事情再说明白一点。

“今天厂长找我，要我给你做做工作，希望你接受她的聘任，去当她的秘书。”

这就是甘平与厂长第二次谈话时，她无意走进去的那扇门。没想到厂长还记得她。甘平感到一种被人信任的快慰，但她实在无法接受聘任。

伟白又开始了追问，不过这一次是和颜悦色的。

“那天，厂长在说完涨工资不可能后，问我能不能做好工作，我说能。我需要的是理解，她也需要。后来，她又问我愿意不愿意当她的秘书，我说不愿意，事情就过去了。我并没把它看得多么重要。回家后，你一个劲地问我关于小道消息的事……”

伟白觉得内疚了。当他像训斥扣扣一样指责妻子的时候，厂长正为自己发现了一个人才而欣喜不已呢。他觉得对不起甘平，但现在不是道歉的时候，他得帮助甘平做出正确的抉择。

“这次的机会再不能放过了。”他十分严肃地说，“这是一个非常重要的位置。别看官职不大，多少人可望而不可即。它是厂长的门面！厂长对我说，她经过亲自考察，发现你完全可以胜任这个工作。哎，说说看，你是怎样在厂长那儿表现的？”伟白在官场上一直小心谨慎，却总不得志，真有点羡慕甘平的“得来全不费工夫”。

“不过就是像个一心想涨工资的人，说了点心里想说的话。”想到自己曾在不知不觉中被人“考察”了一番，甘平心里有点不寒而栗。

“看来，还是要创造直接对话的机会，这是让领导了解一个人最有效的途径。”伟白若有所思地说，“不过，一定得注意分寸感。你没有弄巧成拙，也算幸运了。即便是这样，真走马上任之后，你也得嘴上小心，千万不要有什么说什么……”

“可是我并没有答应啊。”甘平不得不提醒伟白。

“难道还有什么其他选择吗？”伟白惊奇地说。

“你知道，我上学的时候成绩很好……再说我喜欢当医生……而且，我根本就不知道厂长秘书该干点什么……”甘平急于拒绝，话都有点结结巴巴。

“知道！这我都知道！”伟白不耐烦了，“可你明白不明白，当今最有出息的就是做官！”为了说服妻子，他不得不把内心最隐秘的东西端了出来。

爸爸做了一辈子的官，又怎么样呢？抛弃自己学有成就的专业，去从一个秘书当起，她将如何适应如此重大的转折？

她不知怎样对伟白说。

扣扣满面通红地从里屋跑出。甘平怕他发烧了，赶紧摸他额头，摸到一层绒毛似的微汗。

“你怎么热成这样？”此刻，她只记得自己是一个母亲。

“我在地毯上练翻跟头来着。”

地毯？甘平满脸狐疑地推开里屋房门。

这是一条鲜艳厚实的纯羊毛手工织毯。浓重的深紫红底色上，散布着大大小小浅藕色的荷花。豆青的花梃，洁白的花蕊，庄重典雅中又透出几分清丽婉约。

甘平像见到了久别的老朋友，心中百感交集。她走过去，轻轻地抚摸着它，借手中毛茸茸的质感，以证实这是真正的红地毯。

只是，它是怎么来的？

“我买来的，用的是张文他们电汇来的钱。”

“你怎么能用人家的钱！”甘平急得站了起来。

“这钱不是买东西的。汇款单我已经交给邮局了。不过，汇款人简短附言里写的一句话，我记得很清楚。”

“一句什么话？”

“写的是‘送你一条红地毯’。”

“这难道就是那五百个首饰盒的谢金吗？”甘平虽说觉得不可能，但还是怀有几分希望地问。她太喜欢这条红地毯了。如果真是这样，她决定收下。爸爸妈妈，原谅女儿一次吧。没有这样的机会，甘平什么时候才能买到红地毯呢？傲骨也需有经济实力做后盾。况且，他们确实为买首饰盒付出了劳动，尽管它根本值不了这么高昂的报酬。

“你买的首饰盒总共才值多少钱？要这样抽成，他们早赔完了。”伟白冷笑着说。

“那么，是预支给咱们的工钱了？”甘平又问。为了这条红地毯，得受雇于个体户三个月的屈辱感又油然升起。

“那是后话了。这一次，倒是一手交钱一手交货。不叫预付，叫现付。”伟白颇有深意地说。

“你把什么给卖了？”甘平一惊，“不是爸爸的军装吧？”

“你放心，我虽然认为那军装根本没有保留的必要，总还不敢背着他们卖家里的东西。我只不过通知了张文一条信息。”

“一条信息能值这么多钱？”

“我看还便宜了呢！要是没有我，只怕张文他们的店已经关门大吉了！”

“你……你什么时候有了这么大的本事？”

“我有什么本事？”伟白自嘲地苦笑着说，“天下之大，有本事的人多了，我只不过顺水推舟而已。记得那个给你买飞机票的乔部长吧？他现在是H市的副市长。妈妈叫我跟张文他们聊天，把知道的情况告诉乔部长，让他抓住他们的不法行为，狠狠地整治他们。”

“这信你写了？”

“写了。母命不可违嘛。只不过在写信的同时，我也给张文写了一封信，告诉他大祸将至。现在，他既然有心思给咱们送礼，想必又用钱逢凶化吉了吧。”

“你真卑鄙！”甘平愤怒地喊起来。

“随你怎么认为都行。每个人都有自己的活法，我们为什么就不能活得更好一些？张文他们难道不应该教训一下吗？不过，话又说回来，他一个养路工混到这份儿上容易吗？我们也可以利用这种形势，渔翁得利嘛！”

甘平不想听下去了。她把鞋脱掉，站在地毯上。弄脏了，可就不能退了。

她可以毫不迟疑地拒绝一沓散发着腥膻气息、已经交换过千百次货物的钱币，但对着一件与货币等值的艺术品，着实踌躇起来。它们毕竟是不相同的。

扣扣跑过来：“妈妈，姥姥家的红地毯大，咱们家的红地毯小。”

“嗯。”甘平心不在焉地支吾着。

“妈妈，小地毯是大地毯的孩子吗？”

“不！不是！玩去吧，扣扣，你不懂这其中的事。”甘平怔怔地站立着。夕阳透过窗棂照射进来。

妻子的沉默感染了伟白，他觉得自己今天说得太多了。

“厂长让你尽快答复她。”他小声说道。

甘平点了一下头，她会答复厂长的。

“这是商店里的最后一条红地毯了。”伟白又小声说道。

穿着白衬衣、蓝裙子的甘平，赤着脚站在紫红色的地毯上，身上披着一层夕阳的光。

是的，她得赶紧拿定主意。

不会变形的金刚

“妈妈，咱们走吧！我不要变形金刚。”十岁的儿子对我说。

这是一家新开的百货商场。作为一个家境不宽裕的主妇，每逢我带着儿子的时候，总是像避开雷区一样躲着玩具柜台。这家商场的经理很精明，在一进门通常飘荡着化妆品香风的大厅处，摆满了令人耳目一新的玩具猝不及防！

我踌躇着是否退出去。商场门口贴着优惠展销各式毛线的海报，我需要买毛线织一条暖和的围巾和一顶美丽的帽子。

毛线也不是“仅此一家，别无分店”，换个地方买吧！

我紧拉着儿子的手，稍微用了点劲，准备找一个适当的理由，领着儿子离开这里。

只是这理由须编得美满。十岁，正是清清纯纯又混混沌沌的年龄。我不愿让他过早地知道金钱的效力和家中的困窘，又怕他稚嫩的心因为买不到心爱的玩具而受到折磨，真想用手掌遮住他的眼睛……

不料儿子说出了这样的话：

“妈妈，咱们走吧！我不要变形金刚。”

我真不知该怎样感谢儿子的懂事才好！

为此，我诅咒那些美国人、日本人、香港人……我说不出发明这种奇异而巧妙的机器人玩具——变形金刚的，具体是他们其中的哪一拨，也许人人有责。“红蜘蛛”“擎天柱”“恐龙钢索”强盗一样霸占了儿子每个星期六和星期天的晚上，闹得我连电视新闻也看不周全。当他们通过屏幕把这些无中生有的形象，像烙铁一样印进孩子们的梦境后，成千上万造型惟妙惟肖的变形金刚，就像蝗虫一样杀上了玩具柜台，像吞噬非洲的庄稼一般咽进父母们的钞票。

如果不是有熙攘的人流，我真想俯下身去亲亲儿子那光滑的有着细密汗珠的额头，然后舔舔嘴唇，他的汗是咸而微甜的……

但我立刻发现，局势并不像我想象的那么乐观。儿子的身体已转向挂着厚重皮门帘的商场大门，脚却像焊在水磨石地面上，尤其是脖子，顽强地拧向柜台，眼睛在很长的睫毛掩护下，眨也不眨地盯着变形金刚们。

形形色色花花绿绿风采各异身量不等的机器人家族，沉默地用潇洒和傲慢与我的儿子对峙。

我真佩服小孩的骨质柔软。唯有他们同柳枝一般弹性而细嫩的颈椎，才能保持如此不舒适的回眸姿势这样久……

我的心像泡进醋酸中的蛋壳，迅速消融。

不就是一顶帽子和一条围巾吗！我是那个过去了的时代实行“晚婚晚育”的模范，儿子虽才十岁，我已逾不惑。今冬第一阵北风袭来的时候，我感到头皮顶一阵冰凉，这才发现最高处的头发已经稀疏。变白了的头发不但有碍观瞻，而且保暖的功能也差了。我是个巧手的女人，除了会车漂亮的零件外，还会织毛衣和做菜。我打算给自己织一顶美丽的帽子，为了不显得突兀，还需要一条长长的围巾与之配套。我把这打算同丈夫讲了，他默默地熄灭了手中的烟。当然他不是长期戒烟，从我认识他那天起，我就知道他在别的事情上有毅力，而这件事上绝对不行。吃菜的时候，我们都抢着吃菜而避开肉，这使儿子不但没发现菜内的肉有所减少，反而以为最近的伙食比以前好了。

我可以不要帽子。我有一条旧的方头巾，把它拼命向前戴，就可以护住头顶。生儿子的时候落下的毛病，一受风我的头就像被槌敲击似的疼痛。只是那样子可能不大美观，像一个肃穆的阿拉伯女人或童话中的鸡妈妈。不过，那又有什么呢？我的儿子将会有一件他心爱的玩具了。

我乜了一眼柜台。变形金刚们很贵很贵，一顶帽子和一条围巾，只够买变形金刚的一条腿……

而且，丈夫会说什么呢？他总说我惯着儿子，同阔人家比，要知道，我们是最普通的蓝领。

蓝领的儿子，就不能有变形金刚吗？

我几乎要下定决心了。我身上的钱够买一个最小号的金刚。对丈夫，我会编出一个美满的不要帽子的童话。

可惜儿子到底是小孩子。就在这希望曙光已经出现的时刻，他突然把头和身子扭向门，很果决地说："妈妈，咱们快走吧！报纸上说了，变形金刚是外国小孩都不玩的东西，才运到中国来，骗咱们的钱。"

他拉着我的手就要走，小手湿漉漉的，眼光像同遗体告别似的，最后瞥了一眼柜台。他的小腿飞快地移动，好像怕变形金刚们会突然生龙活虎地把他拽回去。

这话说得太成人气，连我都没想到如此不容抗拒的理由。儿子是品学兼优的三好学生。在这个小小的清澄的灵魂面前，我觉得自己和丈夫都太自私了。我是为了自己，丈夫是为了我。

我几乎是一个箭步返回柜台，买了一个最小号的变形金刚。我不怕钱被外国人或港澳同胞赚去，也不怕秃顶头痛和颈椎增生。为了儿子的懂事，为了我和他心中的快乐。

那天晚上，儿子忘了吃饭，一直在玩变形金刚。他把小小的黑色手枪别在红色的"威震天"（这是那个金刚的名字）手中，旋转曲折后，机器人就变成了一架尾翼高耸、线体流畅的轰炸机。它的结构确实精巧，美国"孩之宝"的标志，在儿子温热小手的摩挲下，不断地由红色变为蓝色，又在室温下返回红色。

“变形金刚，随时变形状。汽车人为正义而战，为自由而战，意志坚强……”

儿子哼着《变形金刚》的电视主题歌，音色很美。

虽然挨了丈夫几句埋怨，我仍旧觉得自己的决策英明果断。变形金刚虽然昂贵，但这快乐的时光更昂贵。我可不愿儿子长大成为出色的人后，在一篇回忆录或自传中写道：“我小时候很喜欢玩具，因为家境贫寒，只有眼巴巴地看着人家的孩子玩……”

当然，儿子很可能只是一个普通的蓝领，那我也不希望他的童年留下深深的遗憾。孩子的快乐毕竟比较廉价，一个最小号的变形金刚就使他如醉如痴。

“不能因为玩‘威震天’影响了学习。”我郑重叮嘱，话语中掺进了少有的威严。

儿子以同样的郑重回答了我。其后几天，我假装无意实则很仔细地翻检了他的作业成绩，还好。儿子是个有克制力的孩子，只有做完作业才摆弄玩具。

真正的冬天到了。

丈夫又延长了他戒烟的时间。我再三解释旧围巾很好，他阴沉沉地说：“你也该买一双棉靴了。”

我做出经他提醒才感觉到脚下发凉的神色，感激地冲他笑笑。

又一天晚上。我突然发现儿子拼装的变形金刚与我们买的那个不一样了，红色变成了黄色，长相也要狰狞许多，最主要的是个头，起码要大上三倍。

“这是什么？”我几乎是严厉地追问。所有的《父母必读》都谆谆告诫，对孩子的某一丝异常都不可掉以轻心。

“这是‘大力金刚’。”儿子很镇静地回答，口气亲切得好像大力金刚是我们家的亲戚。

感谢电视里坚持不懈地播映，我也初步具备了金刚家族的常识。大力金刚是另一派金刚们的头领。

我需要了解的当然不是金刚的绰号，而是金刚的主人。“我问你，这是谁的？”语气丝毫没有缓和。

“同学的呀！差不多每个人都买了，大家买的都不一样，互相串着玩，这样我们就能玩好多种汽车人和飞机人了！”儿子坦荡地看着我，完全没有听出我的问话中隐含着对他的猜疑。

我不由得有些内疚，却并不能保证下次就能改正。我对孩子的说谎和盗窃怀有极大的恐惧，不得不提高警惕。

孩子们的交易挺聪明，大概类似原始部落的以物易物。这是个新鲜事物，我不知道该赞成还是该反对。看到儿子兴致勃勃，我只是说：“不管是大力金刚还是威震天，都不能影响学习。要爱护别人的玩具。”

儿子听话地点点头。他是个乖孩子。

有人敲门。声音很小，位置很低。

儿子跑去开门。门扇开得很大，儿子是个好客的孩子。来人却把门扇微微合拢，好像他不是想走进而是要离开，然后才从门缝里缓缓挤进一颗胖胖的头。

这是儿子的同学，一个经常来问作业的男孩。名字我记不得，只叫他小胖。

小胖这次并不是为了什么作业来请教儿子。他既不肯进来又舍不得退去，卡在门缝里，满脸困窘地对儿子，眼睛却瞟着我说："真对不起，我把你的变形金刚搞坏了……"

儿子的脸色突然变得苍白，我好像还没见到他受过如此重大的打击。他从小胖手里接过散成一堆零件的威震天，平托在眼前，轻轻地吹着气，好像那是一只受伤的鸽子。

最初的震惊过去后，儿子求救地看着我。

这是一个尴尬的场面。最初的一瞬，我惋惜地想到帽子和围巾。然而，我们还是面对现实吧。

我故意不看儿子，说："威震天是你的，你看怎么办？"

儿子还是默不作声，也许我的在场干扰了他的决定。我转身走进里屋。

静默。我听见小胖喘息的声音越来越粗。我真想跑出去对他说：

“孩子，你可以走了。”可是，这决定应该由儿子自己做出。

“你是怎么给弄坏的？”儿子的声音充满愤怒。

“就这样……后来就啪啦一声……”小胖大概做了一个手势，我听见儿子喉咙里咕噜了一声，对这个害死威震天的动作恨之入骨。

怎么办呢？也许我该出面。变形金刚固然珍贵，但宽容比这更珍贵，我虽然相信自己平时对儿子的教育，但威震天对于他，相当于成年人的一台彩电、一架高级相机。拖延着的时间，对他对我对小胖都是煎熬。

终于，儿子开口了。他好像走了很远的路，声音中含着一种虚弱，却还清晰。那是很简单的三个字：“没关系……”

小胖子噔噔噔地跑了，好像怕儿子会改变主意。

我长舒了一口气，好像自己也走了很远的路。我轻轻地吻了一下儿子的额头，他的汗咸而微甜。

“威震天死了。”儿子的眼里含着泪花。

“我试着把它粘起来。”我安慰儿子，自己也没有太大的把握。

我说过自己是个巧手的女人，但这个成为碎片的威震天还是使我煞费苦心。在耗费了比织一顶帽子多得多的心血后，威霸天终于栩栩如生了。只是它只能看，不能动。它再也不会变形了。

儿子是个典型的喜新厌旧者，他把全部热情转移到大力金刚身上。变形金刚的生命在于变形，不会变形的金刚只是一件摆设。

儿子飞快地改变着大力金刚的形状，你不得不佩服美国人的机智，飞机的肚子居然能变成人的脑袋，严丝合缝，毫无破绽。

我也忍不住凑过去看。最好的玩具，对大人和孩子同样有魅力。正在这时，啪啦一声，高大的大力金刚像被炸药内部引爆，一下散了摊子，成为一堆碎片。

这是怎么回事？

儿子望着我，我望着他。

事情再明显不过，只是我们都不愿相信。大力金刚被搞坏了。

儿子徒劳地想把碎片镶起来，结果是使破坏更加严重。

我正在思忖如何处理，儿子已经很老练地把碎片收拢在一张纸上，准备出门。

“你到哪儿去？”我问。

“去还给人家，还有道歉。”儿子显出很有韬略的样子，事情安排得详细得当。

“大力金刚是小胖子的吗？”我存着希望问。

“不是。”儿子说了一个同学的名字。

是她家！我的心往下一沉，又飘飘悠悠地上浮到咽喉。

那是一个很娇弱的女孩子。我对女孩倒没什么印象，只觉得她的妈妈是个高傲的女人。她们家境很好，属于丈夫所说阔人的范畴。给柔弱的女孩买如此大而凶恶的机器人玩具，丰衣足食可见一斑。

“你就这样去……行吗？”我迟疑地说，不知问的是孩子，还是我自己。

“还要带什么东西吗？”儿子不解地问。

我看着儿子清澄如水的目光，想说什么，却终于什么也没有说。

“妈妈，那我走了。”儿子一溜小跑而去。

“快去快回。”我不安地叮嘱。

没有回答。儿子已经跑远了，不过我相信他一定不会耽搁。

等啊等啊……许久许久……儿子还没有回来。

我的心像被钓住后急于挣脱的鱼，左蹿右跳，激起巨大的涟漪。

为什么我不再多叮咛他两句！世上什么样的人都有，你能原谅别人，别人却并不一定能原谅你。假如真的出现了某种不快，儿子多少会有个精神准备。不然，当责备像暴风雨一样袭来的时候，他会惊愕地瞪大了那双纯洁的眼睛，任由眼泪像自来水一样将它贮满……

不……还是不要预先讲的好！也许一切都很正常，也许什么意外都不曾发生。好客的同学挽留儿子多坐一会儿，女孩的妈妈还给儿子剥开一个橘子，儿子很有礼貌地推让着……我的儿子是个讨人喜欢的男孩，人家一定会谅解他的，就像我们曾经谅解了小胖一样……

对！一定是这么回事，只能是这么回事！我庆幸自己没有用预想中的乌云，遮蔽孩子内心那片晴朗的天空。

尽管我不断说服自己，随着时间的推移，内心还是越发忐忑不安。

终于，儿子回来了。他走路的步伐是那样轻，直到眼前，我才从沉思中蓦然惊醒。

我看了他一眼。只这一眼，就足够了。过去的这段时间使儿子发生了巨大变化，虽然表面看起来，只是他哭过了，流了许多泪，为了怕我发现，又站在冷地里等着风将泪水吹干。孩子的掩盖暴露了更多的东西。

我没有勇气问儿子详细的过程。重复那经过，无论对儿子还是对我，都是一种残忍。

“妈妈，人家要我们……赔……”大滴大滴的泪水从儿子脸上滚落下来，我用手去接，因为刚从外面回来，那泪水很凉。

我想用母亲温馨的心捻成毛线，为儿子织一间温暖的小屋，可惜我不是整个世界。

也许我应该事先告诉儿子……但如果说那恐怖的前景，而一切又没有发生，我岂不是玷污了一颗纯真的心！只要还有一丝可能，我也愿维持这种真诚直到最后。

现在，我们面临的是另一个问题——成为碎片的大力金刚，还有儿子那颗有折痕的心。

“既然损坏了东西，人家要求赔偿，当然是应该的。”我拭干儿子的泪水。

“那我去找小胖，叫他先赔我的威震天，人家说了一个‘对不起’

就值那么多钱啊？以后上商店买东西，甭带钱包，先说‘对不起’就行了！”儿子从地上弹射而起。

“你不能去！”我拉住他。儿子在我手下不驯地挣扎着，十岁的男孩已经有了小牛犊一样的蛮劲。

“为什么？妈妈！”儿子半仰着脸，像问天一样问我。

我不能回答。这世界上有许多像花布一样美丽的道理，却做不成衣服。

我却必须回答：一只母猫还要教会小猫如何捕鼠。我就是再为难，也得给儿子一个大致囫囵的道理。

“‘对不起’是一种礼貌，它是不能用金钱来计算的。”

儿子顺从地点点头。这话大概同学校的师长们所讲的差不多，他还勉强听得进去。

“小胖弄坏了威震天，你原谅了他，他很轻松，这是一件好事。”我做出循循善诱的样子，准备把儿子领进我的埋伏圈。

“可是人家不原谅我……妈妈！”儿子抗争着。他受到的羞辱比我苍白的说教要有力得多。

“是的，儿子。每一件事都可以有好几种处理方法。喏，就像这些变形金刚，可以变机器人，也可以变飞机和汽车……懂了吗？”

“懂……了。”儿子迟疑地点了点头，但我知道他不服，又不愿惹我伤心。

我把一直拉着儿子的手松开了。我很累，这世界上谁也代替不了谁。

儿子不再挣扎，孤零零地站在一边。

最大号的大力金刚，代表一个令人咋舌的数字。尽管我们还不用变卖家产，尽管街上也没有当铺，我还是有一种破产的感觉。

我和儿子揣着共同的秘密，迎回了家里最主要的男人。儿子可怜巴巴地看着我，希望我别说，又希望我快说。

我不想说又不得不说，想晚说又想干脆早说，人有时飞快地迎着一个东西跑过去，其实是为了躲开它。

丈夫听完后，居然在很长一段时间内保持镇静。然而这镇静像糖衣一样，包裹着的是苦涩的雷霆。

“说！你是怎么把这玩意儿给弄坏的？”丈夫拒绝叫那堆碎片为变形金刚。

“就这么一下……啪啦一下……就……”儿子看着我，语无伦次，希望我能为他做证。是的，当时我在场，可我也说不清，没有预谋的事情都说不清。

其实这个过程说清说不清又有什么关系呢？要紧的是它坏了。儿子以后再也不会去玩这种借来的宝贵玩具了。

丈夫眉头紧皱，眼里射出凶狠的光。儿子往我身后躲。

“你说你是成心的，还是故意的？”丈夫气急败坏，“说——”

我不知道成心和故意有什么不同，也不敢劝他。

“是成心的……不，爸爸，我是故意的……”在父亲的虎视眈眈下，儿子来不及思索，急切地选择着他认为较好的动机。

“好你个小败家子！你爹干一个月，也挣不回这么个玩意儿，你倒好，充什么少爷坯子！我让你记住喽——”

丈夫抡圆了胳膊，呼地拍了过来。我用手臂架住，只觉得半边身子一震，触电般地直麻到中指尖。

他是干壮工的，出手极重。幸好我站的位置好，来得及阻拦。

儿子惊恐地愣了刹那才哇地痛哭起来，好像挨打的不是我而是他。

“你还有脸哭！”丈夫气得呼呼吐气，“为了那个小玩意儿，你妈就没钱买线织帽子，这回再加上个大家伙，咱一家连过冬的煤和大白菜都没着落了！”他又转过脸对我：“都是你惯的！”

我由着丈夫数落，只要他再不动手就成，从小到大，儿子没挨过打。

那是冬天里极冷的一日，从太阳里散发出来的不是热，而是冷风。我走进炉火不断的家中，儿子脸热得通红，眼睛也亮闪闪地好像深潭中的星。我以为他发烧了。

“妈妈，你闭上眼睛。”儿子一说话，我就知道他没病。病孩子是不会有这么动听的嗓音的。

我闭上眼睛，心中像煮开的牛奶，不见波浪地荡漾。儿子将有一个小小的快乐送给我：

也许是张一百分的卷子，也许是个纸盒小瓶做成的手工。

“好了。妈妈，你可以睁开眼睛了！”

我还是闭着眼睛，迟迟不愿睁开。这是一种母亲特有的幸福。

“妈妈，你快点嘛！”儿子催促。

再耽搁下去，儿子该着急了，我赶紧睁开眼。眼前一片稀薄的淡绿，仿佛置身初春的草地，过了一会儿才看清，儿子捧着一团绒绒的绿线。

这是我最喜欢的颜色。

“妈妈，你喜欢这颜色吗？”儿子眼巴巴地瞅着我。

“喜欢，太喜欢了。你怎么知道妈妈喜欢？”儿子已经大了，我对他讲话时提到自己，还是不习惯用“我”，而是依然用“妈妈”这个太奶里奶气时的称呼。

“妈妈忘了？从小到现在，您给我织的毛衣毛裤都是这种绿色。我能从一千种颜色中找出这种绿色。”儿子怪我提了一个太简单的问题。

对某种颜色的喜爱也许就是这样一代代流传下来，像一个美丽的故事或一支古老的歌。

“是爸爸带你去买的？”我真心地感激丈夫，他是那种外粗内柔的男人。

“是我自己去买的！”儿子颇有点自豪。

“你哪里来的钱？”我惊讶地问。

儿子不语，眼睛却直勾勾地瞪着我。

这孩子不会去偷吧？我脑中一闪过这念头，立即觉得是对儿子的亵渎。那一定是他捡废纸卖牙膏皮换来的钱！可儿子近来并没有满手乌黑或回家很晚……不行，得问清楚。

我把毛线一股脑儿丢在床上，有几股缠绕在一起，这是很难解开的，也顾不上了。

“说，哪儿来的？”我抱着最后的希望，求儿子给我一个合理的解释。

“我找小胖要的。”儿子极清楚、极明白地回答我。

“找谁？”我已经听得很清楚了，可我还要问。我不相信，一向那么恭顺的儿子竟敢如此不听话！

“找小胖。”儿子的口气中竟没有丝毫怯懦，勇敢地迎着我的目光。

我的头立刻像蜂巢一样嗡嗡作响，所有的含辛茹苦、所有的谆谆教导、所有的设计、所有的希望，都被这孩子的目光击得粉碎。

“你是怎么去要回来的？”我虚弱地问。

“就像别人跟咱们那样要回来的。”儿子似乎觉得我问得多余。

我的手慢慢地举起来。儿子以为我要抚摸他的头，便亲昵地倚靠过来。我猛地将手击在他的头上。在最后的一瞬，我想起杂志上说过不要打孩子的头的教诲，然而已经来不及了，只容得稍微一偏，劈在他的脖子上。

儿子的头骨还软，然而不像他极小时候那种柔软的乒乓球皮的感觉，而似一个充气很足而略有弹性的足球了。

我的手被有力地反弹回来。儿子没有躲避，他痴痴呆呆地望着我，仿佛不知道自己哪里做错了。

这是我第一次如此凶狠地打儿子，但我敢肯定，这不是最后一次。

儿子的泪和我的泪，交替地洒到绿毛线上。毛线因此变得浓淡不均，用它织出的帽子和围巾一定是很别致的。

以后，每当门扇被风吹开又被风缓缓合上的时候，我都以为会有一个胖胖的圆头圆脑的小家伙出现。

小胖再也没有来。他还了钱，也不要那个破碎的变形金刚了。

那个巨大的大力金刚被我用胶粘好了。高高大大威威武武，给我家平添了一股富贵奢侈之气。

现在，我们家有两个变形金刚了，可惜都不会变形。

儿子也从不去动它们。

妈妈福尔摩斯

我正在家包馄饨，有人敲门。馄饨趴在盖帘上，遗失的草帽一般可爱。

是儿子也也回来了。他有门钥匙，但如果知道我在家，总爱敲门，等我去开。小小年纪就愿意享受家中有人开门的温暖。

他今年 13 岁，在一所重点中学读初一，很乖。为了这乖，我今天特意抽出时间，给他包馄饨。

打开走廊门，我看到一张肿胀、瘀血、肮脏的脸。只有从紫色眼眶包绕的澄清双眸，才能认出依然是也也。

“和人打架了？骑车掉沟里了？撞墙上了？”我忙不迭地问，一百种可怕的理由在头脑中冒泡。

“我被人……打了……”也也的眼泪像透明的小棍，直直地戳下去。

“被什么人？因为什么？”我急切地晃他的肩，像晃一扇单薄的柴门。

也也能提供的线索极为简单。早上，他和维娅一同上学。维娅是我们同楼的一个女孩，与也也同校，他们每天都一起走。到丁字路口，突然从路旁蹿出两个高大的男孩，一个脸上有疤的一把拽住了也也的车，彬彬有礼地问："你就是也也？"待得到确切答复后，疤孩子脸上的疤突然扭动起来："半个月了，我们等的就是你！你做的坏事太多了，看拳！"

"然后呢？"我看着也也因为肿胀而变形的脸，仿佛面对一个陌生的孩子，心像湿毛巾一样被拧紧，只不过淌下的不是水，而是血。

"后来我想是上学还是回家。想起您说过，课是一天也不能缺的，就上学去了。"

"到了学校，校医说没有什么药可治，只有等皮下面的血慢慢吸收。妈妈，您不要难过，当时疼，现在已经不疼了。真的，一点都不疼。"他摇了摇小手，而不是摇头。我这才看见他肮脏的小手上，有一块偌大的青紫。男孩子没有镜子，不知道脸比手的伤要严重得多。

我真想发出一声母狼似的哀嚎。该死的疤孩子！

"打你的时候，维娅在干什么？"我要把事情弄得水落石出。

"她在拉打我的另一个男孩。"

"你真的不认识疤孩子们？你有没有得罪过他们？比如借他们的钱，或者弄坏了他们的东西？"我觉得此事蹊跷，常理不通。也许也也隐瞒了什么，那将比他身上的青紫更令人可怕。

"没有的！妈妈！"儿子赤诚地看着我，倒让我觉得自己很卑微。

我要也也去洗脸，自己镇静下来思忖。

切好的馄饨皮，一个个规整的梯形，在阳光和风的拂照下，渐渐干燥龟裂，生出龟板一样莫测的裂纹。

我敏锐地觉察到也也面临着一个阴谋。不认识而蓄意殴打，伏击半月，今日终于得逞。这其后必有一个阴险的主谋潜心策划。

他是谁？要达到一个什么目的？

我说："再想想，疤孩子还对你说过什么话？他打你，总要有个缘由，或要你接受一个什么教训。世上没有无缘无故的爱，也没有无缘无故的恨。这是毛主席说的。"

每逢我遇到一筹莫展的难题时，少年时背诵过的语录就会浮雕般的凸印在脑海中，而且非常自然。

也也便努力去想，仿佛在解一道数学奥林匹克题。终于，他说："他要我从这条路上走。"

"哪条路？"我追问这唯一的线索。

"丁字路。"也也毫不迟疑地回答。他的记忆像冬眠的蛇苏醒过来。

我骇怪。只听过不许从某某路走才把人打得鼻青脸肿，怎么还有非得从某某路走的威吓？

完全不合逻辑！

作为一个普通女人，我所有的破案推理知识都是幼时从福尔摩斯那儿学来的。我百思不得其解，突然发现一个致命的缺陷：所有的材料都来自也也。这只是一面之词。

“我到维娅家去。你在家里好好写作业。头虽然被打了，作业还是要得5分。”

走出门才想起，孩子还没有吃饭。

维娅的母亲很漂亮，有着少女一样的身材。“是您。稀客。快请坐。”

她对我很热情。“维娅在学校排节目还没有回来。”母亲抱歉地说。奇怪，她怎么知道我是来找维娅而不是找她？也许高层建筑里的人们素无联络，只有孩子是共同的公约数。

我约略将也也挨打的事说了，美丽的女人不安起来：“哟，怎么会出这种事呢？”

美丽的女人，精神都脆弱。要是她的维娅被打成也也那样，真不知这女人会怎样忧伤！

我说：“我一定要把这件事搞清楚。”

她点点头。

维娅回来了，黄昏的房间立即如同早晨。美丽的维娅妈妈黯然失色，仿佛一枝花的标本。

“阿姨问你早上也也挨打的事情，你如实讲。不要因为同也也是朋友，就偏袒他。”我对维娅很严肃地说。想到面目全非的也也，觉得女孩多么好！维娅的妈妈就不用当福尔摩斯，只并着腿坐在沙发上织毛衣。

“早上我们走到丁字路口，突然从路旁蹿出两个高大的男孩，一个脸上有疤的孩子拽住了也也的车，问你就是也也？也也点点头，疤孩子突然变了脸，说……”

维娅以女孩的柔弱，慢慢地回忆，慢慢地讲述。

我抑制了许久的泪水，淌流而下。不仅仅因为维娅复述了也也挨打的过程，使那悲惨的场面又像慢镜头似的在眼前闪过……不仅仅因为这些，而是维娅的叙述同也也的叙述太一致了。我的也也真诚得像一面镜子，这事情又如此离奇。我将如何向他解释，他今后将怎样看待这个世界？

“为什么要打呢？”我要问清这个最根本的症结。

“我拉住那个没疤的孩子，说你们不要打了不要打了！他说，你们一定要走这条路。”

又是这句话！“以后一定要走这条路！”这条路上究竟有什么？

“你觉得这到底是怎么回事？”明知十几岁的女孩子回答不了这个问题，我还是茫然地问这个当事人。

“不知道。”

我一无所获地回到家。也也说：“我饿了。”

“你饿了，我还饿呢！可这算怎么回事？走！跟我走，不把事情搞明白，我们不吃饭！”

我扯着也也走在他上学的大路上。他的手心有微汗，我不知道这是因为热，还是因为怕或者是饿。

我无目的地四处探寻，仿佛想找到作案时的血迹。

街上的人们步履匆匆。他们看到一个妈妈牵着一个男孩缓慢地在走，一定以为是饭后散步。北京人神气地把这称为遛弯儿。

“这是周东的家。”也也耐不住这令人压抑的沉默，悄声说。

周东我认识，一个潇洒的男孩，也也小学的同桌，现在还常到我家借书。

“他今天早上是不是在路边？”我想，也许会有出人意料的线索。

“我和维娅上学的时候，经常看到周东。但今天不在。”也也回答得很清晰。

又一线希望落空。但也也下面的话，引起了我的高度警觉：“周东问过我，维娅是不是不爱说话。我说不是呢，爱说又爱笑。周东说，那你们以后从这儿走，咱们一块儿聊聊。”

我从这话里嗅出了某种阴谋的气息。也许是一颗母亲的心过于多疑？

“咱们到周东家去一趟。”我说。

“好。”也也挨了打，反倒像做了亏心事，回答怯怯的。

周东不在家。他的妈妈，一个极瘦的女人在煎带鱼。带鱼宽得像一截镜子，不用放油也在煎锅里吱吱吵个不停。

我把也也挨打的事约略说了一遍，并把也也伤痕最重的半个脸推到她面前。这样做虽然使也也难堪，他是一个好面子的男孩，但我顾不上了。我要唤起这位母亲足够的同情心，帮我抓到凶手。

“噢！好可怜！到医院看了吗？不论谁打的，总要先医病。我家周东可不知道这件事。他每天早上出去锻炼身体，什么也不知道。”

我并没有说她的儿子怎样，她就这样慌忙地往外择自己，像从一把韭菜里剔出一根笤帚苗。这使我不快，又不敢在面上显露。

“周东怎么还不回来？”我心焦了。带鱼已煎得黄如苞米面饼，我无心吃饭，但对也也是个折磨。周东上的普通中学，绝不至于加课至此时的。

“到拳击学校去了，就快回来了。”瘦女人大约也看出了我不达目的誓不罢休，转而衷心地希望儿子快归，语调反而比初见时热情。

我的心又倏地一紧，缩成一团不再松开。拳击学校！

我总觉得孩子们打人的方式，最早应是从他们的父母那儿学来。父母再恼子女，因为他们的幼小，打的时候只用掌，而没有用拳对准婴儿的屁股的。待到孩子学会了用拳，必是有意无意钻研了打人的艺术。

“为什么要上拳击学校呢？这么晚都吃不上饭，孩子该饿坏了。”我并非完全是为了搜集情报，将心比心，谁的孩子也是孩子。

“听说拳校最优秀的学员可以到日本进行训练。孩子想出国，咱一个穷工人，又没有别的出路，全靠他自己奔了！这带鱼还是春节发的，若不是公家给的，谁舍得买这样宽的带鱼吃！每天煎一段，专为小东补身体。”瘦女人将带鱼翻了一个身，把空气搅得浓腥香热，鱼段黄得已无可再煎。

好无聊。好尴尬。可我不能走。

对面桌上有一个花布包。正确地讲，是用许多碎布拼成的一个录像机套子。布套热闹而火爆，有二踢脚般的喜庆气氛。只是因为它的鲜艳，恍然使我觉得那包裹中是一个婴儿。

周东的妈妈突然将手指横在腮帮一侧，好像一柄牙刷：“那打人的孩子的伤痕，是不是这样的？”

也也立刻跳起来说：“就是就是。”那模样活像他出的谜语被人猜中了谜底，竟很有几分遇到知音的得意。

那根手指很长，带着阴影横在脸上，很凶恶。

那女人刚想说什么，忽又泄了气。她想说什么的时候，我没在意。她一泄气，倒引起了我的警觉。

何事不可以对人言？

“您见过这孩子？”我问，话出口又觉得冒昧了些。

“不认识。没见过。我哪里知道。”她连连否认，手在围裙上蹭了正面蹭反面，好像手掌是一柄刀。

这否认似乎太多了一点，大人对大人，原不必如此。

静默。较之刚才，更令人难耐。

但我一定要等下去。

终于门响了，我们的身高都不由自主地向上拔出一截，仿佛那门是一道符。

周东走进来，脸红得不可能再红。放了学就去打拳，至今还没吃饭，真够辛苦。

“鱼！好香！妈妈，我——”突然，他像被人强行塞入一个鸡蛋黄，半张着嘴，噎在那里。

他看到了我们，看到了也也那张肿胀若笆斗一样的脸。

我竭力控制住自己，力求冷静、客观和公正。我需要观察。不带任何偏见，不先入为主，不掺杂感情色彩。

我不动声色地开动起直觉的雷达，捕捉哪怕是蚊蝇般的异常。

那孩子惊愕。

惊愕很正常。看到自己朝夕相处的小伙伴被人打成这样，自然应该惊愕。但这清俊的少年突然不再惊愕，脸上出现了不属于他这个年纪的坚毅与顽强。他很清晰、很强硬地说：“不是我。”

他的全部伪装在这一瞬间，蓑衣似的从肩上滑落。他毕竟还嫩。他没有表示唏嘘的同情，没有询问打人的经过，首先想到的是自我开脱，这是最初级阶段的欲盖弥彰。

他的母亲轻松地舒出一口长气，痛快得从脚后跟直贯到颅顶：“不是你就好。吃饭吧！吃鱼。”她瞟我们，眼珠像两艘游弋的驱逐舰。

“我没有问你，又没有说是你，你为什么就说不是你？”对这孩子的愤懑，对这家长的姑息使得我语无伦次，像说一段蹩脚的绕口令。

周东距离我很近，近得我看得清他唇上极细的须。也也上学年龄小，品学兼优又曾跳过级，与这孩子不是一个数量级。

周东出人意料的镇定：“您领了一个被打的孩子到我家来，当然是怀疑与我有关。不是我干的，我当然要把自己择出来！”

轮到我瞠目结舌。他说得很有道理，简直无懈可击。但正是这种天衣无缝，令人生疑。作为一个少年，回答的速度太快。

“我并没有说是你。我不过是想了解一下你是否知道一些情况。”我不得不退攻为守。

“我既不是打人者又不是被打者，我怎么会知道当时的情况！”他的话滴水不漏，昂着头像一只骄傲的公鸡。

“但你每天早上都要到路边去，今天早上也很可能看到些情况。”我咬住问。

“我去是去了，可我没看见。我已经有二十天没看见他们了，为什么今天就一定应该看见？”男孩子突然委屈起来。

二十天这个数字引起了我的注意。作为也也的普通同学，这份关心是否过于精确？况且在打人者不多的话语中，也鲜明地出现了时间概念。这其中可有蛛丝马迹的联系？

“听说，你说过让也也和维娅从你家门前的丁字路口过？”我问。

“没有。”周东矢口否认。

本来这不是一个多么严重的问题，但他的否认引起了我的高度警觉。

“也也，周东是否说过这话？”我提问证人。

“说过的，周东，你忘了，那是在 × 时 × 地……”也也很热心地提示他的朋友。

“没有。”周东依旧断然拒绝。

这其中有鬼：谎言必然企图掩盖什么。尽管他不是凶手，但我要通过他，把疤孩子找出来。

“阿姨知道不是你。也也和你是好同学，也也挨了打，你应该帮助阿姨。也也没有死，也没有瞎了眼睛，以后总会把疤孩子认出来。你说了，阿姨有奖赏。”

我觉得自己的话，不但苍白无力，而且充满虚伪。我对面前这个比我还高的长胡须的男孩十分仇恨，几乎认定他是一个阴险的幕后策划者，苦于没有证据。我要借他的手拿到这证据，便使用胡萝卜加大棒。

事情绝不像我想的那样简单。周东显得比我老练：“阿姨的意思是说我和打人的人认识，可我确实不认识。您要是还不相信我，这样吧，明早上您领着也也到我们学校去，跟教导处说，让同学们站成一排，让也也一个人一个人地认，这样总行了吧！”

这一次我不仅是瞠目结舌，简直是目瞪口呆。周东这样设身处地为我们着想，办法算得上完美无缺。也也跃跃欲试：“脸上的疤，如果是刀子划的，大约过多长时间就看不出来了？”

“要经过整整一个夏天的太阳照射后，伤疤才会消失。”我心不在焉地说。

“那我是一定可以认出来的。”也也很有把握。

周东的母亲见自己儿子处事得体，不觉得意：“就这么办吧！明天你领上你儿子，到我儿子的学校去查，查到了，自然什么都清楚了。查不到，与我们无关。您说是不是？”

我想说不是。可我什么也没说，我一个成年人，落入了一个少年的圈套，他的无懈可击在我看来满是缝隙，从中逼射出少年人的阴冷！我养育了也也的单纯和善良，我以为所有的少年人都对成年人唯唯诺诺。没想到，这刚长出胡须的男孩子，为我划出了一条马陵道，我百般不情愿，却只有乖乖地走下去。

我拉着也也回家。城市到处有刺目的灯光，黑夜便显得支离破碎，像牛奶杯里浮动的铅笔灰。

家在六楼。在心情不好又没吃饭的时候，家好像修建在天上。也也的手已饿得瘫软，他要我拉他上楼。

楼梯里所有的灯泡都不亮，这在公寓楼里很正常。总算走到家门，突然在黑黝黝的背景中矗起一个更为黑黝黝的人影。

我没有害怕。心灵好疲惫，已没有害怕的能量。再说儿子在身边，我要保持尊严。

“谁？”我问。

“我。”答道。是个女人。

中国人的社交面窄，一个“我”字延续出的音域已足以让人分辨出身份，但我不知道她是谁。

“我是维娅的妈妈。”她说。

今天我注定要同许多妈妈打交道。我刚从她那儿出来不久，她又想起了什么话要对我说？

也也满脸沮丧，他的馄饨看来是吃不上了。干瘪的馄饨皮裹着橙红色的肉馅依稀透明，奓着双翅好像一只只肉燕。“你去吃方便面吧！”我吩咐道，也也听话地走进厨房。

“我来跟你说……我早就想跟你说，可是刚才孩子在。不要让孩子听见。我知道这件事……不，是我猜到的。我不想说，可是我还得说……都是孩子，都是妈妈……”漂亮的女人颠三倒四，你完全不知道她想说什么，唯一能做的只有等待。

“你的孩子是为我的孩子挨的打。”她的语句突然流畅起来，好像水龙头脱了扣，大股水流奔涌而出。

“维娅漂亮。当然，当妈的夸自己女儿漂亮是不谦虚的，可这是实事求是。我什么都不怕，我就怕维娅漂亮，我小时候就很漂亮，我知道那种滋味……”她目不转睛地看着我，翘而弯曲的睫毛在她脸上，刷出浓密的阴影。

“您现在也很漂亮。”这话不合时宜，但确为我此时所感。

“不！我老了。我不是想说这个。”她猛地摇头，好像刚从游泳池里爬出来，要甩去满脸的水珠。

“还是漂亮好。”我说，不知是反驳她还是阐述自己的观点。我曾想过以后给也也找妻子，一定挑个漂亮的女孩，这样我就可以得到一个漂亮如洋娃娃的孙子或者孙女了！“漂亮不好！”漂亮的女人顽强辩驳，“有许多人拉住维娅，给她写信、递条子，在我们家的窗台下喊她的名字，好像她是个放荡的女孩。”

“所以我不让维娅同任何男孩子讲话，不许与他们同路。但是有一个例外，就是你家也也，也也乖，有家教，知书达礼……”我很想谦虚一下。漂亮女人用手掌朝我口的方向一挡，干脆得像电影里抓俘虏的噤声动作：“是这么回事，也也让人放心。还有很重要的一条，也也比维娅小，他还什么都不懂……”

啊！我的儿子！在你还什么都不懂，连自己都不能保护的时候，已经被人在暗处强行赋予了骑士的责任。

我不知道该为儿子悲哀还是骄傲。

“这次也也挨打，肯定是为了维娅。我不愿意承认这一点，但我不来同你说，我良心不安。一定是什么男孩想同维娅好，维娅不理他。

维娅听话，这我有数。那个男孩就把怒火迁到也也身上，以为是也也占据了维娅的心。事情就是这样，他就叫人把也也打了一顿。我想出来答案，跑来告诉你……”女人说完，垂下眼帘。我再也看不到她那双美丽的眼睛，只见两道残月似的黑色弧线。

我立即肯定了这推断铁一般的不容置疑。

周东喜欢上了维娅。这一切如何开始，已无从考证，就像你说不出第一片绿叶是何时萌生。周东借也也、维娅上学之际，在路边同他心中的女孩讲话。哪怕不讲话，就是看一眼也好。

于是丁字路口的晨雾中，每天都伫立着一个潇洒的男孩。

也也和维娅上学有好几条路走，就像语文试卷中的填写同义词。两个一无所知的孩子时而从这条路走，时而从那条路走，随心所欲，毫无规律可循。

潇洒的男孩便常常空等。

那是怎样的寂寞和惆怅，男孩一生中第一次品尝到了浓烈的失望。

于是他思索再三，找到了陪伴女孩的小男孩——我的儿子也也，对他说：以后你们从我家门前过。我猜他说这话的时候，脸上一定装作若无其事，心里一定叮叮当当。

也也一定答应得很干脆，他是那种乐于助人的孩子。但其后，他把这件事忘了。他既没有利用自己对维娅的影响力，暗中左右行路的方向，也没有觉察到这种要求的异常，想出任何应对的策略。两只快快乐乐的小鸟，一个月没有从丁字路口过。

前半个月，潇洒的男孩像钟表一样准时出现，风雨无阻。无数辆自行车闪光的车圈在他面前驶过，但没有那个女孩。一直等到完全丧失希望，他才蹒跚回家。他那瘦弱的妈妈也许会探摸他的头，因为他的脸色十分难看。

在经历了等待、焦虑、阴郁、刻毒后，所有这些情绪混合在一起，发生化学反应，生出一种新的物质，叫作仇恨。

后半个月，男孩策划了一个阴谋。他雇请了两个打手，教他们认清哪个是也也。他和也也偎在一起亲密嬉笑的相片，一定也让疤孩子看过……

我无力地呻吟了一声，像风雨中一扇破旧的窗户。

“我走了。我心里很难过，自己没有更多的力量能帮助你。我只好告诉维娅，明天上学自己去，不要和也也一块儿走。”

“不！不要这样！”我急忙阻止，“一同上学并无过错。这样无缘无故地不准他们同行，我们将如何解释？这是一种邪恶，对邪恶不应低头。”我握住漂亮女人的手，她清秀的指骨像琴弦一样抖动。

终于，丈夫回来了。

“看看你的儿子吧！”我把也也推到他面前。

“打架打的？”丈夫毕竟是男子汉，全然没有吃惊，瞬间做出准确

判断

“是叫人家打的！”我把儿子支开，把两次出访及维娅妈妈的回访和我的全部推断，一股脑儿告诉他。

“先吃饭好吗？我肚子饿了。”他平缓地说。

我像看陌生人一样看他，觉得近于冷酷。儿子被人打成这样，老子却只关心自己的肚子！

“我还没有吃饭呢！吃吧吃吧！让儿子被人打死好了！”我歇斯底里地叫嚷，所有的矜持所有的镇定都在丈夫面前化为灰烬。

“那我们一起吃。”丈夫不动声色地说，然后走进厨房，把纱翅帽般的馄饨丢进开水锅。数量太少，他就把干枯的面片也丢进去。锅内倒海翻江。

“好了。”他说。

我不理他。他找不到香油瓶，我也不告诉他，听任他把花生油倒进汤里。

我不吃。看他一个人吃。我等着他来劝我。他不劝，一个人吃得饱饱的。

“现在，我到周东家去。”他站在门口，懒洋洋地说。

我想外战正紧，不可再进内讧，对他说：“我已经去过了，软硬兼施，那孩子什么也没有讲。他的母亲还护犊子。”

“那孩子什么都会说的。”丈夫胸有成竹。

“你怎么知道？”我大为惊诧。那孩子策划周密，手段凶狠，绝非一般少年。

“因为我是男子汉！这种事，妇道人家出面是没有用的！再能干的妈妈也是妈妈，而我是爸爸！”

丈夫摔门而去。也也睡了。我焦急地等待，不知道将有怎样一个结果。突然想起那孩子伫望路边的等待，不知与我孰轻孰重？

丈夫回来了，脸色平静如秋水。我突然怯怯，不敢问他。

他安闲地掏出一截字条，丢在桌上，仿佛往锅里放进一片馄饨皮。

“喏，这是那两个打人凶手的名字和学校，上面的那个就是那疤脸。”丈夫冷静地说。

“你是怎么得到的？”要不是怕惊醒也也，我会大叫起来。

“自然是周东说的，不然我从哪里知道？字条也是周东写的，我叫他写规矩点，可他依旧写得不好。他的字不行，不如也也。”

这个时候还有工夫评论字！我盯着字条看，像地下党的机要员在敌人破门而入时背诵文件一样。现在，这两个名字已经像钢印一样刻进我脑海里。

“你到底是怎样让他就范的？”

“很简单。我先征得他父母的协助。我说，各家只有一个孩子，都愿让他成才。成不了才起码不能让他蹲监狱。现在这事起码有九成是你们孩子唆使人干的，比如你们就认识那疤孩子。但终究不是周东动的手。所以，只要他说出打人的是谁，我就去找那两个小子算账，与你家无干。他父母还算明白，就躲到一边，由我去审他们的孩子。”

丈夫攻心为上，确较我高明。随着他的叙述，我的眼前像演一都电视剧。

丈夫对周东说：“告诉我疤孩子的姓名。”

周东昂首挺胸：“不知道！”颇有英勇不屈的气概。

丈夫说：“真是好样的！你知道明天下午或者是后天下午或者是大后天下午，你会碰上什么事吗？”

周东说：“不知道。”他脸上的敌意消退，露出渴望的神色。所有的少年都渴望知道未来。

“你会在哪个黑夹道里，被人揍得皮开肉绽！而且，我干得绝对比你漂亮，不会留下丁字路口这样的话把儿。”

周东的一颗牙咬着嘴唇，嘴唇渐渐变得同牙一样雪白。

“真的不是我打的。”周东说，底气却远没有刚才足，像自行车有慢撒气的毛病。

“但是是你指使人打的！明天，我们会带也也去认！”丈夫急了，他不愿以一个成年人的智慧与少年人兜圈子。

“认呀！认去呀！”男孩突然还了阳，兴奋起来。

丈夫立即敏感地觉察到这是一个圈套。小伙子，你到底还是太年轻！他把脸一沉："你以为明天我们会上你的学校去认吗？傻瓜！我们去拳击学校！"

这是敲山震虎。如果男孩再沉着一点，他就可以蒙混过关了。可惜，他的牙齿不由自主地陷入嘴唇，便有鲜红的极细小的血滴渗了出来。

"叔叔，如果我说了，你真的不去找我们学校吗？"男孩低下了那颗潇洒的头。

"真的。"丈夫说。以一个成年男子浑厚的喉音和无可置疑的胸怀。

"我去拿纸和笔来写。"男孩讨好地说。

"他终于草鸡了。没骨气！以后有什么重要工作，比如警察局和安全部，不能要这种孩子。"丈夫安静地结束了他的出访报告。

"你混账！"我不顾教养地大骂起来。

"怎么了怎么了？"丈夫终于惊诧起来。

"你这是出卖原则，妥协投降！为什么答应不找他们学校？这种操守恶劣的孩子，怎能叫他逍遥法外！你用原则做交易，实际上是在包庇纵容邪恶！要用这种卑下的办法，我还用你去吗？我也早就把口供引诱出来了！我不要用出卖原则换来的字条！"我把字条团成一个球，朝丈夫的脸盘掷去。可惜纸条团得不够紧，在半路上坠了下来。

"可你认为领着也也到拳击学校去一个个查认凶手的滋味好吗？亏你还是母亲！那是一种残忍！残忍，你懂吗！"丈夫也咆哮起来。

也也在他的小屋哇地哭了。我们赶紧跑过去，以为是争执吵醒了他。

“妈妈，我做噩梦了。”也也睡眼惺忪。

“梦见什么了？”我轻轻抚摸着他的头发，感觉到逐渐刚硬起来的发丝扎着我的手。

“梦见一群凶恶的恐龙，拉着我说‘你是也也吗’，然后就围过来……”

“以后谁要问‘你是也也吗’？你就说‘不是，你有什么事，我可以转告他，’记住了吗？”

“记住了。妈妈。”

“睡吧，也也。噩梦要比好梦好。好梦醒来一看，世界满不是那么回事，你就会失望。噩梦醒来会发现，事情并没有糟到那种程度。没有恐龙，它们早在几亿年前就灭绝了。现在只有爸爸妈妈在你身边。”

我握着也也的手。丈夫的大手又握住我们俩的手。仿佛包饺子时，一个饺子漏了汤，就用另一张大饺子皮重新包一层，那个饺子便格外肥硕，煮也煮不熟。

也也睡了，满脸仍是惊惧。我用手抚去这恐怖的表情，但它们粘得很结实。

办公室的电话响了。“是也也的母亲吗？我是张五珠。”一个陌生女人的声音。

张五珠是谁？也也又怎么了？手中的听筒像一柄铁拳，沉重地击打着我脆弱的心。

“我是也也的班主任。孩子挨了打，有些事情咱们需要交换意见………”

化妆盒会使女人的面貌变得难以确认，电话对声音也有这种功能。张老师是也也的班主任，很有经验的一位老教师，我一直尊敬地叫她老师，竟忘了她还有一个正式的名字。

我突如其来地哭了。

当着丈夫、也也和其他人，我掉过泪，但那不能算哭。那只是一只装得过满的桶，溢出的几滴水。只有在这空寂一人的办公室里，对着冷冰冰的话筒，我才痛快地哭了起来，任眼中的水被螺旋形的电话线引流向地面。

对方静寂无声，每隔一两分钟有一声轻微的“哦”，表示她在注意倾听，并未离去。

“真不好意思。对不起。”我平静下来后，说。

“没关系。”她温柔地回答。

“假如你不忙，请到学校来一趟。”张老师说。

我很忙，但我还是立即到学校去了。

这两天，我到打人凶手的学校去了，拳击学校也去了。我言之凿凿，声色俱厉。各方领导对此都很重视，认为致伤虽不很重，但事件包含着某种恶性犯罪的萌芽，表示一定严肃处理。我不放心，还特地打听了两个凶手的出身。知道都是平民家的子弟，没有官官相护之虞。我静等着处理他们，满含着报仇雪恨的快意。

儿子还是天天同维娅一道上学，我要让他懂得正义必将战胜邪恶和法制的力量。

张老师斑白的头发像一段华丽的毛料，“我也是母亲。”这是她对我说的第一句话。

为了这句话，我的眼眶又发酸，但我再不会哭了。

“事情的过程我都已了解。现在，两个凶手所在的学校已经做出初步决定，给他们以留校察看，拳击学校已毫不留情地将他们除名。”张老师单刀直入对我说。

这天下终究还有公理！我长长地舒了一口气，在气的尾巴处闻到了炸宽带鱼的腥气。

“张老师，多谢您了！”我双手握着她的手说。这个结果并不是她做出来的，但激动之下，我总得感激一个人。

她轻轻地像褪手铐一样，把手从我的掌中脱出。“也也妈妈，等我的话说完，你如果还想感谢我，我将很高兴。只是这里不好谈。”

这是教师办公室。正是上课时间，静悄悄地没有一个人。

张老师领我到会议室。洁净舒适，墨绿色的沙发，软得像个陷阱。

我猛地紧张起来。告知好消息，是不必讲究场合地点气氛的。

“别紧张。”张老师笑笑，明察秋毫，“我只是想同你谈点个人意见，不想让别人听到。”

我略略安了心，蜷在沙发里，像一只疲倦的猫。

“两所学校的处理都很严格，您能预料到以后的事情吗？”张老师的眼睛很亮。我想，课堂上她提问学生，一定是这副炯炯有神的模样。

“我只顾高兴，以后的事还没来得及想。”在这双眼睛下，你会立即把想到的话说出来。

“以后他们会再次殴打也也，而且手段更加凶残。”张老师很平和，但字字清朗如铁。

“不，这不可能！”我出于本能地叫了起来。

“这完全可能。”张老师冷漠地重复。我终于明白也也谈到她时为什么充满尊崇。

我的头像折断了桅杆的帆，沉重地耷拉在胸前。

难道仇恨就这样冤冤不解，难道正义就这般软弱可欺？

“我再找学校！再找他们的家！”我激愤地站起来。

“您想一直负责这两个不良少年的教育吗？正确地讲，应该是三个。”张老师揶揄地说。

“不！不！”我沉重地跌下。

“那两个孩子没救了。这么大点年纪，为了一个萍水相逢的哥们儿，敢对素不相识的小朋友出此毒辣之手。策划周密，每日蹲坑埋伏，不辞劳苦半个月，毫无怨言，又立攻守同盟。真是上好的罪犯坯子！”张老师威严的目光中冒出火苗，几乎燃着华丽的白发。

“我不是疤孩子的班主任，我只是也也的班主任。我只能管也也。明天晚上或后天晚上……”张老师侃侃而谈，描述我们家将要发生的情况，好像她面前挂着一张我家未来 24 小时至 48 小时的形势图。

“会这样吗？”我迟疑地问。

“会。”张老师一口咬定。

我听明白了。我只有一个也也，张老师教导过成百上千的学生。我不能不悉听教诲。

“但是，我不！”我无法接受张老师的好意，明知不该忤逆于她，但我更不能忤逆自己做人的准则。

“随您吧！”张老师站起身，“同您进行这种谈话，对我来说也十分痛苦。我一直教给孩子善良，做一个正直的人，但为了也也，也是为您着想，我只能如此！”

我抱着头，无言以对。

“假如也也再不同维娅一道上学，他将更加安宁。”张老师又追加一句。

“可维娅是个很好的女孩！”我想起维娅美丽的母亲。

“大主意您自己拿吧。若是实在想不开，您可以哭，就像刚才在电话里那样。这房间隔音，吵不着别人。您走时，将门带上就是了。不多陪，我还有课。”

“可是，我怎么对也也解释这一切？”我扯着门框无力地问。

“如实讲，不要隐瞒。您就说，这世界上有一种两个男人因为一个女人的仇恨，十分凶残。”张老师面色严峻。

“可是他不会懂！”我几乎在号叫。

“但他能记住！以后慢慢会懂。孩子付出了头破血流的代价，如果他连一条真实的教训都换不到，以后他将如何面对整个世界！告诉他真话！”这是张老师留给我的最后一句话。

我等着他们，像当年等着与也也爸爸的约会。第一个晚上他们没有来，我坐卧不宁。

终于，他们来了。当我打开房门的时候，两只眼皮都在跳动。

两个高高的男孩，一个脸上有疤。他们带着儿马般的气息，头发像钢针般地竖起。

“阿姨，我们向您和也也认错来了。”两个孩子齐声说，很和谐，仿佛练习过的二重唱。

“请进请进。”我机械地说，盯着疤孩子的脸，想把那蜈蚣样的疤扯下来丢到地上，看它痛苦地蠕动，然后一脚踩死那疤。

我给他们每人沏了一杯果珍。两个男孩明显地受宠若惊。热果珍，电视上说喝热果珍好。

“我们做得不对，今后再也不做了，请阿姨和也也原谅。”疤孩子很明显地用手抠了一下另一个男孩，两个又异口同声。

我很想把也也拉到他们面前，对他们说：“你们残忍地打了他，他身心俱伤，你们必须向也也道歉，用你们的心！”但想起张老师的谆谆教诲，我把这不停翻滚的酸楚之情强行覆盖下去。

“不要说那些了。谁还不犯错误？犯了错误改了就是好同志。”我干巴巴地说，也不知在这之前是否有人称过他们为同志。

疤孩子机警地捕捉到了我对他们的宽恕之意。他可怜地说：“学校还要处分我们呢！”

我想说：“处分你们，当然是应该的。这是为你们好，永远做一个正直的人。”但像是录音机播出了另一个声音：“这样小小的过失，哪里谈得上处分！太小题大做了！”

“阿姨既然也这样看，就同我们学校讲一讲，不要处分我们好了，本来嘛，不过是互相逗着玩，干吗结下这么深的梁子！”疤孩子换去了进房时的谦恭，桀骜不驯地说。

我悚然一惊，张老师料事如神，脸上的笑容却做得比刚才更经心：“好，我同你们学校讲一下，就说请求免予处分。只是，不知我讲话是否管用？”

“您是受害人家长，讲话当然管用。谁的话也没您的话好使，阿姨您可别小瞧了自己。”

你还知道我是受害人家长呢，那你还如此猖獗！在这一瞬，我几乎伸手要将自己的笑容撕碎，将那台无耻的录音机踩在脚下，我要告诉疤孩子，你必须触及灵魂地检查……张老师华丽若绸缎的灰发，在屋角闪着水洼一样的光。

“这个请你们放心好了。我一定对学校说不要处分你们。”

“还有拳击学校那边。叫您这么一闹，我们俩的名声大受影响，很可能出不了国。”疤孩子穷追不舍，将偌大的责任堆积到我头上。

我突然涌起无尽的悲哀。这样的孩子倘真到了日本，不就是暴徒族、新浪人吗！我身上的录音机说：“这件事，我也尽力去办，去找拳击学校，就说我以前反映的问题基本上是一场误会，希望让你们继续学拳击。”

“还有出国……”疤孩子不屈不挠地提醒。

“对，还有出国……”我毕竟是成人，要给自己留有充分的余地。我稍微严肃了一些，对疤孩子说，“出国的事，原来的比例就很小，就是没有同也也的误会，也不一定就一准儿选上你们几位，所以，最后如果最终没有你们，也请不要以为是我不尽心。”我要扑灭一切可能引致灾难的火星，永绝后患。

“这个我会知道的。您到底跟教练讲没讲，讲了我们多少好话，我都能知道，我有许多哥们儿，不是吹的。只要您把该讲的话都讲了，教练他还不要我，那是他的事，与您无干……”疤孩子豪爽地挥挥拳，表示好恶分明。

“阿姨，那事情就这么定了！”疤孩子干脆地说。

我无力地点点头，盼望他们快走。

“叫也也出来，大家认识一下。”疤孩子饶有兴致地提议。

我不愿让也也见他，也也的眼睛还是少见丑恶为好。没想到也也对这次会面充满好奇，不知躲在哪里暗中窥测，一听到邀请，忙不迭地从幕后跑到幕前，像一只不听招呼的小鹿。

“你好，也也！”疤孩子神气地伸出手。

也也望我。我几乎令人无法察觉地点了一下头。除了点头，你有什么办法！也也便伸出他像树叶一样的小手，立即湮没在疤孩子粗大的手掌中。

“我们就算握手言和了。本来，我们还以为要给你跪下呢！”疤孩子同另一个孩子诡谲地眨眨眼睛，疤便像活了似的上下蹿动。

“跪下？”不仅也也，我也惊骇住了。

“是啊，跪下。”疤孩子斩钉截铁地重复，“只要能免予处分，我什么事都可以干。这没什么，大丈夫能屈能伸嘛！”

“也也，从此咱们就是哥们儿了。不打不用识！你妈这么重朋友，讲义气，你也一定错不了。咱们后会有期！”

疤孩子走了。茶几上留下两杯毫无热气的果珍。

“也也，我告诉你，永远永远不要同这个脸上有疤的孩子做朋友！”我声色俱厉。

也也点点头。

我突然感到，自己在这个世界上，深深地深深地对不起一个人——疤孩子的母亲。

又是该放学的时候，我不放心地到楼下张望，听见也也对维娅说：“明天早上我不再和你同行了。”

“为什么？”美丽的女孩吃惊地问。

“因为世界上有一种仇恨，是……”也也踮起脚，对着维娅的耳朵说。

斜射的夕阳像金粉一般泼洒过来，将两个孩子镀得金光灿烂。

“谁说的？”女孩子的额头皱起人生最早的纹路。

“妈妈说的。”也也大声宣布。

西红柿王

前陆军少将、集团军军长沈三山，愁肠百结地蹲在地上。

那个最大的西红柿红了，早上还是乌青一团，像新枪烤蓝似的绿得发黑。中午便像被人猛击一掌，变得惨白。下午就露出了缕缕网络般的红晕，天还未黑，便火烧云似的红成一片了。

沈三山曾希望它一直长下去，直至成为这个世界上从没有人见过的西红柿王。

然而现在，它开始红了。红了的西红柿不会再长大。

腰痛得厉害，那里嵌着一块同瘦肉颜色差不多的日本原装弹片。沈三山的肉皮很随和，当年宽宏大量地接纳了这块金属弃物，用血脉经络像包饺子一样，把它裹得严丝合缝。以至于解放后医生认为，把它取出来的危险比搁在里头还大。医生说完这话时，紧张地盯着年富力强的少壮军官，生怕他非要动刀，出了事不好交代。

其实医生想错了。沈三山是乡下人，最懂得尊重医生。于是弹片与他和平共处，友好睦邻。但近年来情况好像有所恶化，特别是从他废寝忘食开始摆弄这块西红柿地以来，那铁家伙似乎颇不满意，迅速长大，并生出许多梳齿一样的尖刺来。每逢劳作稍多，它就毫不客气地噬咬他的腰背肌，直让他觉得那里已是千疮百孔。

沈三山狠狠地捶击后腰。短暂地麻木，然后，真的不疼了——但也不能动，钢板一样稳固而坚强。

他很想看看那块弹片是什么模样，有时好奇得要命。但这愿望恐怕是实现不了了。他遗憾地想到：只有当他化成灰的那一天，这家伙才会炙手可热地躺在骨灰盒里。

人总是要死的。他不悲哀。西红柿也总是要红的。

沈三山为自己的婆婆妈妈感到有点可笑，他伸手将西红柿王摘下来。他做过试验，摘下来的西红柿比依旧留在枝头的，红透的速率要稍慢些。

尽管他的双手已经做了承受重物的准备，那西红柿的分量还是使他吃了一惊。像一只被猎枪击中的肥鸭，笔直地坠落下来，险些砸在地上。

摘下来的柿子没有了羽状绿叶的掩映，更显得硕大无明，在夕阳的映照下，油润水滑，像是一个从土地中蹦出来的精灵。

这块土地很肥沃。祖居在这里的农民把它以高得吓人随后又后悔不迭的价格卖给军队后，都进城当工人了。每逢深翻土地时，沈三山都会挖出黑海绵样的豆蔓和瘪臭虫样的豆子，这里想必原是无边的豆田。

现在这里像是一所条件很优越的幼儿园。一幢幢青砖小楼，水刷石墙壁，淡蓝色木窗，半圆形晒台。楼与楼之间有弯弯曲曲的甬石小路相连，绿篱围绕着茵茵草坪、山石小树。

没有属于孩子们的滑梯、转椅和无邪的笑声。这里居住着曾经统率过数十万军队的将军们。

干休所的奠基者们考虑得甚为周全，专门给各家辟出一块镂空花砖圈起的空地，配备有完善的喷灌设施、专备盛放农具的空房和地下室。这块面积颇为可观的自留地，成了离休军人们最后一次行使权力和想象力的地方。

多数人种了树。十年树木，他们希望后代能记住自己。少数人种了花，并架起大理石面的桌椅，以享受多年来未曾尝过的闲情逸致。极少数荒芜着，一如他们的主人在病榻上缠绵。

沈三山全都种上了西红柿。事出偶然。春天，他散步时路过一块西红柿秧田，起秧的小伙子不知是看他脸色黝黑天生像个菜农，还是自己库存太多急于推销，拼命怂恿他多买。他至今没搞清这个被吹得天花乱坠的优良品种，是叫“佳粉”还是叫“夏肥”，这两个称呼都不大像农作物的名字，但那个小伙子就是这样连连说着，塞给他一大包。

本着“韩信点兵，多多益善”的原则，他把它们全种下了。当时也并没遵循什么章法，随手种下。种完一看，横平竖直，竟像会操的队列一样整齐。

沈三山开始喜欢起这块菜地了。锄草、浇水、整枝、搭架，操劳不止。西红柿们在将军的侍弄下，步伐整齐地向上生长。它们的叶子绿得发黑，而且在同一个早晨灿然开花。西红柿是一种很诚实的植物，有一朵花就坐一个果。那些青杏般的小柿子，像被施了魔法一样地迅速长大，到了某个神秘莫测的极限，就突然停顿下来，然后先是遮遮掩掩、羞羞涩涩，最后就肆无忌惮无可遏制地红起来了。

一大片西红柿统一红起来，也蔚为壮观。到处都像有一簇簇火苗在燃烧，映得叶子也若明若暗地泛出红色，大有星火燎原之势。

然而，哪个也没这个西红柿王红得灿烂辉煌。它宛如红玛瑙雕成，晶莹剔透，光彩照人。

沈三山不记得给过它什么特殊的优待。它长在最密不通风、光照最不充足的地方。也许是它底下埋过一个死人？沈三山打过那么多仗，他相信每寸土地上都可能死过人。这座城市是和平解放的，这他知道。但以前呢？中国历史上打过多少年仗？这个西红柿王也许是什么壮士的魂灵所化？这和沈三山的唯物主义世界观并没有什么不符合。物质不灭嘛，人死了，总要变成另外一种东西。

当然，也可能什么都不因为，它就是要长得最大。一如战场，你为什么活着，他为什么就死了？没人知道理由。

西红柿王半仰着婴孩头一样滚圆的脸，注视着鬓发如霜的将军。

别的不想吧，先找个地方把它安顿起来。

沈三山拧亮地下室的灯。洁净的水泥地板像一块青钢石面，几百个西红柿庄严肃穆地排列着，宛若一块巨大的画布。沈三山把这个最大的西红柿放在前排中央处，像给这支队伍委派了一个红司令。

西红柿的成熟期极为集中，这是身经百战的将军始料不及的。他很小的时候给地主种过菜，那时中国尚没有这种俗名“洋柿子”的蔬菜。后来骑马打仗，倒是吃过，却再不曾注意它是土里结的还是树上长的。

最初的胜利果实，他是放在冰箱里的，然后是家里的窗台、地板……西红柿前赴后继地红着，家里很快柿满为患。不得已，便开辟地下室为第二战场。幽暗中的西红柿的确放慢了变红的速度，但这个慢也很有限。西红柿不知是从大地还是从太阳那里得到一架生物钟，在暗无天日中依旧不屈不挠地红。

真真丰收成灾了。

地上流淌着一条棕红色的小溪，像蜿蜒的血迹。他循序找去，见一个西红柿崩裂了皮，汁液泪水样地正往外渗。

真见鬼！果皮不再长大，果肉还在膨胀，于是便层出不穷地出现溃烂。沈三山心痛地把它甩了出去，像对待一个无可奈何的伤兵。腐烂的汁液是有毒的，像鼠疫一样，会传播给整个柿群。

一个……又一个……沈三山挑拣着破溃了的西红柿，长满茧子的手有些颤抖，心也痛苦地紧缩起来。这都是他用汗水一滴滴换来的呀！

他把西红柿王捧回家里去了。冰箱里怎么也能挤出块空间。

晚饭四菜一汤：西红柿炒鸡蛋、糖拌西红柿、奶油番茄、番茄沙拉，汤自然是西红柿鸡蛋甩袖汤。

“罗阿姨，您这是自给自足的小农经济观念，地里下来什么就天天吃什么。我身上出的汗都是西红柿味的了。明天改善改善伙食怎么样？”儿子沈小山捏着两根筷子，半天不肯张开。

“山山，莫同我讲。问你爸爸！”从小把儿子抱大的罗阿姨，随着女主人的去世，已不用再请示谁，径直安顿这一老一小两个男子汉的生活了。关于吃什么菜的问题，她深知沈三山是赞同这安排的。

沈三山被一口酸汤呛得说不出话来，半天才痛下决心般地说：“是不是送些给邻居？”

不是他吝啬。戎马一生的军人们没有馈赠予人或接受馈赠的习惯。那更像是一种施舍，会伤了沈三山那颗高贵的心。但事至如今，只得如此，总不能看着西红柿烂在地里。

“这我早想到了！送过了，前楼的、后楼的……”老女人忙着显示她的先见之明。

“那好哇！”沈三山喜形于色，把大西红柿托了起来，“把这个也送给他们瞧瞧，地下室里还有好多哪！”

西红柿王在灯光下熠熠生辉，像一枚巨大的勋章。

罗阿姨的脸色却转阴了：“人家不要了！第二次去送，前楼的说有糖尿病，西红柿太甜，吃多了怕添‘+’号；后楼的说牙不好，酸倒了牙都吃不成别的了，谢谢好意……”

同是一个“佳粉”（也许叫“夏肥”），这家嫌甜，那家嫌酸，白吃枣还要嫌核大，怎么这么难侍候！老子不送了，都自己吃，吃！

饭桌上的气氛很沉闷。还是沈小山体谅老子，大口吞吃，最后连盘子底的汤都喝光了！然后说：“也不要东送西送的了，人家还以为您故意显示劳动成果。我倒有个好主意……”

“你那个主意我早试过了。”罗阿姨吃不下多少菜，心里很有点不过意，于是便抢着搭话。

“什么？”这下轮到沈小山吃惊了。一个半文盲老太太，竟能同他这个经济系毕业生“英雄所见略同”？

“不就是做西红柿酱吗？做了做了。你们看看！”老大太很利索地把冰箱门打开。

一排排输液用的澄清玻璃瓶，灌满了红色的浆液，像血浆一样带着凛冽的寒气，矗立在那里。

沈三山把西红柿王放在一边。看来得给它另找归宿了。

“哎呀，我的罗阿姨，您就饶了我吧！一个夏天没吃够，冬天还得接茬儿吃呀？”沈小山明白跟这个老女人真是说不清了，便把脸转向沈三山，还是同这场灾难的肇事者、西红柿产权的所有人，直接对话吧。

“爸爸，在西红柿的种植问题上，您犯了一个宏观失调的错误……”

沈三山屋檐一样探出的花白眉毛顿时变得短粗起来，这是他发怒前的征兆。还从没有下级和其他子女，这样直率地要当面指出他的失误。但他终于没有发火，因为事实确凿。他是一个好军人，但不是一个好农民。这种失误明年一定不会出现了。但重要的是今年。小伙子，事后诸葛亮谁都会当，不要夸夸其谈，问题是现在怎么办！

沈小山从父亲为数不多的表情变化中，清晰地捕捉到了沈三山情绪变化的轨迹。他一仰脖，把大碗西红柿汤像李玉和临行喝妈一碗酒似的一饮而尽，从感情上又给了父亲一个补偿。“爸爸，食物本来是为了给人以营养和美的享受，现在可倒好，我不知您怎么样，反正我机体里的西红柿已经过剩，见了西红柿就产生厌恶，腮帮子流水，胃里反酸，吃饭成了很痛苦的一件事……”

不管沈三山是否赞同儿子的话，他的嘴里此刻泛出了许多清水，酸得牙床子痛。

是时候了，该向父亲进那句忠言了。母亲不在了，没有人能劝阻父亲，为了这样一件小事，把外地的大哥大姐叫来，也太兴师动众。纵使自己可以继续忍耐一日三餐的西红柿，同样患糖尿病和牙周炎的父亲也不能再这样天天与西红柿共存亡了。沈小山镇定了一下情绪，很郑重、很沉痛地对沈三山说："爸爸，您的西红柿生产过剩，供过于求。送又送不出，吃又吃不了。只有最后一个办法——"沈小山有意放慢口气，好给父亲一个缓冲的余地。

"什么办法？"沈三山似乎预感到了什么，有些紧张地问。

"当作肥料，就地掩埋。"沈小山极轻微却毫不含糊地宣布了他的主张。

"什么？！肥料？！放肆！"沈三山只听说有资产阶级把牛奶倒进海里的，哪有无产阶级把好端端的西红柿挖个坑埋了的！简直是开国际玩笑。不过这也许又是在逗老子开心，打他妈妈去世后，他时有这样。

沈三山疑惑地盯着自己的亲生儿子，希望他嘴角一咧或嘻嘻一笑，那样就一切正常了。

罗阿姨伸出手去要摸沈小山的头，小时候他常常爱得病。

沈小山习惯地用手一拦："阿姨，您多保重自己吧！要是不挖坑埋掉，就剩晒西红柿干这一条路了！"说罢，推碗而去。

这就是他的儿子吗？对土地的奉献如此大不敬，把西红柿埋掉？这是要遭报应的！沈三山痛心地望着儿子的背影。妻子生前想把他培养成一个将军，不想却是这等不肖子孙！

西红柿王圆睁着怪眼，瞪着争执中的父子，等待着命运的裁决。

沈三山抖索着把柿子拿在手里。糟糕！尽管手指肚上有块厚的茧皮，他还是感到西红柿的果皮变软了，从充实饱满变为略有弹性，像妻子年轻时丰腴的额头。

这是西红柿成熟的巅峰状态。一旦过了这个极限，它就会义无反顾地衰败下去。

“这个大柿子，怕有一斤多吧！”罗阿姨察觉到了老主人的不快，搭讪着称赞道。

沈三山一惊。他还从未把自己的劳动果实同斤两联系起来，平常总是像小孩子一样地数个儿。秧是一棵棵栽，西红柿是一个个红。其实，早就该想到斤的！

沈三山兴奋起来：“找个秤，赶快称一称！”

罗阿姨手忙脚乱地寻找。家里从来没有过秤，这她很清楚。将军家中不预备这东西，就是在粮食最困难的时期，他们也不必量米下锅。老阿姨只是为了让主人能高兴起来。

过了半天，她不得不说：“找不到了，我用手掂掂就知道分量。常上自由市场买菜，这点准头还是有的。嗯，足足有一斤二三两！”

沈三山知道阿姨的话里肯定掺了水分，但他此刻顾不上这个了。秤像一根雷管，引爆了一块凝固已久的炸药，在他的头脑中轰然作响。

西红柿红了，为什么不可以到街上去卖呢？总不会全市的人都糖尿病都牙痛都对西红柿冒酸水吧？天下是如此之大，上过大学的儿子怎么就单想出一个馊主意！

沈三山很为自己的聪明才智感到振奋。一个多么出其不意的妙计！以前怎么就没想到呢！

沈三山是满怀轻松入睡的，醒来后在太阳底下却分外沉重。往往是这样，夜里一个极漂亮的主意，被清晨的冷风一吹，就黯然失色了。

一个将军去摆摊卖西红柿！老战友们知道了，会怎么想？熟人碰见了，又该如何解释？穷不起了？发神经了？是不是故意要对这个世界发泄什么不满？干休所的领导会不会以为他是在施加某种压力？还有儿子……

儿子前些年是颇以有这样的老子而自豪的，这些年不大提起了。倒是沈三山时不时以儿子为骄傲。当他第一次坐上儿子以自己名义派来的小车时，禁不住眼眶有些湿润。他一生坐过许多更为豪华的轿车，但这辆并不高档的车使他对儿子刮目相看了。

儿子是不会同意的。尽管一只羊换一把斧子、一普特粮食换十五尺布，是经济学课程里的基本常识。

腰背交接处的弹片像齿轮切割机一样噬咬着他的筋肉，今天什么活都没开始干，它却痛得十分剧烈。

也许该休息。他还是到西红柿地去了。

一夜未见，西红柿又疯狂地红了起来。脚下的黑泥土中仿佛蕴含着一种红墨水样的物质，趁着夜色飞快地输进了每一个果实，那红颜料像云朵般弥散开来，直到菲薄的果皮再也包裹不住那沸腾的红色。

沈三山觉得弹片将他从中腰截断了。上半截那个佩戴着金星的将军飘浮在空中，嘲弄地俯视着他；下半截那个裤腿上溅满泥点、脚趾在胶鞋里依然牢靠地抓着地面的种菜人，正期望他做点有道理的事。

他的思绪飘起来，又沉下去，最后重重地摔在土地上。

其实，他是做过买卖的，那是在五十多年前的一个春荒时节，他曾到集上给东家卖过粮……

同是一个沈三山，那时卖得，这时就卖不得了吗？

沈三山困惑地扬起灰白绳索一样的眉毛。天上挂着一轮红红的太阳，像一个巨大的西红柿王。

并不是所有产生于黑夜的主意都要在太阳底下消融。人老雄威在，沈三山下定决心了。坚冰一旦打破，航线一旦开通，后面的事似乎很容易。

一辆很气派的皇冠车停在了岔路口，沈三山提着两只很重的真水牛皮箱走了下来。

“首长，您这是要到哪里去？要不要我再送一段？”前不着村后不着店，司机谦恭而疑惑地问。

“不。不必了。”沈三山只顾调整他的箱体位置，头也不抬地回答。

“什么时候来接您？”司机想起了不该问的不要问这条保密纪律，但他实在弄不清这老头是来干什么的。况且不管来干什么，总要回去吧？

“不用接了。”沈三山挥了挥手。他坚信自己的西红柿一定能卖出去。

小车屁股上冒着黄烟开走了。沈三山突然感到了片刻的孤独，仿佛是一根结实的脐带断了，他被抛到这离干休所很远的郊外市场附近，没有任何人知道他是谁。

这难道不是他希求的吗？此行他没有告诉任何人。

不管怎么样，没有车，他是回不去了。只有朝前走。

农贸市场的入口处静寂了一下。这老头衣着平常，却有一副凛然不可侵犯的高贵姿态，特别是他的皮箱，阳光下，铜扣反射出耀眼的灯光。

小商贩们贪婪地盯住了沈三山。这老头要是停下来买点什么，一定出手大方。赚钱就是要赚这种人的。

沈三山对周围的喧闹颇不习惯。以往他走到哪里，哪里就肃静一片。

“小鬼，你这个西红柿怎么卖的呀？”沈三山亲切和蔼又居高临下地问。

“小鬼”怔了一下，大概是有感于这称呼的生疏，紧接着想起“和气生财”的古训，告诉他一个价目。

小鬼的西红柿还没有水牛皮箱内的货好。沈三山有些得意。他定一个更便宜的价，还怕卖不出去吗？

他踌躇满志地朝前走去。

“哎，这位大爷，您别走哇，嫌要得多了价钱好商量……”小鬼在后面直嚷。

沈三山没听见。他已经瞧好了一块地方。以多年练就的观察地形的眼力，他断定这地方得天独厚、兵家必争。

他把箱子打开，把西红柿摆出来。一路走过，他已对今天上市的西红柿情况了如指掌。再没有比他的西红柿更好的了，沈三山不禁微微浮起一丝得意的微笑。这种发自内心的笑容，他在平日里极难流露。这里虽然很杂乱，但给人一种浑水摸鱼的温暖感、安全感，沈三山感觉到一点开心。

“嘿嘿！今天老子晚来了几分钟，打哪儿钻出来你这么个老杂毛，赶紧拾掇清了给我滚！”

沈三山大吃一惊，不知这是在说谁。待看到那个胳膊上刺着一条紫龙的小伙子，斜着眼睛正看自己，不由得怒火中烧。

这是在说他呢！他何时受过这种污辱！谁给谁当老子？老子参

加革命那年，你老子还不知在哪儿当儿子呢！沈三山呼呼喘着粗气，要不是融化在血液中的三大纪律八项注意，他真想劈面打他个满脸开花。

“嘴巴放干净点！自由市场，哪个地方不能摆摊！你还把这儿霸下了？”沈三山竭力压抑住愤怒，话音沉闷得像打雷。

“嗬，还真有不怕死的！不给你点厉害瞧瞧，还真不老实。”小伙子说着，拉开一个很不地道的骑马蹲裆式，胳膊上的小龙突突直跳。

这真是奇耻大辱！沈三山两脚像生了根似的栽在地上，眼里喷出一股股火焰。只要这个不知天高地厚的小子敢先动手，他就像当年肉搏一样狠狠收拾一下他。

“哎哟，老哥！你哪是他的对手！换个地方就换个地方吧，哪儿不是一样做买卖！人叫人不语，货叫人自来……”旁边一个花白胡子老头忙着劝阻，又低声说了一句，“甭跟这小流氓一般见识！”

沈三山这才意识到形势的悲哀。别看小紫龙嚣张，当年的肉搏英雄尽管弹片在腰、鬓如霜雪，把他撂翻在地还是不在话下的。只是这一仗纵使赢了，前陆军少将又有什么光彩？周围好管闲事的人已经围拢过来，地盘的事情弄大了，沈三山的事就办不成了。

罢！沈三山不屑地拧着眉毛，像大兵团作战时对付小股流匪一样，目不斜视地不慌不忙换了个地方。

这地方相对比较僻静，来去匆匆的行人或拎着采购已满的篮袋，或兴致勃勃地往前赶，就是没人停下来看看沈三山，看看他的西红柿。

沈三山感到冷清和凄凉，甚至比刚才争斗时还要沮丧。人们完全无视他的存在。没有人对自由市场角落里那个默不作声的卖西红柿老头多看一眼。

尽管他的西红柿的确很出色，尽管他的西红柿王在明媚的天空下闪耀着夺目的红彩！

没有人知道他是谁。没有人知道他是哪年哪月参加革命的；没有人知道他腰上有伤，箱子里有功勋证书，每年还要多发几个月工资的资格费。没人知道这些。人们只看到一堆西红柿的后面，笔直地站着一位衬衣扣直系到项间的普通老人。

沈三山想到这儿，不由得恼恨起面前的西红柿来，都是你们！要不何至于要老子来出这个洋相！

他几乎想一走了之。回去吧，回到那安宁静谧像模范幼儿园一样的优雅院落中去，唯有那里的人们才记得他是谁！

“老头，想躲呀？没那么便宜。交了税再走！”一个很年轻的姑娘走过来拦住了去路，她正用一个盖着红章的小本子不停地扇着风，小本发出秋风扫落叶一样的哗啦声。

“交什么税？”沈三山又一次莫名其妙了。

“装什么傻呀？地皮税、卫生税……你这摊位就白占了？卖完了东西一抬腿走人，弄得满地猪圈似的，雇人擦屁股也得掏钱哪！”小姑娘狠狠地白了沈三山一眼，密集的话语像机枪一样横扫过来。

沈三山瞠目结舌。他何时被人这样劈头盖脸地数落过？！就是吃了败仗犯了过失，组织上也总是和风细雨治病救人。这小姑娘是哪部分的？要干什么？她凭什么训斥别人？

没有解释。周围的小贩们纷纷解囊掏钱。

沈三山约略明白了。不就是要钱吗？他有。他只求速速离开此地，至于钱是为什么交的，他无暇顾及。

“这卖柿子的才来，一个柿子还没卖出去呢，您就缓会儿收吧。我做证。您要是信不过我，还可以跟旁人打听。我们俩一块儿来的。”花白胡子老头不知何时也挪过来了，一边把自家的嫩黄瓜垒得城垛般整齐，一边替沈三山求情，末了又补了一句：“我也是还没开张。”

“甭打马虎眼！你刚才在那边卖半天了。哄谁呀？掏钱！”小姑娘抄起一根黄瓜，用细碎的牙齿把黄瓜皮啃下来。

沈三山不屑于为自己辩解。他愿意出一笔钱，然后把这些西红柿永久地遗弃在这里。

然而姑娘正把西红柿王拈起来：“这么大的西红柿还没卖出去，

看来是真没开张！得了，先免收你的，待会儿可别忘了补交！”

花白胡子一个劲示意沈三山表示感谢，沈三山却反应不过来。这一辈子，他还从未感谢过如此年轻的姑娘。

“对了，你有没有自产证？”姑娘仍没放过他。

“什么自产证？”沈三山又一次不知所云。

“就是说，这西红柿是不是你种的？”姑娘以为他耳背，放大了声音解释。

“是我种的。”沈三山口气肯定。

“拿自产证来。”姑娘也毫不含糊。

“我没有这个证。”沈三山有许多证：休干证、功勋证、荣誉证……还有残废证，就是没有这个什么自产证。别说没有，连听都没听说过。

“要是拿不出自产证，你这个西红柿就是趸来的，还要加收费。”这老头看着眼生，姑娘耐着性子说。

什么叫趸？事情真是越来越复杂了，沈三山困惑地扬着灰白眉毛。

“就是说，这西红柿不是你种的。”姑娘对着他的耳朵喊。

沈三山终于明白了。这不等于说他是二道贩子吗！交多少费他不在乎。要说西红柿不是他种的，这可是天大的笑话！

“你们没有调查研究，就没有发言权！你可以到干休所问问去，下秧搭架施肥浇水，哪一宗不是我亲手干的？别人能种得出这样好的西红柿吗？”沈三山从姑娘手里抢过西红柿王，急切地为自己辩白，已全然失却平日风雨如磐的镇定。

姑娘不动声色地听着。打出干休所的牌子唬不住她，所有的趸爷都会指天咒地地发誓。但这老头敢把西红柿从她手里夺过去，倒使她另眼相看。

“老大爷，让我看看你的手。”小姑娘难得地柔细了嗓音。

沈三山不知何意，顺从地伸出了手。

高级军官的手，是应该归入文人的范畴。多少年前枪击碰撞出的茧皮，早已被粗大的红蓝铅笔磨得细腻，只有时常发号施令的食指，还保持着刚健与力度。

但沈三山的手已不是这样了，当然还远不及他这个岁数的老农那般皲裂苍劲，但茧痂叠起，绿汁漫染，也很有几分饱经风霜的样子了。

沈三山有点惊奇：自己的手何时变成这样了？以前怎么没发现？

“好了。这就是您的自产证。我相信您了。”姑娘灵巧的手在他板结的掌上击了一下，像是双方达成了什么契约，“您还得学着吆喝。就这么喊：‘快来买红沙瓤的大西红柿哟，又红又便宜，不买就没啦……’”姑娘说着，并不看沈三山，唰啦啦摇着税单本走了。

沈三山怔怔地把西红柿王放下，他不想走了。就在这一刻，他觉得当个普通人也挺有意思的。他调整了一下坐姿，竭力把瘦软的腰板挺直，两腿下垂，脚尖向前，岿然而坐。

广告很见成效。有人围来。

“哟，我说老师傅，您这西红柿是卖的吗？”一个挎篮子的中年妇女，笑容可掬地问他。

“卖！”沈三山像回答口令般简短干脆地说。他有点奇怪，不卖，他一大早来这儿干什么？

“哟，怎么说话这么冲呀！您这儿摆俩大皮箱，我还以为是卖皮箱的呢！”胖女人说着，肉嘟嘟的手开始乱翻乱拣。

沈三山有点心疼，但他隐忍着。不管怎么说，有人肯买他的劳动果实，他很高兴。

胖女人问价，沈三山报出数目。他稍微磕巴了一下，很觉得有些不习惯，但终于还是把钱数说出来了。

“这么贵！”胖女人夸大地皱起眉尖，“一个自个儿种的东西，卖这么贵的价，要不怎么种菜的都成万元户了！”说罢，佯装丢菜要走。

沈三山马上新报出一个数目，比刚才全市场的最低价又压了一些。说实话，这不符合他说一不二的秉性，但胖女人那句话打动了他：“自个儿种的东西。”是啊，土地、阳光、水，加上自己的气力。他不该卖很多钱。再说，这是他一上午唯一的买主。

胖女人很得意。

在阳光曝晒下的西红柿，越发红得如火如荼。它们似乎跳跃着被胖女人拣中，又似乎躲闪着不愿进入那陌生的竹篮。

“就这么多吧。看着还不错，真要挑起来，也就没几个像样的了。”胖女人随意褒贬着，习惯地拍拍巴掌，抖掉那并不存在的泥土。

沈三山没听见这些意欲压低价格的舆论准备，他正专心致志地在对付秤盘，真比当年第一次拿起枪时还重。那时候敌人往自己眼皮底下冲，牙一咬，枪就放出去了。这一回，实在找不出有什么在逼着他这样做。

他有点心虚，不由自主地瞄了一眼四周，迟迟不敢把秤举起来。坐在西红柿后面是一回事，真要把秤盘提起来，又是另一回事了。

没有什么人注意他，一个普通的卖西红柿的老头罢了。只不过他的秤是新的，秤杆上的白绳没有一点污痕。

秤好重……

“我说老师傅，您这胳膊有毛病还是咋的了……”胖女人不耐烦了。

沈三山闭了一下眼，提了一口气。那个戴金星的少将在半空中忧郁地望着他，好像微微摇了摇头。他自我解嘲地对将军笑笑。他又看到那个腰背有伤的老者，挥汗如雨地出没在绿色的西红柿地里，直到那绿色渐渐暗淡，浮现出一团团云霞般的橙红……

沈三山的脚在鞋子里跺了一下地，秤抬起来了。片刻后，又安然放下。整个过程很地道，丝毫看不出是新手。他在家已演习过多次。

“五斤。”沈三山擦擦汗，好像刚搬过一座山。

“有那么多吗？！”胖女人竭力使自己的眼光威严，好逼使这个乡下老头露出破绽。

“价钱可以商量，斤两是绝不会错的。”沈三山郑重回答。

胖女人割肉似的开始往外掏钱。沈三山握着湿漉漉的几角毛票，心中百感交集。每月领津贴费，几百元的人民币从未让他如此动心。一瞬间，他甚至想到若是妻子还在，会对这几角钱说什么……她也许不赞成，但终究拦不住他。

就在此时，沈三山突然看见胖女人伸出手，把西红柿王飞快地搅进篮里。

“你怎么多拿了一个？”他抓住女人的手腕。

“噢噢……放开我，你个死老汉！”胖女人像被蚂蟥蛰了，大惊小怪地呼唤“我买你这么多柿子，就不兴饶一个吗！”胖女人后悔不迭，刚才怎么没发现它！

西红柿王静静地躺在盛夏午间炎热的骄阳下。

“讲好的价钱，称足了分量，怎么能这样明抢暗夺！”沈三山愤慨了。柿子诚然是他自己种的，但他付出了汗水，哪能就这样不青不白被人讹走！要是饶上个小的也就罢了，这是西红柿王，西红柿王啊！

“老头，我这柿子是给五家买的，你给我一斤一斤分开来称。缺一补十，这可是买卖人的规矩，到时候别说这一个柿子，就是十个柿子，只怕也填不了这个窟窿！”胖女人志在必得，索性耍开了无赖。

卖黄瓜的花白胡子凑了过来。自打他知道卖西红柿的老头是什么“干休所”的人，就不打算管他的闲事了，干休所那地方他远远路过，见有当兵的站岗，还是躲远着点吧。这会儿见闹得不善，还是赶来解围：“又为分量吵了是不是？人老了，眼花了，看不真的时候也是有的。哪能整着走的又零着称呢？这还有不赊的吗！消消气。那个大的您就别拿了，种菜人换俩钱也不容易，给您饶个小的吧！”说着，顺势拨拉开西红柿王，换了个小些的塞给胖女人。

谁知沈三山毫不领情，把小西红柿夺下丢回堆里。他一生光明磊落，今人竟然在大庭广众下被人以为是克扣斤两，这不是做人的奇耻大辱吗！倘好说好商量，莫说一个西红柿王，就是整堆西红柿他都可以送人。如今诬陷他，还要他赔上血汗换来的西红柿，没门！不管是前陆军少将还是肤色黧黑的菜农，都一样没门！

“称！”胖女人叫道。

“称！”沈三山沉闷地低喝道。

可惜没有一兵一卒可供沈三山调遣。事已至今，他自己复称显然不合适。卖黄瓜的花白胡子受了抢白，已怏怏离开。沈三山只得一抹脸，拉住了花白胡子："老……哥哥，帮个忙……"他原本想叫一声"老同志"的，话到嘴边，改为了更为亲昵的老哥。称兄道弟，这可是真正的军人的不是，但沈三山此刻觉得还是这样自然。

花白胡子受宠若惊。不管怎么说，他看出这卖西红柿的不寻常。没准儿是微服出访的贵人也说不定，他欣然提起秤。

"慢。少一两补一斤，若是多了呢？多一两……"沈三山拦住秤杆。

"我也给一斤的钱。"胖女人气壮如牛。整秤进零秤出，焉有不亏之理？

花白胡子左右为难，只得尽量公平。称到最后，真是多出了二两。

众哗然。

沈三山面露冷笑。称的时候整多出半斤，他并没要那女人的钱。胖女人嘴上诈唬得凶，其实并不认秤盘星，只不过知道秤尾高高翘着就是了。

"拿钱来。"沈三山声音冷冷地说。众目睽睽下，他说话是算数的。

"还真有这稀奇事！知道你分量给得足，我满世界给你做活广告就是了。"胖女人哭笑不得地打着哈哈。

被人这么白白戏弄一通，就这么不了了之？沈三山何曾受过这等境遇！可跟在一个老娘们儿后面，手心朝上地要钱，这又成何体统？左也不是右也不是，愤懑之火在胸臆间乱撞，找不到喷发口。功名一生的前集团军军长突然暴躁起来，拎起竹篮子往面前的西红柿堆上一扣："你给我走！我不卖了！"

人们作鸟兽散了。花白胡子也躲得不知去向。再没有一个人来问西红柿。

西红柿王睁着通红的怪眼，一眨不眨地瞅着笔直地固守着它的沈三山。

自由市场像一个热闹的港湾，而这里是一个枯寂的岛屿。

远处，不知何时，出现两个年轻人朝这里走来。"老伯伯，您这西红柿是卖的吧？"一个举止庄重的年轻人很有礼貌地问。

"卖，卖。"沈三山忙不迭地回答，并努力做出和蔼的样子。

"那我就都买下了。噢，还忘了问，多少钱一斤？"年轻人温文尔雅。

"买这么多干什么？"沈三山对货物如此轻易地出手大为惊喜，但他毕竟不是指着西红柿卖钱的，对这个摸不清身份的小伙子更来了兴趣。

"买了吃呀。"小伙子谦恭地笑着，并不正面回答。

"我这儿可开不了发票。"沈三山判定对方是某大机关的采购员，设身处地地为他着想。

"不用发票。"小伙子继续保持着优雅的笑容。

短短半天，沈三山接触的新鲜事太多了，他已无暇去细想。

沈三山帮着年轻人把西红柿装进筐里。轮到那个最大的西红柿了，沈三山迟疑了一下。

曝晒之下，西红柿王失去了部分水分，表皮显出极细微的纹路，像已过了青春年少的女人。

进去吧。或做菜，或做汤，到你该去的地方去吧！沈三山手一松，西红柿王骨碌碌滚进筐里。

沈三山腰酸背痛却步履轻松地回到家里。

他拧开不锈钢喷淋开关，舒舒服服地洗了一个温水澡。趿着松软的麻底拖鞋，披着绸睡衣，踱进宽敞的客厅。四壁皆窗，八面来风，虽是盛夏，却像金秋般凉爽宜人。

沈三山仿佛觉得片刻前的经历像一场滑稽梦，那个卖西红柿的老头真的是自己吗？满屋子的西红柿确确实实不在了，变成了不知什么人家的汤和菜。沈三山把湿漉漉的钱掏出来，单独放在一个地方。

"罗阿姨，晚上多搞几个菜！"沈三山大声传唤。也许是幼年饥馑，他总把改善伙食当成最好的庆祝方式。

老女人曼声应着。这还用嘱咐吗？自打遍山漫野的西红柿奇迹般消失，罗阿姨就着手改变食谱了。

沈三山惬意地仰靠在拐角沙发上，对面的博物架映入眼中。踏燕欲飞的天马和忍辱负重的骆驼，不和谐地排列在一处。蓦地，他看到一个宛如雾中太阳般浑圆黯淡的红色球体，在那架子上相当于人眼平视的高度，凝然不动地与他对峙着。

这是什么?

沈三山第一次发觉自己老了，太老了！眼睛已完全不堪信任，需要用手去进一步验证。他颤颤巍巍地走过去，抚摸着它，十个指尖竟是一同感受到了阳光曝晒下残存的余热。

是它。就是它。那个最大的西红柿王。

“这个……是哪里来的?”沈三山的语调里，夹杂着掩饰不住的惊恐。

“山山送回来的呀！”罗阿姨两手在围裙上抹着，从厨房里出来，“我说咱们家这么多西红柿，叫你爸爸不知用什么法子好不容易处理了，屋里刚清爽，你怎么又弄回一个这么大的家伙！山山说，你不懂，爸爸一见就会明白的。”

是的。沈三山明白了。他用最后的气力挥了挥手，示意罗阿姨离开。他需要独自舔干心上流出的血。

一个学过经济学的儿子，搞清他的老父亲拎着牛皮箱出走的秘密并不是件很难的事情。干休所开车的小伙子也很可疑，完全可能把他的行踪报告给所里。所里的领导一天天像托儿所的阿姨一样，密切注视着老干部们的一举一动，他们怕出意外，通知了儿子也顺理成章……还有这个老女人，简直像安插在自己身边的一个特工，有什么风吹草动都休想瞒过她的眼睛……不管通过什么途径，儿子明白了老子的一切，在暗中冷笑着，把钱交给了另一个小伙子，买走了他老子辛辛苦苦种出来的西红柿，然后把它们抛在哪一道凸起的田埂或凹下的水沟……任它们去腐烂、流汁、化为泥上。也许会有什么人路过，他们无论如何也想不通这些像血水般横流的西红柿，为什么尸骸般堆积在此。沈小山的相貌极像年轻时的沈三山，脾气秉性却全然不像。也许这是因为他们的父亲不同，儿子没有接触过土地，他的脚是在各式各样的水泥地、水磨石地以至打蜡地板上走大的，他有那么多新观念，新得令沈三山瞠目结舌，时时惊惧这孩子是否系他的亲骨血。他以为儿子虽然喜欢一切新思潮，但对他这次极为痛苦的抉择，别人不理解，儿子总该是知音。他之所以瞒着儿子，是私下里存着一点小小的羞涩，他怕自己的西红柿尚不够好，会卖不出去。想不到，整个世界都那么宽容地接待了他，儿子却……

单单是因为他们的父亲不同吗?

儿子很像他。儿子的腰里没有弹片。

沈三山直勾勾地望着那个巨大的西红柿王。

也许他的眼光有什么引力，也许在这一刻地球深处发生了只有植物才能感应到的震动，也许过于成熟的果实内部在沸腾，也许天空刮过了一股人所察觉不到的轻风。突然，那硕大的西红柿毫无先兆地翻了一个身，然后从容地、慢吞吞地很像那么一回事地滚了下来，在接触到木质地板的一瞬，它还是光整而柔软的，沈三山甚至看到它还在地面上跳了两跳，然后才轰的一声砰然炸开，果皮像爆裂的气球皮一样四分五裂，血水般的汁液恣肆汪洋，把整个春天、夏天、太阳、土地所给予它的全部赠予，涂抹成了一片美妙绝伦的鲜红。

点点金星半浮半沉地漂游在血水上——这是种子，这个西红柿王已经完全成熟了。

沈三山俯下身去，背部的弹片使他动作迟缓。他用手掬起一把种子：它是叫“佳粉”还是叫“夏肥”？可惜当时没有听清。

他把种子小心翼翼地收藏起来。

真不愧是西红柿王，种子收了一大把。

匣子里的水牛

爷爷是个纸匠，据说会扎纸人纸马纸牛纸屋。可惜我没见过。我只见过爷爷用花纸糊的盘子，说是给我盛针线。那年我六岁。

“哪有那么多针线可盛！她们这茬儿孩子，钉个扣子都扎手。爹，您就歇着吧！”妈妈说。

纸盒子很漂亮，散发着米面的清香。那是妈妈自己打的糨子，说是比街上的胶水熨帖。

我所有的针线只把盒子底铺了浅浅一层，使用它们做彩色的褥子，眼睛会动的洋娃娃躺在上面，纸盒就成为一架摇篮。

“爷爷，再扎一个嘛！”

“扎个什么呢？”爷爷揸着手，好像有许多无形的纸在怀抱中。

“扎什么都好。”小孩生怕大人变卦时，便很通融。

“扎个桥吧，人死了以后，活着时候用匣子里的水牛过的水，就会哗啦啦像海潮似的淌过来，没有纸桥，你怎么过去呢？”爷爷思忖着，眯缝着眼睛，似乎怕那滔天涌来的苦水打湿了灰白的睫毛。

“马桶里用过的水，也会一起涌来吗？”我想这是让人极恐惧的事情。

爷爷吐了一口唾沫：“怎么会想到那儿去！当然也要涌来的。”

妈妈拿着拖把走过来，好像她早预料到爷爷会在这时吐痰。

妈妈去涮拖把，我催爷爷快扎：“你那个桥是多少孔的？”

爸爸走进来，他真不愧是军人，前因后果都不知，就准确地说：“这是迷信！”

爷爷看看爸爸肩上的双杠和金星，唯唯诺诺地说：“这是迷信。”

爷爷干搓着手，看着盆里的糨子黏稠龟裂翻卷，最后像毛玻璃一样破碎了。

夜里，妈妈对爸爸说：“爹闲得难受，我想让爹把咱家的仰棚糊一糊。”

仰棚是什么东西？我不知道。爸爸和妈妈的家乡相隔三里地，他们便经常说一些只有他们才懂的话。我就大嚷：“不普通！不普通！”他们就换用普通话向我解释。但这一次，我不能嚷，他们以为我已经睡熟了。

爸爸抬头看了看，于是我明白了：仰棚就是天花板。

天花板是水泥的，上面沾满霜雪般的白灰，透过我的眼睫毛，它们白得有些悲惨。

“裱天花板还不如去裱地板呢！”爸爸不屑地说。

朱红的木质打蜡地板上，有我踩的几个脚印。灯光下，像初出茅庐的窃贼。

妈妈拿来一块干净抹布，蹲在地上，把红地板拭得清凉如水。

“你说，倒是行不行呢？”妈妈轻柔地问。

“什么事？”爸爸正在批一份文件，突然被人打断，惊诧地回头。

“糊仰棚啊！”妈妈反倒莫名其妙，刚才的话不正是从这里断掉的吗？

“真亏你们想得出！多好的洋灰顶子，这不是劳民伤财瞎胡闹吗！况且这是营房，不要独出心裁！”爸爸不耐烦了，铅笔在文件上点出许多蓝星。

我从来没见妈妈在什么事上反对过爸爸，但这一次，她不屈不挠：“糊糊吧！你没当过纸匠……”

爸爸说：“糊吧糊吧！我没当过纸匠，可我当的是司令员！爹上了年纪，我就不说什么了，你也跟着起哄。这都是当家属的过！别的房间不许动，只能糊厨房。”

妈妈快步退出去，拐进爷爷的小屋。我听见爷爷夹杂着咳嗽的笑声。

爷爷是远近闻名的纸匠。这是妈妈说的，所谓的远近，也是以那个偏僻的小村为中心。妈妈说过爷爷扎的纸水牛，眼睛是用鸡蛋壳镶的。牛走动时，眼珠子就会转。从此我见到真水牛时，就觉得它们不够生动。

妈妈也会扎纸器，不过她很谦虚，说远不如爷爷扎得好。

妈妈是爷爷给爸爸挑中的。一天，爷爷在离他家三里路的地方，给人扎明器，看到了还是小女孩的妈妈。

这嫚行，手指长，能扎纸。爷爷说。

去吧，嫚。好歹是门手艺，逢饥荒年饿不死。后来被饿死的姥爷这样说。

嫚是我们老家的土语，泛指小女孩，年龄分布大约在十到二十岁之间。

妈妈便这样到了爸爸家。爸爸那时在外面读书，偶尔回家，后来从学校当了八路军。

“你看你这手，一点也不像你妈！像你爸，你爸的手像棉裤腰！”爷爷嗔怪地对我说。

我觉得爷爷很不讲理，他首先应该责怪爸爸的手，可是他不敢。

我把手别到背后，看爷爷糊仰棚。

爷爷刷糨子，熨纸。纸一张张排列在天上，像大考时的卷子。

妈妈给爷爷打下手。我注意着她的手，手指又细又长，像是能弹很好的钢琴。因为经年累月洗洗涮涮，每个指肚都像干枣样枯萎，指甲也很苍白。

爷爷糊完仰棚，身上粘了许多糨糊：“洋灰顶子不好。费腕子，掸不开，也抵不平。”他困难地蹲下身，以便在狭小的厨房尽可能地距仰棚远点，眯缝着双眼问我：“嫚，你看棚纸有没有贝贝？”

什么叫贝贝？我不知道。也没有冲着爷爷大喊“讲普通”，谅他也翻译不出。

妈妈正在为爷爷洗衣，双手沾满肥皂泡，像捧着只大螃蟹走过来。她仔细端详仰棚，恭恭敬敬地对爷爷说：“您老手艺好，没贝贝。一点贝贝也没有，雪洞似的。”

爷爷却执拗地盯着我，预备听到再一次的证实、再一次的夸奖。

妈妈俯下身，贴着我的耳朵说：“贝贝就是指的虫子。”

我闻见妈妈头发丝上裹着的油腥气。爸爸最爱吃炸鱼，跳舞去之前，尤其爱吃，说禁饿。

我认真看了看仰棚。除了白纸交界处有连绵不断的皱褶外，没见到什么虫子。

“爷爷，没贝贝。一个贝贝也没有。”我大声地对他嚷。他耳背。

没有贝贝的厨房仰棚，是爷爷的最后一件艺术品。之后，他就偏瘫了，只有半边身子能动，另外半边随之摇曳，像在弹拨一件无形的乐器。后来，瘫痪蔓延，他完全不能动了。

妈妈每天为爷爷洗脸擦身，更换被褥，清洗粪便污染了的床单。爷爷躺在床上红光满面，神采奕奕，以至我写作业累了的时候，很想瘫痪。

爸爸很忙，回家的时间越来越少。爸爸一回来，妈妈就同他讲爷爷，讲我，讲完，就忙着给爸爸洗衣服。

“你不能再说点别的吗？”爸爸说。

于是，妈妈又说起炸鱼和哥哥。

她说我的上面还有一个哥哥，好像我是马铃薯埋在地下的块茎，而那个男孩是地面上的花。

哥哥死在妈妈怀里。当时日本军正在扫荡，八路军家属只有四处逃亡。妈妈又冻又饿，没有奶，哥哥发了一夜烧就死了。我想，哥哥是个生命力很弱的孩子，不值得总是怀念。

“我这辈子只有这一件事对不起你。”因为重复的次数很多，妈妈也已不再悲痛。

爸爸没有见过哥哥的面，这个话题就议论不下去了。“你对不起我的事很多，比如小脚。”爸爸开玩笑说。

“不是小脚，是改良脚，或者叫解放脚。”妈妈勇敢地反驳爸爸。

“都一样。”爸爸手中的烟灰落下来，把他的呢军服烧了一个洞。

妈妈把裤脚处的针脚挑开，拆下黄呢线，经呀纬呀织好破漏，同原来的一模一样。

做完这件事后，妈妈为自己买了双最小号的高跟皮鞋。她穿着依旧大，而且前端虚空。她便在鞋尖处塞了许多棉花，亭亭玉立地等着爸爸。

那一夜，爸爸没有回来。

当爸爸终于看到妈妈时，皱着眉头说："乱弹琴！这都是当家属闲的。"

我始终认为家属是一个充分的贬义词。当一个人只属于家时，就是一种罪过。在别人眼里和在自己眼里都是卑下的。

妈妈只有在爷爷面前，才是谈笑风生的。

"嫚，你当初若把这双手背到身后去，就好了。"爷爷说。

嫚的含义在这时有些模糊，我以为是在说我。妈妈紧接着说："爹，这挺好，您教给了我手艺，万一有个啥，我也能活人。"

纸匠的规矩是传媳不传女。虽然我从未见过爷爷和妈妈有什么精湛绝技，在爷爷也许是不能了，在妈妈也许是不会。

妈妈的预感很灵验，爸爸终于领着"万一"来了。

"这就是你的女儿吗？并不像你说的那样大嘛！小孩子的心，是很容易改变的。""万一"的发丝轻拂着我的脸，她身上有任何人都得承认的美妙气息。

妈妈给"万一"沏茶时，手乱抖，茶却滴水不漏。

"你看你的脸，贝贝太多了。"早上，爸爸对妈妈说。

我便在妈妈脸上寻找虫子。

没有。有的只是如钧瓷一般的裂纹。

我这才知，这贝贝就是皱纹。

“嫌我贝贝多，你去找大嫂嘛！”妈妈很平静，口气中流露着思忖已久的镇定。

“大嫂好找。只是你咋办呢？”爸爸的态度也很安宁，以至我当时没有充分意识到它们蕴含的风险。

“到咱家……到你家那年，我都没饿死，这会儿更饿不死了。解放了，不让糊明器了，盖新房娶媳妇总得糊仰棚吧！你放心吧，再不好过，还能比你当八路那时更难吗？”

妈妈的信心却使爸爸委顿下去。后来，爷爷用最后的气力咒骂爸爸，组织上也批评了爸爸。听妈妈说，最终让爸爸转变主意的人，是“万一”。

“万一”看到我们家房前屋后铁丝上晾晒的洁白布单，吃惊地问：“你怎么没同我说过，你还有这么小的一个婴儿？”

白单子是爷爷的尿布。我们家总用新被里。

睡新被里是件很受罪的事，像裹在牛皮纸中。被里一旦柔软，妈妈便把它挑开，铺到爷爷身下。

我再没有见过比这些布更圣洁的白色。它们被洗得菲薄，像一张张宣纸，悬挂在蓝天下。它们有极细微的纹路，每一块都彼此不同，像白玉石的切片，毫无瑕疵。许多年后，当我看到水洗布风靡全球时，才明白无数次的水洗将赋予布以灵魂。

爸爸买回一盒“百雀羚”香脂，盒子大得像一面新疆人跳舞的铃鼓。

“没事的时候，往脸上多搽搽。”

百雀羚妈妈用了，不过不是在脸上，而是在手上。妈妈的手皲裂出无数小口，把新《新华字典》的书页刮得哗哗乱响。抹了油的手指，困难地在空中画出不规则的字。

“我如果识字，那时候就当乡长了。”这是妈妈唯一的一次自我炫耀。

我不知道“那时候”的确切时间概念，大约是哥哥死去后的悲痛时刻。妈妈为了不给爸爸丢脸，大约很革命，直到后来进了城。

妈妈学会了常用汉字，这其中付出的甘苦，别人都不知道。也许爷爷知道，但爷爷那时已不太能操纵语言。

爸爸打回电话，说有紧急任务要外出，让妈妈为他收拾行装。

爸爸急如星火般回到家中，迎接他的是一张字条：“皮箱在客厅。皮鞋在壁橱里。我给你包饺子，冬瓜羊肉馅。小网。”“你妈妈跑到哪里去了？”爸爸把字条摇得像条鞭子。

我这才知道妈妈有这么一个富有哲理的小名，文中的错别字也很温情脉脉。

妈妈双手沾着面粉从厨房走出来，毫不掩饰渴望受到夸赞的微笑。

爸爸残酷地把字条捏成一个极小极硬的团，子弹一样弹出门外。

“你也不看看这是什么时候！当家属，真是越当越糊涂！”

妈妈的汉字同她的高跟鞋一样，从此成为辉煌的遗迹。她最好最终的作品，是那些灿如霜雪的白布。

爷爷临去的时候，我们守候在他身边。医院肃穆的气氛，使得最后的诀别充满了科学的意味。爷爷临终时已不会说话，眼睛总望着妈妈，蜡烛样的手指却在爸爸手心划拉了两下。我站在近旁，竟完全没有看懂。那也许是一个字，也许是一幅画，也许是一个符咒。爸爸像人们这种时候惯常的表现，沉重地点了一下头，仿佛帆船上的主桅杆突然折断。其实，我想他也并不明白。

“文化大革命”造成了许多灾难，却使我的爸爸和妈妈像一双筷子一样，笔直地站立在一起。爸爸每次被揪斗时，都穿着最干净最整洁的衣服，为此，他总是遭到最惨烈的毒打。别人都是准备一套最脏最破涂满油彩的批斗服，像伪装网一样，披挂起来去受训，爸爸却不。他在妈妈的照料下已习惯于清洁，当他站在污秽中时，便觉得自己已不再完整。我更为惊异的是，无论怎样的血迹墨痕，以至于更腌臜的混浊，妈妈都能够把它们从布丝上清除下去。我不止一次追问过她诀窍，她说：“它们和布本来就是两种东西，水就把它们分开了。”于是我想起庖丁解牛，妈妈以水做刀，伸进布与污物的间隙，不愧是洗涤的大师。

后来，一切都好起来了，爸爸却患了重病。肝病肺病心脏病脑血管病，互相掺杂又互相矛盾，有的要吃糖不吃鸡蛋有的要专吃鸡蛋不吃糖。人们都很焦急，请医生，吃补药，做各种各样的检查。

妈妈认定了吃饭能治百病，每天不重样地做给爸爸吃，剩下的时间便为爸爸洗刷。

爸爸的病越来越像爷爷了。我为造物主如此的可重复性而惊异，妈妈也许要服侍爸爸一生。

没想到，妈妈突然倒下了。她正在给我洗衣物。家中有全自动的洗衣机，妈妈洗床单和被罩时用，她已经老了，洗不动了。但贴身的衬衣妈妈一定要手洗，说洗衣机是糊弄人的，洗不干净。

妈妈去得毫无征兆、毫无痛苦，而且是死在家中，充满了人情味。我想，这是命运给妈妈最后的一次馈赠，尽管对她一生苛刻。

妈妈离开时的镇定和安详，无疑加重了对父亲打击的突然性。他的病明显地加重了，任何劝解都无济于事，坐着的时候，便漫无目的地撒纸屑。

我看了他的手指。病使肌体瘦弱，手指却仍旧短粗。虽然并不像棉裤腰，想必干纸工活是不相宜的。

于是又想到妈妈的手。柔软、颀长，颇有一种钢琴家的风度。只是我再也承受不到它们的抚摸，它们变成一捻洁白的尘灰，无怨无悔地躺在一个干燥的小匣子里。

终于有一天，父亲拿出一只素净的纸水牛。它天真而活泼，肚子大大的，像一只蝈蝈笼。然而一双眼睛极有神，熠熠生辉。我辨认出，牛眼是用父亲常吃的贵重的清心丸的蜡壳做的。大约比之他的父亲当年制作的鸡蛋牛眼，还要惟妙惟肖。

“把它放到你妈妈那儿去吧。”父亲疲倦地说。这只小水牛，耗去了他生命篝火中残存的热量。

妈妈那儿——就是那个精致的小匣子吗？我估摸了一下大小，正好合适，想必都是策划好的。

“这是什么？”我尽量压抑自己的惊讶。

“这是水牛嘛！”爸爸说。

是的。这是水牛，但这不是回答。

“您怎么会扎这个？”小水牛的工艺相当精巧，我掩饰不住好奇。

“我是一个纸匠的儿子，还是一个纸匠的丈夫。”父亲的脸上露出难得的笑容。这笑容使一张垂垂老矣的脸闪现出生动的光彩。

“那就扎一座纸桥吧！”记忆像一叶刚刚采摘的春茶，被时间的沸水冲开了，沏出沁人心脾的苦涩。

“桥，是给男人扎的。男人过桥。”父亲的音调像古老的民俗一样悠长。

“那么女人呢？”妈妈一生用过的水像海潮一般哗哗涌来，我孤独的心飘荡其上。

“女人用的水多，就要给她扎一头水牛。水牛把水喝干，便甩着尾巴，把女人驮过河去……”

我和父亲都不作声了。我们面前有一幅凄清的图画，我们的小水牛任重而道远。

“您信吗？”我打破沉默。这话题太苍凉了，让我们岔开吧。

“我不信。”父亲很肃穆地说，我看到无形的双杠和金星，在父亲的双肩闪烁。

“我也不信。”我竭力平静地说，还努力布出一个微笑。

“可你爷爷信。临终的时候，他在我手心写了一个牛字。大约是觉得你妈妈一生祸害的水太多了。”父亲沉吟着说。

“妈妈信吗？”我终于忍不住问道。

“不知道。”爸爸的眼帘垂下了，像一道历史的大幕合拢了。

只有纸水牛望着我们。我想，它的肚子应该糊得再大一些，那样才能盛很多很多水。

（全文完）